U0450560

她的生活

默音 著

浙江文艺出版社

图书在版编目（CIP）数据

她的生活 / 默音著. -- 杭州 : 浙江文艺出版社, 2025. 3. -- ISBN 978-7-5339-7759-7

Ⅰ. I247.7

中国国家版本馆CIP数据核字第2024NG0424号

策划编辑	张恩惠
责任编辑	张恩惠　汤明明
责任校对	萧　燕
责任印制	吴春娟
封面设计	山川制本workshop
营销编辑	詹雯婷
数字编辑	姜梦冉　诸婧琦

她的生活

默音 著

出版发行	浙江文艺出版社
地　　址	杭州市环城北路177号
邮　　编	310003
电　　话	0571-85176953（总编办）
	0571-85152727（市场部）
制　　版	杭州天一图文制作有限公司
印　　刷	浙江新华数码印务有限公司
开　　本	787毫米×1092毫米　1/32
字　　数	178千字
印　　张	11.125
插　　页	5
版　　次	2025年3月第1版
印　　次	2025年3月第1次印刷
书　　号	ISBN 978-7-5339-7759-7
定　　价	68.00元

版权所有　侵权必究

目录

上海之夜　　　　　　　　001

彼岸之夏　　　　　　　　061

梦城　　　　　　　　　　117

竹本无心　　　　　　　　181

柜中人　　　　　　　　　259

舌中月　　　　　　　　　311

代后记：重塑记忆之必要　　344

上海之夜

写自己想写的,
才是最佳的复仇!

复兴中路思南路一带，建于二十世纪三十年代的花园洋房建筑群在若干年间挤满了住客，像曾经靓丽的女子被时间堆砌成大妈，后经重新修缮，又恢复雍容，成了包含酒店、公寓和商业区的思南公馆。思南文学之家就在思南公馆的外围，两层洋房的一面对着复兴中路，平时是静悄悄不显山露水的一栋楼。八月后半月，小洋楼每天从早到晚都有活动，因为地处便利，场内除了专程来的读者，还有走过路过的上海市民，其中有些人单纯是来蹭空调和休息的。

龚清扬站在侧廊的墙边，眺望台上的嘉宾和底下的观众。观众的一排排后脑勺透出专注，人群散发的热量被强劲的空调冷气压下去，建筑外墙隔绝了马路上的蝉声和车声，场内清凉又安静，谈话声也就愈加分明。匈牙利作家艾斯讲英语的男低音、翻译的女声，主持人插话、观众笑。接着,金属质地的男中音覆盖全场:"这让我想起在美国的时候……"

说话的是乔一达。他没有像艾斯那样穿衬衫打领带,一身麻质白对襟衫搭配宽松土黄棉布裤的休闲打扮,头发很短,两腮留着薄薄的胡茬。真人比网上的宣传照老一些,但仍旧算得上帅气。

他在讲早年的海外经历。他们那一代留学生,靠奖学金和打工的收入凑合着过。可选择的工种不多,一般在超市和餐馆。乔一达运气很好,找了一份家教的活儿,学生是个学了十几年中文然而不怎么有成效的老太太。他以为老太太想练口语,结果人家要学的是唐诗。老太太说,我生活中见到的中国人都能和我讲英语,我只想知道,一千多年前的中国人在诗里写了些什么。

他的讲述引发了观众的笑声。龚清扬想,乔一达真的很会讲故事,甚至有可能,这是他现编的段子。

在座的如果有乔一达的读者,一定知道他留学的故事。

十五六年前,学环境工程的乔一达赴美读博。留学期间,或出于对中文的想念,或为了逃避写论文带来的压力,他开始在某个小众的文学论坛写小说。日均访问人数不过百来人的论坛，活跃成员主要是文学作者和编辑，有一种小圈子传阅的私密感。

他的小说《黄浦江畔往事》写的是一九四五年八月的上海，日本宣布战败前后一两周的情景。主人公有地下党、日本特工、拿着日伪政府薪酬做文学翻译的日本左翼青年、德裔犹太人，以及开餐馆的青帮人士。故事在宛如谍战剧的背景中徐徐铺开，展现的却是些家长里短的细节，人与人之间暗流涌动，偏要披挂起社交的外壳，斯文周旋。在大时代，个人的算计挡不住滔天浪潮，日本天皇宣布战败的消息一出，每个人被推到前所未有的局面……不到十万字的小说更新缓慢，差不多用了八个月完结。连载期间，底下的回复逐渐热烈，并陆续出现新注册的ID，明显是闻风而来。完结后不久，小说由一家老牌出版社推出，更名为《八月》，继而上了当年的畅销书榜。从论坛走出来的纯文学作家不多，乔一达成为作家的经历经过媒体报道一轮又一轮地重写，越来越像一个传奇。

和龚清扬参加过的其他文学活动不同，此刻没人看手机、打瞌睡或聊天。她很清楚，这是乔一达的功劳。他说起话来既不像作家，也不像理工男，有一种江湖气。

他不引用概念，也不单纯耍嘴皮子，抖的每个包袱，最后都会落到和文学有关的理念上。业内都说乔一达是最好的嘉宾，有他在，场子就不会冷。毫不意外，今年书展的好几场活动都请了他。

今天活动的主嘉宾是艾斯。龚清扬进出版社工作一年多，遇上书展，被领导分派了跟嘉宾的任务。邀请乔一达是社里早早定下的，总编辑和他有私交，预先打过招呼。

在嘉宾名单上看到乔一达的时候，龚清扬差点想要提出辞职。但这份工作还没做多久，想到家里人的态度，她忍住了。

书展前的出版社忙得人仰马翻，到了上周，她好不容易找了个空当问总编辑，我就跟着艾斯对吧，需要管乔老师吗？总编辑说，乔一达的新书据说签给某社了，那边估计会派编辑跟着，你见机行事吧。她谨慎地问，那么艾斯的新书？总编辑说，别操这份心了，他这次来，能把库存消化掉就不错了。

这让龚清扬想起大一那年的超市打工经历，给某品牌的酸奶做促销员，端着小杯子站在冷柜边，见人就迎上去，让人品尝。见面前，她有点同情艾斯。

到这会儿,和艾斯相处了一天半,她意识到,自己早先的同情很幼稚。艾斯对整个世界有一种近乎天真的好奇心,他藏在眼镜背后的眼睛总在观察,或许大脑还在不停地记录。对他来说,自己的书被翻译成中文是件神奇的事,销量如何,根本不在他的关心范畴。

思绪飘飞了几分钟,等龚清扬回过神,场内已进入观众提问环节。一名戴眼镜的男观众站起来,开口就是英语:"有哪位作家给您的影响比较多?"接着又用中文说:"这个问题也想问一下乔老师。"

翻译像是有些无奈,把观众的问题先用中文重复了一遍。艾斯简短地答:"如果只举一个名字,我想说卡夫卡。"

等这句话被翻译完,乔一达举起话筒:"上海果然是国际化大都市,我每次来参加活动,都会遇到用外语提问的,如果来的是法国作家、德国作家,就有用法语、德语的,我今天还想呢,会不会有读者讲匈牙利语。"

他停顿了,等观众笑完,又说:"我前面说过,写作有点像做木匠活儿。现在这位先生的提问,等于在问木匠的师承。不过,作家和木匠还不完全一样,木匠有师傅,作家呢,你可能有很多个师傅,或者没有师傅。"

看他讲话的架势，龚清扬以为后面会有更长的展开，不由得扫一眼手机时钟。按惯例，最后要留十分钟给嘉宾签售。

乔一达停顿片刻，像主持人一样说道："时间不多了，最后再请一位读者提问。"

他瞧见我看手机了？龚清扬有一丝窘迫，又想，看手机嘛，谁也不知道是在看什么。

场内，一名大学生模样的女观众获得了最后的提问权。

"不好意思，我有个问题，想单独问一下乔老师，我是您的粉丝。请问，您觉得在这个时代，文学还有意义吗？"

龚清扬差点笑出声。上了一年班，她参加过的文学活动有七八场，但每一次，真的是每一次，都听到读者问文学的意义。该说这些人想得太多还是想得太少？

而且点名问乔一达也很古怪。那名女读者似乎只是为了让作家注意到自己。

签售台那边有人轻喊"龚老师"，龚清扬赶紧走过去。图书公司的年轻男孩问，除了艾斯的书，也带了乔一达的，要不要放在一起签。

龚清扬看一眼红绒布桌面上码堆的书，艾斯的一种，乔一达的两种。她心想，哎呀，真不会办事，要签售也不能一张桌子挤两个人啊。

她耐心地说："乔老师马上要赶下一场，在南京路。"

"啊，我有个朋友想要他的签名……我本来打算帮忙买一本呢。"

"趁他还在，你过去让他签吧，要快。这边我帮你守着。"

主持人的声音传来，正在说活动结束后有签售，请到那边排队。龚清扬开始麻利地拆塑封。艾斯被工作人员领过来，她请他坐下，把书翻到扉页，放在他的手边。有几个人过来排队。龚清扬告诉他们，买书扫二维码。

"不打折吗？"有人小声问。

作者签名还想打折？龚清扬忍住腹诽，挤出笑容："不打折。"抬头的瞬间，大厅的灯光下，人群聚集在对谈的台下，如人民公园抢食的鸽子。人堆中间的想必是乔一达。好多读者带了书找他签名。又有人问，这边乔一达的书卖不卖，龚清扬像复读机一样说了几遍："乔老师不在这边签售，买书可以的，请扫码。"

找艾斯签名的人不多，他在签名旁画一朵花，签完对人笑笑，用中文说"谢谢"。艾斯也注意到了乔一达被包围的盛况，换成日语对龚清扬说："乔先生的人气真高啊。"语气是坦然的羡慕。

龚清扬用日语回道："是啊。"

有个中年男子拿到签名后徘徊不去，听见对话，立即问龚清扬："你会匈牙利语？"

龚清扬认出此人就是刚才问书打不打折的，生硬地说了句"不会"。

昨天她从机场接了艾斯，两人一直在用英语聊，她提起自己是日语系的，艾斯当即改说日语，让她一惊。他笑笑说，我的前妻是日本人。艾斯的日语和英语都算得上流利，龚清扬说英语反应要慢一拍，后来他们就一直以日语交流。想想也蛮神奇的，一个中国人，一个匈牙利人，共通的语言却是日语。

她想起还有件事，和艾斯打了声招呼，往大厅去。乔一达身边的包围圈散了大半，余下三四人。龚清扬喊了声"乔老师"，举手示意，乔一达和读者们说了句话，朝她走来。他左手食指和中指夹了支秀丽笔，像举着烟。

"差点忘记了，您的嘉宾费。"龚清扬递出带有社标的信封。他看也不看，随口道谢，将信封对折，往长裤后兜一塞。

龚清扬见他急着走，忙说："等一下，还要请您签收。"

他扬起一边的眉毛，半笑不笑地说："陈亦文搞得这么正式啊。"

陈亦文是总编辑的名字。龚清扬抿嘴没接话，递出签收单和水笔。乔一达不接笔，用手上的秀丽笔签了浓重的三个字。乔自鸣。

原来乔一达是笔名。

艾斯做完签售稍作休息，之后要参加晚宴。当艾斯得知龚清扬只能陪着过去，不能列席时，立即显得不大情愿。龚清扬笑笑说，我可以在附近简单吃点，晚宴结束后带您游览上海。

艾斯回房间休息的一个多小时，龚清扬等在酒店大堂，用手机把活动照和短文发给营销部同事，让他们用官方号发微博。等微博发出来，用的照片却不是她远远拍的观众席和嘉宾，显然是专业相机近距离的成品，两位作家各一张半身特写，艾斯举着话筒，乔一达面露沉思。看照片，这两人像是相差十几岁，其实艾斯只比乔一达年长四岁。艾斯少年白的鬈发蓬在肩头，加上庞大的身形和玳瑁眼镜，使他有一种老成感。

龚清扬问同事："照片谁拍的？"同事说："你不知道吗？思南读书会有个热心读者，每场活动从来不漏，占据最好的位置拍照。"

她想起来了，确实第一排有个叔叔举着长焦，她当时以为是媒体的人。

读者真是各种各样。她想起那个问乔一达文学意义的年轻女孩。乔一达到底怎么答的？龚清扬当时走开了没留意，这会儿生出迟来的好奇。

晚宴包了一家饭店的宴会厅，离酒店不远。据说书展文学周的宴会一向是西式冷餐会，今年新领导上任，改成了中式圆台面。龚清扬猜艾斯会喜欢中餐。意外的是，艾斯进去五分钟就出来了，对龚清扬说："我们走。"他旁边还多了个人。那人笑嘻嘻地用日语打招呼："初次见面，我是须川。"

龚清扬虽然是日语系毕业，但阅读口味偏欧美，并不熟悉日本的当代作家。好在她早先在书展的宣传物料中看到过须川芳则的名字，顺手查了作者和作品简介，这才能对上人。记得须川今天上午有过一场对谈，嘉宾同样是乔一达。活动名好像是"后3·11时代的写作"。

她向须川问好,然后问艾斯:"怎么不参加晚宴?"

艾斯摆手道:"我们自己吃,轻松些。晚宴太累。"

龚清扬想,您倒是轻松了,回头领导一定会训我。她不好再劝,领着两位作家出了饭店。天已经黑了,马路仍是亮的,路灯、商场照明灯、行道树上的装饰灯球、广告屏幕,所有这些交织成明晃晃的光污染,城市上空掩映着一片诡异的粉色。

艾斯问龚清扬原本打算吃什么,她说:"馄饨。"艾斯听不懂这个日语词,她又用英语解释。须川在旁边说:"馄饨好,上海的馄饨!"

馄饨店在威海路,龚清扬觉得距离太短不好打车,便带他们走过去。夜晚的马路笼着一层残留的暑气,艾斯不知何时去掉了领带,敞着第一粒扣子,边走边用方格手帕擦汗。须川身上是件花衬衫,白底上缀满蕨类植物深深浅浅的卷曲绿叶,显得清凉。他边走边张望,忽然说:"全是名牌表店,上海人这么喜欢名表?"

南京路的这一段有好几家国际一线品牌的表店,龚清扬路过无数次,从未进过店里,听到日本作家的疑问,只好说:"顾客不一定是上海人。"

"那就是中国人都喜欢昂贵的手表？乔先生也戴着很贵的表。"他说的是乔一达。

龚清扬淡淡地说了声"是吗？"。这句日语很好用，可填补一切尴尬的空白。她觉得须川有些咄咄逼人。什么事都要概括为国民性格，有必要吗？

馄饨店里的人不少。龚清扬带他俩上二楼找了座位，等服务员过来，点了小馄饨和炸猪排。服务员摆出收钱的架势，她这才想起，自己没带现金。这家店没有移动支付。她环顾四周，想找个面善的人用微信转账换钱，艾斯一直在关注她和服务员的互动，问她怎么了。

"不能用手机付钱。我没带现金。"

艾斯得意道："我有现金。"说着从裤兜里摸出带有社标的信封。怎么能让嘉宾请客呢，龚清扬连忙拒绝。艾斯不听，抽出一百元付账。须川在旁边感慨道："原来中国也不是所有的店都可以用手机支付。"

店里的冷气不足，吃砂锅馄饨有点热。龚清扬见艾斯频频擦汗，后悔带他来这里。艾斯这时却说："馄饨真美啊。"她听了一愣。汤里浮着黄的蛋皮、绿的葱花，小馄饨的皮像纱一样薄，褶皱透着肉馅。确实好看。

"馄饨好极了。炸猪排我还是喜欢日本的。"片刻后，须川又说,"龚小姐是上海人吗?"

艾斯说:"龚小姐的曾祖父是福建人,后来到了上海。关于怎么来的上海,她给我讲过一个神奇的故事。"

所谓神奇的故事,是龚清扬曾爷爷的亲身经历。

曾爷爷生活在福建的一个小城,考上了福州的中学。从家乡往福州,水路迢迢,船要走三个多小时,每次去学校待一个学期,学期结束才回家。

中学二年级,他回家搭乘的客船遇到了劫匪。

那是民国初年的动荡时代,一些人聚集成匪,可能转天就扯了新旗号,成为正规军。水上的抢劫不是抢完就算了,如果劫匪判断乘客有油水可榨,会将人带走,放话让其家人赎身。龚少爷和另外几人被关在破庙里,等了差不多一周,其他人陆续被赎走,只余他一人。龚家是做生意的,在当地算是小有名气。他想,难道大哥不想花钱,宁可让亲弟弟死去?等待让他耗尽了耐心,脑海中不断浮现糟糕的念头。

看守破庙的人换了几轮,一天,新来的守卫当中,有一个是他认识的,从前在店里当过伙计。

那人找机会告诉他,现在龚家分裂成两派,一派主张花钱,一派要去请军队剿匪,两派互不相让,吵得很凶。又说，你如果要逃，我今晚帮你逃走。明天我就被调到其他地方去了，帮不上你。

他知道，前任伙计愿意为他冒险，无非是想要向他家讨赏。他也知道，逃走可能会引得匪徒狗急跳墙，说不定留在这里继续等，才更安全。

他只有十六岁，第一次需要自己做出重大的决定。

最终他选择跟着伙计逃走。他实在不想把自己的命运押在看不到尽头的等待上。巧得很，第二天凌晨，正规军攻打了那群土匪。他后来想，打起来一团乱，要是自己留在破庙，说不定会因此丧命。

这场被绑架的经历让他得出一个结论——人能够依靠的，唯有自己。

中学毕业后，他没有按家人的愿望成为教师，而是选择从军。他认为，在乱世中，这是最好的出路。此后他又遇上若干次选择，每一次，他的判断都算得上明智，包括后来加入共产党。他不光为自己决断，也替下一代筹划。他的儿子，龚清扬的爷爷，成年后当了老师。只因做父亲的反复说，国家刚开始建设，老师或者科学家，是最好的职业。

龚清扬爷爷的性格和曾爷爷不同，他不爱做决定，也从不对家人的生活指手画脚。

这就造就了龚清扬的爸爸——一个没上过一天班的人。现在有个专门的名词形容这种人——啃老族。

龚清扬怕艾斯接下来会说出白天遇见自家老爸的事,还好没有。那会儿离活动开场还有一个小时,附近的咖啡馆满座,艾斯不肯坐在思南公馆二楼等,说难得来一趟,想去外面走走看看。她只好带着艾斯到复兴公园走一圈,偏就这么巧,遇见了爸爸和他的舞伴,混在一群中老年人当中跳探戈。龚清扬不好装作没看到,为彼此做了介绍,这是我爸,这是作家艾斯先生。艾斯当面赞叹道,您是个了不起的舞者。恭维话用英语说出来,再强的戏剧感也变得自然。爸爸也回以英语,道谢后问艾斯,你第一次来中国吗,喜欢上海吗,又用上海话对龚清扬道,这人英文口音怎么这么重,东欧国家来的吗?龚清扬微微愠怒地道,我在工作,不和你说了。

须川得知艾斯听了好玩的故事,表示羡慕。"能聊天真好,我的编辑不懂日语,英语也不大行。"龚清扬问:"您的编辑呢?"须川说:"送乔先生去机场了。乔先生忙得很,说是明天北京还有个活动。"

龚清扬懂了,须川的编辑舍下嘉宾去陪乔一达,是对那一位有所求。她不由得庆幸总编辑和乔一达够熟，没有派她做什么无用功。

从馄饨店出来，气温比刚才降了少许，总算有点夜晚的感觉。

"龚小姐的日语真的很好。"须川像是恭维地说，"可惜我的书不在你们社。"

龚清扬尚未独立做过书，进社到现在，除了帮其他编辑看稿子，就是做些营销的辅助工作。她也没提交过新书的选题。说真的，她甚至不知道，自己是不是真想当编辑。

她客气地回道："我还是个新人。"

艾斯忽然说："龚小姐不写小说吗？"

她有些狼狈："不是每个人都可以写小说的。"

艾斯说："你会讲故事。"

须川说："小说不仅仅是故事——文学圈里的人都爱这么说，不过呢，我就不喜欢他们的这种论调，没有故事，哪来的小说？今天上午的活动，乔先生也讲了一个故事，很有意思，不知道是真的还是他编的，可惜翻译讲得太简略了，我看他说了挺长一段。"

龚清扬想起他们的活动主题，心头微动："那个能看到前世的西藏喇嘛的故事？"

"你当时在吗？"须川有些激动。龚清扬摇头。艾斯立即会意："是不是他在书里写过？你和我们说说吧。"

"我讲就变味儿了。是短篇集的一篇，好像有英文版。"龚清扬边走边用手机搜索，"有的，书名是《最初和最后的故事》。"

那是乔一达的第二本书。尽管有《八月》的成绩作为铺垫，但两年后出版的《最初和最后的故事》销量惨淡。他的第三本书也没引发多少关注。沉寂若干年后，乔一达以悬疑小说《野声》重新回到人们的视野，为此还引发了一系列争论，例如"纯文学与类型文学的边界"等。他最新的《石中火》则是科幻小说，似乎铁了心要破界闯入类型文学圈。

龚清扬也是此刻上网搜索才发现，《最初和最后的故事》虽然在国内反响平平，却有好几个语言的版本。除了英语，还有法语和意大利语。

须川在旁边问："龚小姐读过乔先生的书？"

迟疑片刻，龚清扬点点头。

须川没注意到她的窘迫："采访我的记者问我有没有读过，我说没有，我看不了中文。记者又问，翻译到日本的中国作家，您看过哪些，有没有喜欢的作家？真是太奇怪了，就像在问日本料理店的厨师，你喜欢中国菜吗，你觉得哪家中国菜比较好吃？"

艾斯笑而不语。

给艾斯的媒体采访安排得不多，只有两家。龚清扬事先看过记者准备的问题，帮他们做了修改。有些问题确实莫名其妙，让人感到媒体现在越发不行了。有能力的人也不会在媒体待着。就像龚清扬的同学，少数读博，多数在培训机构或日企，同学群里听说她在出版社，立即有人问她能否出版论文，她都不知道该如何解释。确实也有做包销书的出版社，但她工作的地方相对市场化，要考量每本书的销量。出版行业整体不景气，大社小社出版公司乃至工作室，都是被市场浪潮裹挟的船。她随波逐流，环顾四周，比当年被绑在破庙柱子上的曾爷爷更惶然。

馄饨店位于静安别墅的后门。同样是二十世纪三十年代的历史建筑，思南公馆是花园洋房，静安别墅则是新式里弄，造型简洁的两层小楼纵横排列，中间的巷道足以行车。龚清扬记得，她念研一的时候，这里有家私人图书馆，借用了波拉尼奥的书名。不知何时，图书馆变成了一间成衣工作室。

她率先走到其中一户人家的后院按门铃。有人隔着对讲问："哪位？"她答："我来找小秋。"门锁开了。她推门，示意那两人先进去。

门内的小院一角有棵玉兰树，枝丫伸到房顶。一楼对着庭院的玻璃落地门被树挡了大半，室内照明是蒙蒙的亮，影影绰绰能看出里面摆着几组沙发。

这地方乍看像哪家的客厅，其实是一家无证营业的酒吧。龚清扬在见到艾斯之前想好了，如果他只能算不讨厌，就带他去滨江，随便找间咖啡馆或酒吧，从那边眺望外滩，对外国人来说足够"上海"；如果他亲切可爱，就带他到她跟朋友来过一回的"暮色"。暮色酒吧是另一种上海，在老房子里悄悄生长，不张扬，自得其乐。

挨着落地玻璃的座位被一对情侣占据，他们三人到吧台旁的一桌落座。一个年轻女孩过来递上菜单。女孩叠穿黑白背心，露出肌肉线条利落的手臂，其中一只胳膊布满绚丽的文身，不知是真的还是贴纸。

须川把菜单从头看到尾，点了威士忌加冰。艾斯说要一样的。龚清扬说想要柠檬口味的调酒，女孩问："你喜欢什么基底?"龚清扬说:"随便。"女孩扬眉道:"偏甜还是偏苦?"龚清扬说:"真的随便。"

说完她意识到,自己是个不爱做选择的人。

既是服务生也是调酒师的女孩回了吧台,龚清扬猜想她或许就是小秋,上次忘了问朋友。艾斯朝着龚清扬说:"乔先生的那篇小说,喇嘛的故事,到底讲的什么?我很好奇,等不及看书,你能简单讲讲吗?"

"我讲就没意思了,真的。还是看书吧。不过,重点不在喇嘛。并不是宗教故事。"

第一次读到那个故事的微妙感触犹在心头。《五月的一天》。标题平淡,让人无从预期故事的内容。

主人公"我"在安徽长大,曾赴美留学,回国后没有上班,成了作家。

有一年春末夏初,"我"在西藏漫游了小半个月,和朋友约在成都,打算后面一道去阆中等地。从拉萨飞成都的航班是晚上的,剩下一整个白天,"我"对拉萨已经审美疲劳,于是包了辆车,前往一个多小时车程外的村子。朋友的朋友在那边搞了个手工合作社,"我"想去看看。

到村里一问,合作社的地点是以前的小学,广东援建的新校舍盖好后,老学校闲置下来,直到去年,工坊入驻。"我"找到大门走进去,独自踱过无人的走廊,操场那边竖着空荡荡的旗杆,被西藏的蓝天衬得寂寥。歌声朦胧地传来。顺着歌声,找到了女人们工作的教室。她们坐在模样原始的织机前,和着纺织的节奏,哼唱不止。"我"很快注意到领头的人,她身穿藏袍,梳着发髻,让她和其他女人区分开来的,是眼镜。玳瑁粗框眼镜透出城市的气息。她不是美女,让"我"有少许失望。"我"进屋道明身份,她倒了甜茶,向我讲解合作社的诸多事宜。聊了一会,"我"感到自己刚才的失望太过庸俗。如朋友所说,她是个有趣的人。

每个在西藏长期居住的人,都有他深爱此地的理由。"我"问她为什么在这里发起合作社,以为会得到理想主义的答案,没想到她反问道,你相信前世吗?

她说,附近一所寺庙的喇嘛能看见别人的前世,我从前就是这个村子的人。

本想说自己不信这些,鬼使神差地,"我"说出口的却是——在哪里能见到你说的喇嘛?

她说待会儿有客户要来,不能陪着去,给了路线。"我"让司机开车带我过去。反正时间还很充裕。

寺庙在一座山坡上。西藏常有的情形,说是寺,其实只是一串沿着山路排列的小房子,每间房内摆满了大小佛像,燃着酥油灯和烛火,摆着募捐箱。根据她的说法,那个喇嘛的房间在山路转弯的地方,很好找。

"我"沿着台阶往上爬,穿过一间又一间幽暗的小庙。有的房间里坐着喇嘛,在念经或做手工,有的房间空无一人。在高原上,爬几步就开始喘。到了转弯处,眼前的与其说是建筑,不如说是沿着山壁搭建的棚子。着实简陋。"我"的好奇心被消磨得快没了,进棚一看,里面坐了个喇嘛,年纪很小,也就十四五岁的模样。棚内晦暗,高高低低摆着好几尊佛像,地上燃着十几盏酥油灯,酥油味儿弥漫四周。另一头的门外阳光灿烂,门框被映衬为明亮的白色长方形,像通往某个未知的世界。

这是师父出去了,只留下徒弟?地方这么小,居然能待两个喇嘛?"我"有些失望和诧异,试着搭话,问,这里就你一个人吗?意外的是,小喇嘛会讲汉语,立即说,你不是人吗?

哦,我听说……这里可以问前世。

没有前世,只有从前。

什么是从前?

过去死了，就叫从前。

要么是对方的汉语不够好，要么是少年喇嘛的语言能力好到足以打机锋。总之，"我"来了兴致，摸出五十元纸币放进募捐箱，又问，那你能看到我的从前吗？

小喇嘛说，从前，你在四川，周围是水，庙里有个大胡子。虽然是四川，菜却不辣。

"我"心想，这是打哑谜吗？接着想到，这般描述倒是很像自己将要去的阆中。阆中临水，有汉桓侯祠，也就是张飞庙，而且当地著名的张飞牛肉是酸咸口的。正在惊疑不定间，小喇嘛点起一根蜡烛。烛光照亮了他的手。他做了个手势，"我"随之看向蜡烛。

应该只有短暂的几秒，又像是过了许久。"我"的从前渺茫如影，清晰似火，烛光照见了早已被抛却的童年。有人喊"栋栋"。"我"知道，那是自己的小名。

事实上，从小到大，"我"一直存有如真似幻的模糊记忆。父母并非"我"熟悉的模样，而是另外两人。脑海中还有一个名字。栋栋。念小学的时候，"我"问爸爸，栋栋是谁。爸爸说，没有人叫这个名字。

烛火被小喇嘛掐灭了。瞬间，某种确信如当头的凉水浇下来。"我"的确生在另一个小城，或许就是阆中。

在那里,"我"是栋栋。过去死了。新的一辈子落在安徽。

"我"是在幼年时被拐走的。

慌乱间,"我"奔出简陋的棚子,疾步下台阶,匆匆穿过一间又一间庙宇,回到车上。"我"去了机场,改签成去北京的航班。对成都那边的朋友,"我"只说是临时有事。免不了被一顿抱怨。

到北京是五月十日的夜晚。两天后,四川发生了大地震。如果"我"不曾仓促地改变行程,就会和朋友一道被困在阆中。如果运气更坏,说不定会受伤或死亡。但"我"来不及为自己躲过一劫感到庆幸,几天前在喇嘛庙的体验占据了全副身心,摇撼着"我"的根本。

小说到此戛然而止。

乔一达选择在他与须川的对谈中讲述这个短篇,恐怕不仅仅是题材涉及地震的缘故——他总在各种场合重提他不怎么卖座的第二本书。

龚清扬没读过须川的中文版新书,只看过网页上的梗概。主人公是个失去女儿的单亲爸爸,在"3·11"大地震后沿着海岸线徒步,风餐露宿。

此刻,听到龚清扬说"这不是宗教故事",须川点头赞同，补充道："根据今天简短听到的，我觉得，那是关于命运和自由意志的小说。"

作家真能概括啊，龚清扬想。酒上来了，三个人碰杯。须川吞下一大口，忽然说："我给你们讲一件往事吧，是我成为作家的原因，也和命运，或者说自由意志有关。"

艾斯说："要么是命运，要么是自由意志，到底是哪个？"

须川微笑："二位可以等听完了，再自行判断。"

"我从大学毕业，是在二十多年前。"须川说。

"要是再早几年，经济还没完全崩溃。我运气不好，撞上了求职困难的年月。只有特别拔尖或者有门路的少数人，才能找到企业的工作。进不了公司，人也得想办法过活。我在建筑工地指挥交通，这份工作薪水不错，问题是，想到自己明天、后天都要做同样的劳动，我有些心慌。

"工地的工人们拿了工资就去喝酒，去赌。我不像他们那样肆无忌惮地花钱，把钱尽可能地存了下来。第二年，我有了些积蓄，足够去欧洲玩一趟，要是省着用，可以待两个月。夏天一到,我就辞掉工作,去了法国。"

日本人对法国好像格外偏爱。龚清扬想起日剧里看到的面包房咖啡馆,一个个店名都是法语读音的片假名。她没插话,继续聆听。艾斯像喝水一样喝着冰开始融化的威士忌。

"说起来我是第一次出国,感觉一切都很新鲜,带劲。我的行李就一个背包,牛仔裤只有身上的一条,在洗衣房等裤子洗好的时候,身上仅有短裤。不舍得住旅馆,从一地到另一地,经常是坐夜间大巴,途中在休息站洗澡。就这样晚上坐车,白天玩,感觉白昼永不终结。我遇到过各种各样的旅行者,用磕磕巴巴的英语和他们聊天。欧洲人判断不了亚洲人的年龄。人们都以为我是高中生。有人请我喝咖啡,还有人给我吃的。

"旅途中,我收到了许多善意。要是有可能,真想这样一直走下去。但是现实经常给人浇凉水。我游玩了南部,再往回到中部,在一个小镇遇上了抢劫。劫匪拿走了我的现金和护照。我去了警察局,警察不会说英语,虽然听不懂,但我大概明白了,他的意思是,我的运气不好。至于能否抓到劫匪,他耸耸肩。一直以来,法国人有着让我感到特别舒服的一些品质,例如随意,不在乎他人的看法,但当我面对警察的时候,这些优点全变成了缺点。比起沮丧,我更多的是生气。气劫匪,也气警察。

"有那么一会儿,我没了力气,坐在警察局门口的台阶上发呆。我的内裤有个缝上去的暗袋,藏了一点钱。这个窍门是出国前朋友教的。我只后悔暗袋的钱放少了,要重新申领护照,得到巴黎,我的钱不够去巴黎,只够买去里昂的车票。里昂毕竟是个大城市,到了那里,我可以试着找找看有没有什么日本人的机构,问他们借点钱……不过,等护照下来总要一段时间,我又该怎么生活呢?

"那是九月,坐台阶上很晒,我可能晒得有点中暑了。脑袋乱糟糟的,一会儿一个念头。我知道最近的大巴站需要走到另一个大一些的镇,我就是从那边来的。太累也太热,我丧失了行动力,干坐着,直到有人递给我一瓶冰可乐,对我说,别坐这里,跟我来——

"和我说话的是旁边一家咖啡馆的老板,他英语不错。冰镇的可乐喝下去,我重新活了过来。我借用店里的洗手间洗了把脸,慢慢地向他讲了我的遭遇。老板说,已经发生的事就让它过去吧,你是不是没钱去巴黎?我说,我的钱只够去里昂。说的时候,我生出一点希望,这人挺好的,是不是能问他借钱……只听他说,就算你到了巴黎,还要等护照,买机票,要花不少钱呢!他说话的语气俨然在看热闹,我的心又开始往下沉。老板像是看出我的表情有变化,哈哈一笑,说,你愿意工作吗?我说,我没有护照,怎么工作?他说,这就是乡下的好处了。小伙子,法国是个好国家!

"我以为老板要让我在咖啡馆打工,结果他把我介绍给了几公里外的葡萄园。那地方的葡萄品种叫作佳美,是最早采摘的。每年采摘季,年轻人从城市结伴到来,做一两个星期的采摘工。摘葡萄比在工地指挥交通辛苦,但我也没什么好挑剔的。管吃管住,还有钱拿。说到吃,我在法国一直是面包加奶酪,偶尔买便宜的烈酒。葡萄园吃得好极了,光是奶酪都有好几种,大盆的沙拉,大盘火腿,还有红酒炖牛肉。中午和晚上,饭桌上摆着葡萄酒,一升装的大瓶,喝酒管够。至于住宿条件,也不能说不好,一间屋里塞了两排双层床,男女混住。其实就算一开始将男女分开,意义也不大。他们到了晚上就成双成对睡一起了。吵得很,但我太累了,照睡不误。葡萄园的收入不低,这伙人也没有存钱的念头,我听他们在饭桌上醉醺醺地交流,有人打算买二手车,也有人说去年干活的钱都买了大麻。我感到一种空虚。这和日本的工地没什么不同，都是货币的循环。人们工作，赚钱，把钱花出去，再工作。赚快钱的地方，循环显得更加空虚，缺乏意义。"

艾斯举手叫服务员，不见人来，便站起身。他端起两只空杯，对须川说："你要是早生若干年，应该会成为革命者。再来杯一样的？"

龚清扬稍一踌躇，错过了起立的时间，干脆继续赖在沙发里。她的酒还剩半杯，喝起来更像柠檬汽水而不是鸡尾酒。可能在酷酷的女调酒师眼里，她就适合小甜水。

艾斯回来了，说："那姑娘蹲在吧台后面看视频呢。"

须川说："日本现在也一样，地铁上的人都在看手机，没人看书。要是有一天写东西活不下去，我就回工地干活。"

龚清扬立即说："您太谦虚了。"

艾斯说："中国看书的人还是挺多的，活动来了那么多人。"

那是因为人口基数大，还有，参加活动的人并不都看书，有些仅仅是凑热闹。龚清扬不忍心如实告诉天真的匈牙利作家,催须川往下讲。

须川说:"我在葡萄园待了两周,采摘季的最后一天,有个小伙子扮成酒神,全身上下只挡了片树叶,酒庄的工人全在后面追他,人们跑啊喊啊笑啊,最后把他扔进装满葡萄的大桶。我也喝得大醉。第二天,大伙儿拿了工资,各自上路。我去找咖啡馆老板道别和道谢——忘说了,他叫热内。见了我,热内大笑着说,你现在看起来像个法国农民。

"他没说错。我黑了,瘦了,学了些简单的法语。变化不光在表面,我感到自己身上有什么东西不一样了,说不好那是什么。我想到一句话,劳动创造人。

"热内开车把我送到邻镇。我买了到里昂的大巴票,打算从那里转车去巴黎。和热内拥抱的时候,我想哭。我忽然意识到,人生很长,但我未必还能再回到这里。车快坐满了,我找到一个靠窗的座位,看着热内挥手离开。几分钟后,上来一位孕妇。我注意到她的目光,把座位让给她,改坐靠通道的位置。刚坐下,我感到有个硬邦邦的东西,在靠背和座椅的缝隙里,戳着我的尾骨。"

"难道是你的护照?"龚清扬惊讶地问,忘了用敬语。

须川一笑。"哪有那么戏剧性！我把那东西抽出来，发现是一本文库本。对，日语的小书。从日本出发的时候，我倒是带了两本书，看完就往路上的咖啡馆随便一扔。说起来，我差不多有两个月没看过一行日文。大巴上的那本书没了外封，磨损得厉害，作者我只听过名字，上个时代的作家，对我来说是阅读范围外的。换了平时，我根本不会看这本书，但一方面我沉浸在离愁中，想让自己振作起来，另一方面，久违的母语实在亲切，这时候就算是一张宣传单，我也会认真地从头读到尾。车抵达里昂，书还剩下一半。我没有立即买下一程的车票，找了间咖啡馆，坐在里面把整本书看完了。我从来没看过这么动人的书。"

他闭上眼，仿佛在体会多年前那场阅读的余韵。

"合上书的同时，我产生了一个念头，或者说一种信念，我要写作。"

"原来如此。"艾斯说，"这就是你成为作家的原因。既可以解释成命运，也可以解释成自由意志，全看人怎么想。"

须川举杯，艾斯也拿起杯子，龚清扬赶紧和他们碰了一下。她此前听得太入神，这才发现艾斯点的酒已经送来了。不光是他俩的,她也有杯新的鸡尾酒,倒三角杯里是白色的液体,里面斜躺着一支牙签,缀了两粒橄榄。上一杯酒还剩三分之一,外壁晕开的水汽让杯垫积了水,她拿起桌上的纸巾擦拭,听见艾斯说:"这整件事也可以看成是小说对你的召唤。干我们这一行的,差不多都遇到过这种时刻。"

龚清扬问:"艾斯先生也遇到过?"

"作为听故事的回报,我也讲一段吧。这要从我早年的一篇小说讲起。"

"小说是第一人称写的,我就直接说'我'吧。"艾斯说着,视线缓缓滑过须川和龚清扬的脸庞。

"差不多六十年前,我是个大学生。当时,匈牙利的大学生经常举行秘密集会,我也是集会的一分子。我们的聚会点之一是某教授的家。教授为我们提供他家的客厅,倒不是因为赞同我们的言论,他算是中立派,我猜。他喜欢在年轻人当中,这让他感到重新拾回了青春。他不仅让我们使用客厅,还让他妻子为我们做点心和咖啡。

"教授的妻子,我们喊她夫人,只比我们大四五岁,曾经是教授的学生。她很少参与我们的讨论,但每当她智慧的黑眼睛看过来时，发言就会变得更加热烈。后来回想，我们真的是为了国家的未来聚集在那间客厅吗？可能我们当中有不少人，借着对政治的关心高谈阔论，只是为了接近她，就像雄孔雀在雌性面前开屏。对此，教授一定感觉到了。而他，是否怀着雄性的自豪，检视他伴侣的魅力？不论他是否有过这样的用意，后来一定会感到代价惨重。风声日渐紧张，不光是我们的一些同伴，教授也被捕入狱。

"我想去慰问一下夫人。我猜，她独自在家，一定非常不安。我在教授被捕后等了几天才去，害怕有人监视他的房子，先在附近走了走，查看动静。

"教授的家是一栋两层小楼，正好在路的夹角，从路口抬头，可以望见客厅的窗户。那是个阴天，客厅窗帘被拉得严实，如果我不是竖着耳朵，很可能听漏了动静。男人和女人在争执，他们刻意压着嗓门，还是有轻微的声音漏出来。我站定了，仔细听。一个声音是夫人的，另一个，我也认识。那是Z，和我同校不同系的学生。我曾经有过猜测，他是导致教授被捕的告密者。而此刻，他正在建议夫人离开……

"我忘了谨慎，绕到正门，冲上台阶，用力按门铃。

门一开我就闯了进去。夫人在我身后,显得手足无措。我走进客厅一看,里面没人。我猜Z听见门铃就从后门溜走了。我心头火起,严厉地质问夫人,Z到哪里去了。她没说话,眨了几次眼。我这才发现,憔悴给她的美貌带来了改变,如果说她曾经像一只美丽的鸽子,那么这时就像羽毛蓬乱的鹌鹑。我想要温柔待她,语气却越发凶狠。我说,Z是整件事的罪魁祸首,正是为了得到你,他才去举报了教授。

"夫人说,我不明白你的意思。我说,到了现在你还要包庇他?我们又说了一些话,最后不欢而散。那是我和夫人最后一次见面。入冬后,又有一些人陆续被捕,另一方面,游行并未间断。我没有再参加任何集会和游行,夫人的拒绝像一堵墙,我感到,曾经让我燃烧热情的理念都在墙的那边,离我十分遥远。是的,那天在教授家,我在气急败坏的状态下向她示爱,还试图吻她。她拒绝了我。

"我迟了一年拿到了全部学分,进入报社工作。念书的时候,我想象过很多种未来,却没有想到自己会成为一个乏味的上班族。记者也不过是一份工作。我和昔日的同伴失去了联系。我猜,他们当中的大部分人,应该和我一样变成了普通人,上班下班,最开心的就是发薪日。

"有一年,我去地方上采访,在酒店大堂,有人喊出我的名字。他是当年聚集在教授客厅的成员之一。他说自己这些年都在老家的银行工作。我们在酒吧坐下叙旧,他说起一个个人名,我觉得像是许久以前读到的书上的名字。突然,我听到了教授的姓,他说教授几年前出狱,没能重返大学,如今在中学教书。

"我忍不住问,夫人和教授在一起吗?他古怪地看着我,慢吞吞地说,夫人的事,你不是应该最清楚吗?我说,你什么意思?他说,其实,伙伴们当中有不少人认为是你让教授坐牢——不过,我是相信你的。

"我感到荒谬。他在暗示我才是那个告密者。我说,是Z干的,我可以向你保证。说出Z的名字的同时,我有一种用刀割开什么的快感,也许我割裂的是自己的过去。这时我注意到,他的脸变得僵硬。他像是难以启齿地说,可是,Z不就是你的笔名吗?"

艾斯说日语的声音低沉又柔和,龚清扬恍惚感到,随着他的讲述,周围逐渐充斥着无形的重压,仿佛空气变成了啫喱。须川从鼻子里笑了一声,啫喱状的空气晃了晃。

"原来是开放结局,有点狡猾。"须川说,"是个好故事,可是离题啦!这哪里是小说对写作者的召唤?"

"我还没讲完——"艾斯吞下一大口酒,狡黠地一笑。

龚清扬插话:"刚才是小说,接下来要说的是现实,对吧?"

"没错,"艾斯说,"这个故事收在我的第一本书里。通常,新作者的短篇集不好卖。我的这本书据说只卖了几百本,身边的朋友也没人和我讨论,估计他们看了不喜欢。书出版了一年多,父亲住院,我去探望他。没想到,他主动提起了我的书。

"我父亲是个会计。他看报纸,但不怎么看书。在我看来,他也不会因为书是我写的而去读。我成年后和他的关系很淡。常有的事,孩子和父母既不理解对方,也不试图理解。我大学毕业的时候正好遇上苏联解体,我们周围的很多事物都改变了。在我眼里,父亲一直停留在旧的时代,旧的思维方式。我想知道我们国家是怎样一步步走到今天的,看了大量的资料。那个短篇现在看就像一篇读书报告,只是以小说的形式写出来,不算高明。当然,写下它的时候,我很年轻,也免不了自负,以为自己在重述历史。小说的主人公是自我厌恶和自恋的双面体,有我本人的投影。

"病床上的父亲说,他读了整本书,觉得写得很没意思,除了这个故事。虽然听不出他是夸我还是骂我,我还是有些意外,但他接下来的话才叫人吃惊——

"父亲说,我不知道你从哪里听说了过去的事,并把它写下来。我一直担心的事发生了,那就是自己的罪被人揭露,可是很奇怪,我反而感到解脱。说这些话的他显得陌生,他的眼睛没有看我,而是一直盯着空气中仿佛只有他才能看见的什么。他断断续续地告诉我,他让老师进了监狱,老师的妻子,他暗恋的女人,因为受不了打击,一度精神分裂。他并没有忏悔自己的所作所为,事实上,这么多年来,他一直在自我催眠,说那些事是别人做下的。他虚构了一个同学,逐渐往那人身上添加细节,到后来,那个背叛者对他来说像是真实存在的。我知道,父亲之所以能有勇气向我坦白,是因为他的生命走到了尽头。他病得很重。我和父亲都没想到的是,他终究熬过了手术,此后又活了将近十年。从病房的谈话到他真正离开,我们再也没有谈过我写下的那个故事。"

须川叹了口气:"原来如此。"

艾斯说:"还记得我们最初的话题吧?命运与自由意志。我有时想,写下那篇小说的,是我吗,我真的是以我自身的意志选择了某个主题吗?"

须川说:"有时候,现实的影子落在了小说上。至于是不是自由意志……"他迟疑不语。龚清扬说:"也有些时候,小说会反过来影响现实。"

艾斯的杯子又空了。须川说他去点单,他在站起来的同时说道:"下面该你了,龚小姐。"

"我?"

"轮到你说故事了。"

龚清扬怔了怔:"我不会。"心里想的是,难道是命题作文?命运和自由意志?这谁讲得了……

如同听见她的心声,艾斯说:"你可以的,我以小说家的名义保证。随便什么主题都行。你自己的经历也好,其他人的经历也好,或者哪怕现编一个。"

龚清扬吃掉橄榄,抿了一口白色的酒,微苦,酸里透着咸。她抬眼看艾斯,那边回以笑容。"老式玛格丽特,我猜你会喜欢。刚才你喝得慢,看起来不爱甜的。"

艾斯是个很好的观察者,她确实喜欢这酒。鸡尾酒里的酒精一点点松开脑袋里的螺栓。等须川重返座位,她轮流看了看两位作家。艾斯明天还有一个采访,剩下的时间用来游览,她后天送他去机场。至于须川,今后多半不会再见。他们是纯文学作家,即便须川说自己的书卖得不好,两人都拥有她向往的职业。应该说,她曾经梦想的。

龚清扬说:"我试着讲一个吧。如果没意思,还请见谅。这故事我是听朋友讲的,不清楚是不是真的。"

"我朋友是个年轻女孩,在网上写耽美小说。"

第一句刚讲完,就被艾斯打断:"耽美?"

龚清扬想起来,"耽美"这个词在日语的原意是耽美主义,意味着以美为最高准则。奥斯卡·王尔德的《莎乐美》、谷崎润一郎的《春琴抄》可作为范例。虽然网上也用来指代 BL 小说,但老派人艾斯应该只知道从前的词义。

须川慢了一拍开口:"你说的莫非是 BL 小说?"

她点点头,脸有些热,不知是不是酒精的作用。

须川转头对艾斯解释:"Boy's love。小说的主人公都是男性。不过那不是真正的同志小说,是写给女性读者看的恋爱小说,说成是幻想小说更合适。"

解释够精确的。艾斯的脸上浮现会意的神色。龚清扬压下窘迫,继续说:"中国的网络小说读者很多,如果是热门的书,能有几十万、几百万读者。"

两位作家彼此交换了一个神色。她有些紧张,没能立即看懂。

"我朋友,这里用A指代吧。她不是热门的作者,连载了两本书,每本的阅读量都少得可怜。可能把一本书全部看完的,也就一百多个人吧。她不光写,也看其他人的,她不觉得自己比当红的作者写得差,可能单纯就是运气不好。

"虽然完全不红,但A也有几个热心读者,在连载期间追着看,给她留言。其中有个叫'麒麟'的ID,几乎每个章节都写留言,谈论对本章的感想,猜测后面的走向,有时她甚至觉得,自己的小说有麒麟看,就知足了。"说到这里,龚清扬想起日语的麒麟也指长颈鹿,补充道:"麒麟是中国古代的神兽,不是动物园里的那种。"

"A在念研究生,课业不算繁重,所以才有时间写小说。她猜麒麟是个高中女生,网文读者有很多是高中生。

麒麟的留言很少用表情符号,遣词造句也显得老成,A觉得麒麟有点像少女时代的自己。在留言和回复的过程中,两人越来越熟悉,所以当麒麟问A要QQ账号时,A迟疑片刻便答应了。在中国,手机聊天主要用微信,微信因为有朋友圈发布日常动态,更私人一些,QQ嘛,一般在工作上用。麒麟的这个要求其实挺聪明的,如果她上来就要微信,A不会答应。

"A不是每天上QQ,麒麟也一样。遇上彼此都在线,就打字聊会儿天。她们的关系比作者和读者更进了一步。A像姐姐一样,把她喜爱的书、电影和音乐分享给麒麟,麒麟也会在看过听过后反馈感想。从那些交流中,A发现,麒麟有一种特别的感受力,她忍不住问,你也写东西吗?麒麟说,当读者这么开心,为什么要自己写?A说,你还小,也许以后想法会变的。麒麟说,那就等以后再说。

"在她们相熟的过程中,A的第三本书连载完了。近未来背景的反乌托邦题材,和前两本一样,阅读量惨淡。网络作者和传统文学作者的区别在于,你很清楚到底有多少人看了,甚至没法欺骗自己。这次连留言也少了,因为留言的主力麒麟把有些感想第一时间在QQ上讲过了。A半开玩笑地说,你不留言,我都没动力接着写下一本呢。

"麒麟问,你下一本的计划是什么?A说,我打算换个路子,写推理。麒麟说,我一直觉得你特别好,不过,阅读量上不去,总是有原因的,你知道你的问题在哪里吗?A有些吃惊,麒麟这种居高临下的语气是她不曾见过的。她迟疑着问,你觉得呢?

"手机屏幕一直显示对方正在输入,过了好久,麒麟的回话来了:'你的小说,前三分之一可以删掉。每一本都是这样,就像一栋房子,前面有个过于长的走道。不妨试试看,去掉走道,让读者直接站在大门口。'这句话不长,用不着打许久。A意识到,麒麟说不定先写了更严厉的措辞,又删掉重写。她当然受到了一定的打击,但她心里清楚,麒麟的话是对的。

"A把写到一半的新小说的大纲推翻重写。她其实有另一个急需修改的大纲,那是她的毕业论文。A的导师同时兼任学校领导,太忙了,没怎么管过她的论文。暑假前,A提交过一个敷衍的大纲,导师说这样不行,但没有给出具体的修改意见,她见导师一直没来催,索性拖着。研究生只剩最后一个学年,同学都在忙论文,有些人同时还在准备考公或考博,也有人开始四处投简历求职,她把时间花在看不到成效的网文写作上,心里不是没有'我这是在干什么'的混乱。但她太想要证明自己,也许仅仅是为了证明给麒麟看。BL小说必须有双男主,这一次的主人公是书店老板和刑警,在他们的周围有一系列案件发生。A将论文资料放在一边,看了一堆刑侦科学以及犯罪心理学的书。她听了麒麟的建议,不再像以前一样先铺垫主角的过往,开篇就是一场谋杀案。

"A把完成的新大纲发给了麒麟。按理,这是作者的禁忌。A在发出之前不是没有过忐忑。她对自己说,与其在全书完成后再后悔没写好,不如先让麒麟提意见,读者有时比作者本人更能看出问题,不是吗?

"当晚,麒麟的意见来了。说是凶手的动机不足,可以再想想。A有些沮丧,为了掩饰情绪,回复道,你这么老到,真的是高中生吗?麒麟像是讶异地说,我从来没说过我是高中生啊。A说,那你到底是姐姐还是妹妹?你知道我的年龄。麒麟说,我肯定比你老,我毕业很久啦。A有些意外——所以麒麟是个年长女性,甚至可能结了婚,有孩子,在空余时间看看网文,并偶然成了自己的读者?"

艾斯做了个手势,龚清扬中断叙述,喝酒,试图平复心跳。酒精让心跳变得更密集。艾斯说:"这个麒麟,就没有可能是男的?"

龚清扬垂眼说:"BL读者很少有男的……不过,麒麟的性别,在这个故事里不重要。"

须川摸着下巴说:"是吗?我本来有些猜测,如果性别不重要,我可能猜错了。请接着说。"

"嗯……麒麟像是不想继续年龄的话题,又说,你确定这个故事要写BL吗?A反问,什么意思?你知道的,我一直都写BL,其他的我不会,也没兴趣。麒麟说,你的这两个主人公,我没有感觉到他们必须都是男性。你如果把书店老板换成女性,整个故事也一样成立。如果故事的内核和人物本身要求你写两个男人恋爱,没问题。但现在这样,是硬拗。

"A完全愣住了。麒麟这番话甚至不像一个BL读者。她想反驳,然而她意识到,麒麟是对的。手机屏幕上,麒麟又打了一长串的字:我有个建议,你要么把小说大纲放一放,过一两个月再来改。已经十一月了,你不是说论文还没搞定吗?不能因为写小说,乱了学业。A想,这语气比我的导师还像导师。她说,还是以前好,有距离,你一直夸我,现在距离近了,反而不一样了。麒麟说,我终归是为你好。我希望你可以有光明的将来,有好的工作,有更多的读者。

"这话莫名地让A有些触动。她努力让自己放下小说大纲,开始重新看资料,琢磨论文。从小说转到学业,感觉很艰难,就像习惯了游泳的人转为长跑,动用的肌肉都不一样。A在网上对麒麟说,好烦啊,论文大纲比小说大纲还难攒,而且就算毕业,我这个专业很难找工作。想到还要去求职,简直想哭。

"麒麟说,你去和导师哭诉一下吧,让他帮你找工作。A以为对方在开玩笑,这时麒麟的下一句话来了:你是要写作的人,别把精力浪费在俗务上,导师嘛,就是用来依靠的。

"A想,麒麟果然比自己年长,不然说不出这么现实的话。麒麟似乎变忙了,最明显的是在线时间变短了,经常是A这边上了QQ,那边没人,只能留言,第二天收到麒麟的回复,是深夜留下的。A因为要忙论文,没太在意,就这么有一搭没一搭地和麒麟相互留言,仿佛回到了在小说章节底下沟通的日子,只是话题不再局限于小说。麒麟很少谈论自身,倒是A这边讲了不少,学业、家人、快乐与烦恼，她都和麒麟分享。A知道有些网文作者和读者亲近后被反噬的例子，不过她和热门作者的距离实在太远，何况麒麟对她来说早就不仅仅是读者。她生活中的几个好友是高中时代的同学，如今都在上班。她们不知道她写网文，有些话题聊不起来，不像对着麒麟，她可以做完整的自己。

"花在论文上的时间比预想的要久，从元旦到春节，再到整个春天，A一直在写论文，终于卡着最后的时间节点完成。小说写起来既自虐又愉快，写论文就只有自虐。不管怎么说，毕竟完成了一件大事，有种满足。答辩也顺利通过了。A如释重负。接下来只需要领毕业证，也是时候开始找工作了。为了庆祝答辩成功，A和朋友们约了晚饭。餐厅靠近外滩，饭后，她和另外几人不同路，独自从福州路往西走，去地铁站。福州路是上海的书店一条街，有好几家大型书店。A想，既然经过，就进去看看。她记得小说在二楼，乘自动扶梯上去，先看到写着本周畅销书的黑板，一转弯，书籍码堆像某种行为艺术，有的横竖交错，有的呈扇形一层层铺叠。A走近一看，码堆的正是黑板上那几本书。其中有她喜爱的英国作家的新书，还有一个作者，她听过名字但没看过的本土作家。A不怎么看当代中国作家的书。促使她拿起那本书的，是腰封文案。她想，这人不是纯文学的吗，也写悬疑？

"A站在码堆旁边，将那本书随手翻了几页。她的心跳加快了。她知道自己该买下这本书回家看，但她太急切，环顾四周，找了个位置隐蔽的书架，席地坐下，继续往下读。"

一口气说到这里，龚清扬口干舌燥。她想喝酒润嗓，发现杯子不知何时空了。艾斯敏锐地注意到了，问她要喝什么。"不能再喝了，能帮我要杯水吗？"龚清扬目送他起身，惊觉自己一直在让嘉宾照顾。她从包里摸出手机，查看微信。都不是什么需要立即回复的消息，还好没有人问起艾斯从晚宴消失的事。她关掉手机屏幕，一抬头，对上须川的目光。他笑着说："你这个中场休息，真让人着急。"

艾斯端着水回来了。她道谢，喝水，继续讲述。

"A在书店里坐了两个小时，读了大半本书。听到关店广播，她带着书去收银台付款。地铁还有班次，她在地铁上继续读。深夜的地铁车厢，大多数人在看手机，一两个人在打盹，捧着书的只有她一个。在别人眼中，她一定是个勤奋的读者。其实她心里满是被背叛的震惊。她很想立即上QQ质问麒麟，你怎么把我的大纲给了别人？阻止她这么做的，是另一个念头，她觉得至少要读完整本书，再做结论。

"回到家，A把自己关在房间里。上一次这样废寝忘食地看书是在什么时候？她自知像是着了魔。书页文字的情节背后的骨架似曾相识，见鬼的是，这人写得太好了，如果她自己来写，绝对没这么好看。而且，眼前的书和她电脑硬盘里的小说大纲有个本质的区别，这不是一本BL小说，主人公是开书店的女人和男刑警。作者甚至没有加入常见的爱情戏，两名主人公相互欣赏、共同破案，他们到最后也没成为恋人。

"读完最后一行字，A打开电脑，上网搜索书的作者。不意外，新书刚出来，且畅销，网上有好几篇访谈。A读完那些访谈，上了QQ，麒麟不在线，她问，在吗？那边没动静。她只好写留言：你其实是某某吧？她打出那本书的作者的名字，盯着屏幕看了许久，点了发送键。"

龚清扬感到有些缺氧，要么是说得太急了，要么是讲述这个故事过于耗费能量。她停下来，大口喝水，只听艾斯说:"你的朋友A,我们就当她这个故事是真的吧,她是被另一个作家抄袭了?抄袭她的,就是她的朋友麒麟,对吗?"

"应该说,是不知名的网文作者被作家抄袭了。"

艾斯摇头道:"发在网络上,也是作家。只要写作,就是作家。"

须川说:"我来猜一下后续发展好了。那个叫麒麟的人,从此消失了。"

龚清扬苦笑:"猜得太对了。一个人想要在网络上消失,真的很容易。"

须川说:"你甚至没法声称他抄袭,因为你的小说还没写出来。"

"和龚小姐无关,这是A的故事……"艾斯打圆场般说道。

龚清扬想,我还是不该讲的,这两人是专业的,他们已猜到事情发生在我身上。要是他们问那个人的名字,我该怎么办?只能坚持说此事与我无关,是朋友讲给我听的。

须川说:"要写啊。只有继续写,写自己想写的,才是最佳的复仇!"说完,他一笑:"请把我的话转告A小姐。"他又转头对艾斯说:"遇到抄袭者是命运,这时候,写还是不写,取决于自由意志。看起来,我们今天所有的故事,都没有背离最初的主题呢。"

复仇。

这个词如同笔直落入心湖的石子,激起扑通一声回响。

龚清扬长在只有男家长的单亲家庭,爷爷的关爱弥补了没有妈妈的缺憾,至于爸爸,他大多数时候更关注他自己,偶尔抽风似的想起来扮演一下父亲的角色,每当这时,龚清扬宁可他的注意力在其他地方。

她刚才讲的故事的开端与中盘都与现实一致,只有结尾被她掐掉了一点细节。说起来都怪爸爸,要不是他一时心血来潮,看了她的电脑,她又怎么会遇见那本书?

那段时间,论文答辩完了,但女儿还是整天窝在屋里,做爸爸的可能怕女儿网恋什么的,才会做出看电脑这种侵犯隐私的行为。这一看,就看到了龚清扬隔了小半年重新拾起来修修弄弄的小说大纲。

爸爸劈头盖脸地骂了她,意思是,你在写的是什么东西,两个男的谈恋爱?!

爷爷在旁边显然也感到震惊，只说，有话好好说，不要骂扬扬。

龚清扬从未见过爸爸额头暴起青筋的模样，那样子可以说是狰狞的。他平时总是笑嘻嘻的，饭桌上一向不提他的那些个玩伴以及暧昧对象，找些不咸不淡的话来讲。他念过大学，不知怎的没毕业，后来由爷爷出钱，他开过餐馆、书店，都以亏本关店告终。自从龚清扬上小学，他就没再做过任何有关赚钱的尝试。倒也不见他在家待着，每天十点以后他就出门了，临近晚饭回来。家里的晚饭一直是他做，打扫卫生有钟点工阿姨。至于龚清扬的妈妈，据说生完孩子就离婚了，随后和新的恋人一起去了美国，从此连信也没来过一封，完全是恩断情绝的架势。

挨了爸爸的骂，龚清扬心里委屈。她想，我会找工作独立，才不会像你一样，靠爷爷养。我写小说，也没碍着谁。

想归想，家教让她不敢回嘴，闷声吃完饭，她说要出去走走。爸爸在后面喊，你回来，大人的话还没讲完你就想走？她下了两层楼梯，听见他气急败坏的声音：你有本事就不要回来！

就是在那样惶然又愤怒的情绪中,她去了福州路的书店,看到了那本书。

一个晚上,双重打击。先是爸爸的不理解,然后是麒麟的背叛。

她以为是麒麟的那个人,原来是乔一达。

给麒麟发完质问的留言,久久不见回应,对方要么隐身,要么不在线。她听见有人敲门,以为是爸爸,不情愿地开了门,门外是爷爷。

爷爷不知道她此刻心乱如麻,安抚般说,这么晚了还没睡啊,又说,冰箱里还有你喜欢的奶油小方,出来吃?要在平时,爷爷早就睡了,他一定等了很久,见门缝的灯光一直没熄灭,才找个由头来和她说话。她刚哭过,确实想吃甜的,便说"好"。爷孙俩在一角的厨房餐桌坐了,爷爷没有提她的小说,也没有对爸爸反常的高压态度做出评价,而是给她讲了一个故事。曾爷爷年少时遭遇劫匪的故事。

爷爷说,我爸凡事都有决断,我念了物理系,在大学教书,全是按他指好的路走。如果不是他要求,我原本想学文,也想写小说。现在想,如果我当时学了文,后面的日子,可能不好过。我爸大多数时间都是对的,但被指引的人，有时候难免还是不甘心。等到我自己有了小孩，我想，我不要像我爸那样指手画脚，小孩自己想走什么路，让他走。

龚清扬没说话。爷爷的放养，造就了爸爸不思进取的一生。她无法评判爷爷的对错，毕竟对她来说，爷爷比爸爸更亲。她在书店边看书边哭的时候，爸爸打来电话，她掐掉了。后来爷爷打，她就接了，说自己待会儿就回家。

吃完一块蛋糕，爷爷还是没提她写小说的事。如果没撞见那本书，她可能会和爷爷撒娇，说自己就是爱写，说爸爸老古董，现在写这个的人多了。读过署名乔一达的《野声》，她感到，自己有过的对写作的热情和信心，仿佛被人用一根大棒打得粉碎，让她甚至无法对最亲近的爷爷说，我想写。

第二天醒来，第一件事是看QQ，麒麟终究没有回复留言。她心里的愤怒像一团不断晕开的墨汁，忍不住发了长长的质问。她想，你为什么不干脆拉黑我？依然没有回应，她简直像对墙说话。

几天后，导师喊了她和另外两个门生去家里坐。导师问了他们的近况，有没有找到工作，接下来的计划。

她的心不在谈话上,直到一个同学问,龚清扬你怎么了,她才注意到,自己不知何时流了泪。她慌乱地解释说,感觉前途迷茫,忍不住哭了,不好意思。心里知道完全是因为被剽窃的事。麒麟,乔一达,那人做得太巧妙,他的小说比她的大纲,飞跃了不知多少个台阶,她就算拿出来给人看,别人多半只会说,有那么点像,不足以称之为抄,何况,有抄小说的,哪有抄大纲的?估计只是碰巧罢了。

连她自己有时也疑心,是不是自己过度反应,难道真是碰巧?乔一达与麒麟不是一个人?

转念又想,麒麟的不回应,就是一种回应。

没想到因为她莫名地流了眼泪,导师有些挂心。说起来,她爷爷退休前也在这所学府任教,虽不同系,估计导师听说过她那个游手好闲的爸爸。导师不知出于什么心理,主动帮她找了出版社的工作。在微信上看到导师说让她过去面试的时候,龚清扬惊讶极了。

导师说,面试就是走个过场,你没问题的,先实习两个月,后面应该可以顺利签约。

龚清扬没想过从事出版行业。她曾有过不切实际的想法,希望可以靠写网文养活自己。读研期间写的小说都是在朝着这个目标努力攒人气,但很快就被阅读量浇了凉水。出版社的工作应该就是看稿吧?因麒麟的背叛变得死气沉沉的生活总算萌生了一丝新芽。

实习加上正式入职,几个月过去,她终于发现,图书编辑的工作中,看稿只是很小的一部分,也是相对愉快的部分。开会,填表,各种杂务,成年人的生活充斥着太多的身不由己。

而她作为编辑的高光时刻,恐怕就是这个夜晚。两位外国作家和她,轮流讲述了各自的故事。隔了一年多,她终于能面对那个坎,借着A的遭遇,道出自己的挫败。

就像须川说的,"写自己想写的,才是最佳的复仇"。

今天在会场见到乔一达,是第一次见到真人。她以为自己会"仇人相见分外眼红",奇怪的是,遥遥望着他在台上侃侃而谈,她只觉得陌生。她没有从他身上看到半点麒麟的影子。也对,麒麟本就是他披挂的马甲,不是他。

最难过的那段日子,她经常在网上搜索和他相关的信息。还真让她找到了一些可疑的细节。在一个早期论坛,有个ID说,乔一达在美国期间的同居女友,研究方向是二十世纪四十年代的中国文学,论文中有大量"孤岛时期"上海文人的交往与生活细节。乔一达的成名作《八月》和该论文不无关系。那个ID自称是乔一达前女友的朋友,给出了论文的链接。底下有人回复,我看过小说,也看了你贴的论文,不觉得这是抄袭。

龚清扬在心里笑了一声。

按理,她该对乔一达敬而远之,但她仿佛自虐一般,把他的几本书都看了,包括今年书展前刚上市的科幻小说《石中火》。她无从知道他这次有没有借鉴谁,或者从谁那里"获得灵感"。看得出,他讲故事的功力又有些见长。不过,如果心平气和地做判断,她觉得他反响平平的短篇集是最好的。她有个恶毒的猜测,也许那本书是他原创的。

她一直没再写小说。她以为自己再也不会有对写作的向往,直到须川那句关于复仇的话,重新搅乱她花了好久才得以平静的心湖。

龚清扬对须川说:"对了,我刚才就想问来着,在大巴上捡到的那本书,让您决定写小说的,是什么?"

艾斯也露出兴趣盎然的神色。须川的表情有些古怪。

"是《黑雨》。这本书拍成了电影,你们一定知道。我刚想起来,当初围绕这本书,也闹过剽窃的传闻,有人说作者剽窃了某人的日记。那本日记后来也出版了,我一直还没读过,也有传言说,日记在出版前经过修改,为的是和小说贴近,反证剽窃。"

艾斯若有所思地说:"真相总是只有很少的人知道。不过对于小说读者来说,小说好看就足够了。"

龚清扬点点头,算是赞同艾斯。她准备买单,却听须川说已经买过了。艾斯说:"我们去看看外滩吧,龚小姐,你回家会不会太晚?我也可以和须川先生去。"龚清扬赶紧说:"不晚,我带你们去。"

须川举起杯,杯底是冰块融化的水,淡得看不出酒色:"干杯,为了所有等着完成的小说。"

艾斯说:"祝小说家打败小说窃贼。"

龚清扬一时间找不到祝酒词,最后说:"敬自由意志,意志终将战胜命运的安排。"

彼岸之夏

只有硬心肠的人,才能活下去。

凌晨五点多,姐姐和阿广一起回的家。阿广进浴室冲澡的时候,姐姐靠墙屈腿坐着,边喝啤酒边写日记。在店里不是一直在喝吗?怎么到家还喝酒?国子把纳闷藏在心里,装睡。

公寓进门是浴室,厨房嵌在过道一侧,唯一的房间不到十平方米。放电视机的矮柜和国子的书桌椅占了三分之一,剩下的空间同时充作起居室和卧室。到了夜里,收起折叠式矮桌,铺上两张地铺。一周有六天,姐姐都在凌晨回家,有时澡也不洗,径直往地铺上一躺。国子的褥子挨着落地窗。她很少被姐姐吵醒。侵袭梦境的,有时是雨打玻璃的声响,以及,每周两次收生鲜垃圾的日子,乌鸦们在外面闹腾不休的嘎嘎声。

国子闭着眼数羊,想尽快睡着。发现无效,就改为默背尾崎放哉的俳句:泼水/寂静的家/夏柳。太阳出来前/淋湿的鸟/飞了。

睡意一旦消散就不肯凝聚。脚步声。阿广和姐姐说话,姐姐轻笑,浴室重新响起水声,然后是两个人做爱的动静。

国子不记得自己是怎么睡着的。天亮了,她爬起来,轻手轻脚进浴室洗漱。想开壁橱拿衣服,但阿广睡得太靠里,挡住了折叠门,她只能从脏衣篓拿了件T恤,套上昨天穿过的短裙,背上斜挎包出门,先去便利店买饭团和牛奶,在公园吃了,然后步行到涩谷。坐地铁只要十几分钟,走路得一个半小时,但她想把票钱留着买冰激凌吃。再说去太早了店都没开,走过去正好。

暑假的表参道上黑压压的都是人,仿佛全日本的年轻人都聚集到这里。走热了,进到商场。她这个年纪的女孩,在涩谷总会有很多想买的东西,小至发卡或动画人物徽章,大到裙子鞋子。她却什么也没买,吃了热狗和冰激凌当作午饭,乘地铁回家。

没能进家门。用钥匙开门,里面挂着链子。想要过二人世界的信号。她在门外静立片刻,去了图书馆。

图书馆里有许多熟面孔。那个总在读《源氏物语》的女人,把原文书和现代文译本一上一下地摊在桌上,旁边是细方格笔记本。字写得小而密,国子经过时瞥了一眼,看不清内容。还有个叔叔是流浪汉,脚边的黑色手提袋里装着全部家什。他坐在挨着墙的电脑跟前,打字动作迟缓,每几个字之间有大段的思考空白。电脑需要预约,约了能用两个小时。国子很少用。她抱着一本尾崎放哉的传记,想找张空桌子,转了一圈没找到,便到书架围成的空地上,拣了个有空位的花生形软座。占据"花生"另一头的是个上班族模样的男人,戴眼镜,烟灰色西装西裤,褐色皮鞋看着很贵。国子猜他是溜班坐在这里。他上班的地方,空调一定很强,至于他在办公室做些什么,无从想象。她又瞥了男人一眼。他膝盖上摊着一本书,在打盹。

和灰西装男人一样,国子待在图书馆,是因为没有更好的地方可去。她隐隐有一种被困住的感觉。

坐大巴从冈山到东京是在前年冬天,旅程的记忆大半被腰背酸痛的睡眠占据。到东京的早上,初升的太阳照着巴士停靠的马路,暖意稀薄。那么多的人。远处高楼的玻璃幕墙映着深蓝色天空,像海。实际的天空是一种被稀释的蓝。她仓皇地打量陌生的城市,还没来得及生出抵达东京的实感,一个女人快步到跟前叫道,奈酱,国子?

姐姐的名字是夏,被喊作"奈酱"。不光家里人,姐姐的同学们也这么叫。但从小到大,国子身边没有人喊她"国酱"。国子。矢口同学。矢口。可能她身上有什么严肃的东西,让别人主动绕过昵称。

姐姐上前抓住女人的胳膊,喊了一声"妈"。国子跟过去。女人扯开嘴角微笑,门牙沾了一点口红,像电影里的吸血鬼。国子,不认识妈妈了?也是哦,妈妈上次见你的时候,你才这么高。说着,女人比画了一个高度。

以前都是奶奶照顾她们,现在奶奶得了阿尔茨海默病,被送进养老院,她们才大老远地跑来东京找妈妈。在那之前,妈妈对她们来说,无非是每隔几年见一面的陌生女人。

国子后来想,我应该有心理准备的。从一开始,那个人就只是强撑着扮演我们的妈妈。她生了我们。不过,没有谁规定,生了孩子就得当妈。

妈妈接收她们不到一年,就跟着新交的男朋友跑了,把一大笔债务和一个叫黑崎的男人留给两个女儿。黑崎的名片上写的是某某金融公司,其实就是个收债的。和电视上的黑社会不同,他看起来更像个疲惫的销售人员,说话慢条斯理。他用听来并无威胁意味的嗓音说，奈酱，你别上学了，你和妹妹都上学，谁还债呢？我给你找个活儿。

情况本来可以更糟。至少黑崎没把姐姐塞进真刀实枪的桑拿房，让她去了月光酒吧。当然，底薪和提成大部分流进黑崎的公司，姐姐每个月只能拿到基础生活费，外加客人给的小费。房租水电，吃饭，国子的学费，全指着这些钱。如果自己处在姐姐的立场，国子想，一定会满心怨怼。但姐姐从不抱怨，还反过来鼓励她说，我反正念不进去书，就算拿到高中文凭，最后说不定还是做这行。你不一样。国子，你得干出点名堂来，让他们看看！

他们指的是谁呢？已经去世的奶奶和爸爸，一走了之的妈妈，还是只见过几次的姑姑一家？对国子来说，亲人如今只剩姐姐一人。十五岁的国子对未来更多的是恐惧。说不定某一天醒来，家变成空壳，连姐姐也消失不见。那时黑崎便会把对姐姐说过的话朝自己再讲一遍。

胡思乱想毫无益处。国子收拢心神，翻开放哉的传记。尾崎放哉是与种田山头火并称的俳人，生于明治十八年，毕业于东京帝大法学部。他曾任保险公司的高层，享受过明治到大正时代的奢华。三十八岁，他因酗酒等问题被革职，后来在寺院打杂，辗转多地，死时四十一岁。这些国子早就知道，维基百科能让人用不到一分钟的时间了解某个名人的生平。她想知道的，是放哉写下某个句子时特定的心情。例如那句最有名的咳嗽/也只是一人。看了十几页，发现传记未能提供答案。她合上书，从包里拿出本子，开始写字。她不像姐姐那样热衷于记日记，写的是俳句。在家里和学校，她小心地隐藏着这份爱好。在大多数人眼里，俳句是老头老太的玩意儿。

图书馆也待腻了，国子从楼里出去，往家走。马路那头的天空缀着一道道扁平的犹如蜡笔画成的红云，提醒她，一整个白天在无所事事中耗尽了，除了软皮薄上的几个句子，没留下什么。经过超市，她迟疑片刻。里面灯火通明，男男女女推着车拎着篮子，显得丰足。她身上的钱够买一只可乐饼——裹着面包屑的土豆泥饼，肉末的存在感微弱，即便用料贫瘠，油炸食品趁热吃起来还挺美味。最终她没进超市，在离家不远的巷子左转，推门走进中餐馆"川美"。

刚过五点，店里只有两名食客。没看到打工的店员，大个头厨师在厨房里，女店主坐在收银台后。国子到吧台靠墙的位置坐了,过来点单的女店主熟稔地喊她的名字,又说:"今天怎么没和姐姐一起?"

这会儿姐姐要么在洗澡,要么已经出门去做头发和指甲。月光酒吧的工作时间是晚上六点到凌晨两点。如果客人提出"上班同行",也就是一起吃饭再去店里,下午三四点就得出门。同行是业务之一,店里是要收钱的。月光酒吧算是俱乐部,比妈妈以前工作的小酒馆高级。妈妈还在的时候,她们住的是两居室,妈妈一间,姐妹俩一间。厨房也比现在像样。三个人的晚饭通常是从超市买的熟菜,自家煮个米饭,用热水冲个方便酱汤。妈妈不舍得去美甲店,国子担负起了帮她涂指甲油的任务。指甲上的颜色稍有破损,就得用洗甲水清除重涂。洗甲水闻多了让人头晕。

国子回答:"我姐的男朋友来了。"

上次也是因为阿广来,又正好是图书馆的休馆日,她在这间店消磨了大半天。晚饭时,姐姐过来接她。女店主抱怨道,我这里又不是保育园。据说来日本超过二十年的女店主口音很重,一听就是中国人。她不懂,保育园暑假不开,而且国子是初中生,本来就不属于接收对象。

女店主眉骨的位置上横着两道黑蓝的印子,是文上去的眉毛。国子看到那两道假眉毛抖了抖,知道自己又被嫌弃了,赶紧说:"请给我一个迷你定食。"

迷你定食只需要二百五十日元。米饭,蛋花汤,四川泡菜。饭和泡菜可以免费添。加主菜的定食六百。主菜一年到头就那么几种。麻婆豆腐。回锅肉。油淋鸡。宫保鸡丁。如果有钱,国子会选择麻婆豆腐。夏天吃起来很刺激,汗水从毛孔往外蹿,鼻腔和舌头因充血而发烫。她一边吸气一边吃的模样,曾让姐姐忍不住发牢骚道,你这是受虐体质吗?

饭和汤很快被消灭干净。为了久坐,国子决定不添饭,给人留个好印象。吧台挨着厨房,魁伟的厨师在炒另一个客人点的回锅肉,中式炒锅在他手里像羽毛球拍般轻盈。国子喝一口磨砂塑料杯里变温的水,咬着铅笔,低头看之前在图书馆写的俳句:路边/姐姐呕吐的痕迹/飞过萤火虫。

餐具被收走了,她没在意。过了一会儿,一只手伸过来,放下红色的易拉罐。可口可乐。她吃惊地转头,看见一个陌生的年轻女人。扎着头发的缘故,额头显得很高。

"请你的。"女人说。她也有少许口音,是中国人吗?作为成年女人,白色短袖T恤底下的胸部够小的。腰间系着黑围裙,看来是新来的店员。可能刚才送外卖去了。

"……谢谢。"

"你姐呢?"女人自来熟地问。国子垂眼说:"上班去了。"

"奈酱!"女店主喊道。国子吓了一跳。女人立即转身忙去了。名字居然和姐姐一样,她本人知道吗?

吧台角落的位置让国子得以偷偷打量店里的其他人。客人以男的居多。穿工装和橡胶长靴的男人。短袖衬衫打领带的男人,西装外套夹在肘弯。赤裸的胳膊和领带形成奇妙的对比。条形码发型的伯伯。头发全白的爷爷。大学生模样的年轻人,边吃饭边回手机邮件。几乎每个人都点了六百元档位的定食,就这样还不够似的,又添饭又加泡菜。女店员上菜,收拾,洗碗。她穿梭在店里的姿态让国子想起阿广爱玩的飞机游戏。飞机避开攻击,投下炸弹,得分。以前川美先后有过几个小时工,但没有谁像这个女人一样麻利。她的牛仔裤裹着像男人一样瘦的臀部,底下是白色匡威鞋。国子猜不出她的年龄。就像姐姐看起来不像十九岁,另一个奈酱或许二十出头,也可能更老一些。

吃饭的人陆续走了,没了火苗和油烟气的厨房显得暗淡,电视上综艺节目的主持人在以亢奋的语气说话。奈酱又过来了,这次干脆在国子旁边的位置坐下。

"前几天你姐姐过来吃午饭,我们聊过天。我叫陶夏,陶器的陶,夏天的夏,和你姐姐的名字一样呢。也算是某种缘分。"

国子把本子合上:"我叫矢口国子。"

对方弯眼一笑:"我知道。"

进入暑假,平时国子会做好午饭,等姐姐起床一起吃。除了今天被阿广彻底扰乱节奏,最近的一次例外,是上周四去见北原的那天。国子给报纸上的俳句征文比赛投稿,拿了个优秀奖。她没有手机,也不想写姐姐的号码,留的是同班同学末广诚的电话。报社那边有个叫北原的编辑打电话给诚,说要和"玄哉"见面。诚特意骑自行车过来转告。她没有回绝的理由,便答应了。姐姐不知道她写俳句,从头解释太麻烦,她撒谎说去同学家。

她走进位于神田的咖啡馆,北原已经等在那里。参赛填写的个人信息包括性别年龄,所以对方应该知道她是个十五岁的女孩,但不知为什么,当她说"你好我是玄哉"时,对方一脸震惊。不同于她对报社编辑的想象,北原体态肥白,不戴眼镜,与其说是文化人,更像个公司职员,业绩不太好的那种。他絮絮叨叨地说了一堆话,夸赞她的才气,鼓励她继续多写,说可以介绍她去参加某某老师的俳会。她直到这时才插话,要交钱吗?北原再次睁大眼睛看她。

不难推测,她坐在咖啡馆喝大吉岭红茶的时候——她第一次喝,觉得念起来好听才点的,价格等于两份川美的套餐,还好是北原付账——姐姐在这里吃饭,和另一个奈酱打得火热。说不定连自家妈妈抛下两个女儿跟男人跑了都和对方讲了。就算姐姐不讲,也保不准女店主会八卦。她们姐妹的事在附近算不得秘密。国子不知道大人们怎么看待姐姐陪酒还债这件事。是同情,还是觉得有其母必有其女?

叫陶夏或奈酱的中国女人让国子莫名有些烦心。搞不懂她为什么要请可乐,还特意过来和自己搭讪。

不知道阿广走了吗。国子不想回到家发现那人趴在榻榻米上玩手机游戏和吃零食,索性继续赖在川美的木头方凳上。凳子、桌子和吧台刷了厚重的黑漆,她曾以为这间店的家具浸染了辣椒味儿，有一次趴在吧台上睡着了，才发现自己想多了，黑漆的表面唯有清洁剂的气味。

一直没有新的客人进来。九点刚过，女店主打开收银台的抽屉，把不同面额的纸币和硬币拿出来点数，核对账目，把一部分钱装进手提袋。她在出门前用中文对奈酱说了几句话。国子想，不会又在抱怨她的店不是保育园吧。反正听不懂，国子索性装作不关心，戴上随身听的耳塞。奈酱坐在另一角的四人桌旁看电视。

之后来了一个客人。奈酱从厨房后门出去，过了几分钟，厨师跟着回来了，表情好像不大高兴。做完回锅肉，厨师又走了。奈酱独自在厨房里擦来擦去。那个客人走后，她收了餐具开始清洗，洗完了继续擦。国子以前不知道清洁厨房的工程这么大，她观望着，毫不觉得乏味。奈酱把水槽里面也仔细擦过，挂好抹布，隔着吧台说："得关门了。我送你回家吧。"国子不吭声也不动。奈酱又说："不想回家，是因为家里没人吗？"

"没人倒好。我姐的男朋友可能在。"

"哦，那……我送你去你姐那里？银行隔壁那栋楼，对吧？"

国子想笑。她知道自己在说什么吗？带一个初中生去那种地方？国子没去过姐姐工作的店。她曾无数次仰望那栋楼的褐色马赛克外墙上的灯箱。从五楼往下有三间俱乐部两间餐厅，地下室是爵士酒吧。

最终她莫名地点了头。奈酱把垃圾从后门拎出去，锁上餐厅门，放下卷帘门。两人一起出了巷子，来到街上。出租车们慢悠悠地开过，像庞大的黑色甲虫。几个喝醉的男人在不远处大声告别。空气中充满了烤肉味儿。国子发现自己又饿了。米饭、汤、泡菜和可乐经过肠胃，消失在某个黑洞。

走在旁边的奈酱说："我以前有机会当老师。如果当了，大概就是教你这么大的学生。你在念初中，对吧？"

国子"嗯"了一声。

"你最喜欢什么课目？"

"国文。讨厌英语。"

"学好英语有用的。哎，我的英语也不好。"

"你日语很不错。"

"我是朝鲜族。中学就开始学日语了。再说日语和朝鲜语有点像。"过了片刻，奈酱又说，"我念初中二年级的时候，我妈跟人跑了。说是到了日本。"

"……你是来找她吗？"

"怎么会！我来打工赚钱，想回去开个店。跑了的人，找她做什么！"

跑了也没什么，至少没留下一屁股债。国子抿着嘴想。她莫名地对奈酱有了些亲切感，倒不是因为对方也曾被亲人抛弃。可能因为她从来没有过同性的朋友，像这样并肩走在夜晚的马路上，说着话，感觉奇妙。她甚至希望通往月光酒吧的路能更长一点，遗憾的是很快就到了。奈酱率先停下步子，轻声说："几楼？"国子答："四楼。"前面几步开外，银行的自助服务厅空旷而明亮。她忽然开始后悔跟来。姐姐会生气吧？该老老实实回家才对。

她和姐姐在妈妈工作的"爱丽丝"消磨过许多时光。那是间逼仄的店铺，卡座和吧台之间的空隙需要侧身才能通过。到店里喝酒的都是些看着没什么钱的叔叔，唱K的选曲是十几二十年前的流行歌。妈妈桑还有一间店，两边跑，店里年纪第二大的妈妈自然成了管事的。她们姐妹在吧台后头帮忙炸薯条和洗杯子，有时客人喝多了要姐姐陪唱K，妈妈扯着嗓子说，我女儿可没有在这里上班！店里烟雾缭绕，习惯之后倒也不难受。她和姐姐不止一次从冰箱里偷奶酪吃。

现在回想,那时是开心的。

国子被奈酱带进电梯,上了四楼。奈酱让她等在门口,自己先进去。过了一会儿,姐姐和奈酱一起出来了。姐姐穿了条紧身黑裙子,长耳坠,棕色波浪发看起来是新做的。

"你怎么来了?阿广呢?"姐姐拧着眉毛说,表情和妈妈很像。国子没来得及解释自己一整天在外面,奈酱开口了:"你不要对她这么严厉。她没地方去,在我们店里待了五个小时。"电梯门开了,几个男人走出来,惊讶地看了三个人一眼。姐姐含笑和男人们打招呼,带他们进门。她们两个被晾在外面。要走就该趁现在。国子感到自己的头顶开了个口子,像是有人从那里往下灌石膏,从头顶到脚趾尖变得僵硬,成了雕像。

奈酱拍了拍她的肩:"别怕。"

我不是害怕。我是生气。气我自己太年轻,太弱小,什么也做不了,除了写无用的俳句。

奈酱又说:"你和你姐不太像。"

国子说:"我像爸爸。"

姐姐有着细长脸庞,柔软的发丝,柳条一样的身子,怎么都晒不黑。国子则是方脸，头发又黑又硬，小麦色皮肤。国子小时候甚至怀疑自己是捡来的。有一次，爱丽丝的妈妈桑盯着国子看，对妈妈说，哎，小的这个长得真是和你死掉的那位一模一样——国子懂了，自己像爸爸。知道这一点，并不让她感到欣慰。

从姑姑偶尔漏出的几句话，不难判断，爸爸在活着的时候是家族的耻辱。爷爷留下的钱被他败光了，只剩下奶奶住的老屋。他做过各种工作，都不长久。他和妈妈的关系也不稳固，分分合合好几次。

随着年纪增长，国子收集到更多关于爸爸的事。他是个失败的诗人。在同人杂志上发表过几首诗，仅此而已。他死在九州一个名字古怪的岛上，当时身边是另一个女人。别说遗物，连骨灰都没回到老家。据说按他的遗嘱给撒到海里了。

一个穿蓝色亮片裙子的女人从里面出来，揽住国子说："伊莲的妹妹是吧？来，我带你到里面休息室，有个沙发，你可以在那里休息。"伊莲是姐姐的源氏名。店里除了妈妈桑、酒保和姐姐，还有两个员工。瞳和广美。后者也是因为欠了钱在此工作。瞳据说家境富裕。姐姐常说，搞不懂她为什么做这份工作。

女人说话间酒气缭绕，国子一侧的肩膀感觉到乳房柔软的挤压，奇怪的是，她想起了妈妈。她猜对方是瞳。那双被蓝绿色眼影衬得幽深的眸子深处没有急吼吼的光，和姐姐不同。

想到要和奈酱分开，国子有些不舍。她看向奈酱，蓝裙子女人笑笑说："你也来吧。"没搞懂邀约意味着什么，两人跟着进了厚重的木门，被带进右手边的小门。国子只来得及瞟一眼深处的店堂。店内远远谈不上富丽堂皇。米色墙壁，棕色地毯，乳白色沙发，如果不是吧台的一排排酒瓶反射着灯光，看起来像间咖啡馆。小胡子酒保正在以做化学实验的严谨架势往容器里倒什么。从她的位置看不到姐姐和刚进门的男人们，只有细碎的声浪传来，仿佛隔壁人家的电视声。

所谓的休息室其实是间仓库，角落里有个靠垫起毛的酒红色长沙发，靠墙摆着梳妆台，镜子周围缀着灯泡。此时灯泡没亮，镜子犹如大张着口露着一圈白牙齿的动物。到处是叠放的纸箱。国子在沙发落座，阅读纸箱上的印刷字。业务用柿种。卷纸。啤酒。苏打水。脑海中浮现半阕俳句：柿子种/回潮软绵绵。没等她琢磨出最后五个音节，蓝裙子女人和奈酱聊了起来：你是伊莲的朋友吗？哦，伊莲就是夏。

国子稍后才意识到，蓝裙子女人不是瞳，是这间店的妈妈桑。此人热心地问奈酱，有没有意向来这里工作。只听妈妈桑絮絮地说，听说你会中文和韩文，好厉害。国子一直以为妈妈桑都是年过半百的老女人，没想到这么年轻，且长得美。她甩掉鞋子，缩起双脚，抱着膝坐在沙发上，看那两个女人站在纸箱旁边聊天，仿佛置身学校的错觉。在学校里也总是如此，女生们的小团体这里几个那里几个，说着笑着，构建起透明的金字塔。每个小团体总是有领头的，拍马屁的，随大流的。即便是金字塔底层的人，看向国子的目光也充满毫不忌惮的嘲笑。国子的姐姐是妓女。她们在厕所在楼道在操场上窃窃私语。她觉得她们幼稚又刻毒。陪酒女和妓女不是一回事。姐姐只和男朋友睡觉，尽管那人是个靠不住的文艺青年。小剧团的薪水仅够阿广吃饭，他三不五时地从姐姐身上搜刮油水。真不知道姐姐喜欢他什么。认识阿广是在到东京后不久。姐姐找了份临时工，周末在街上帮剧团发传单。那时阿广大约二十岁不到，身材瘦小的他演的是少年。两年过去了，阿广还在台上演未成年的男人。有时他对姐姐撒娇，也像在扮演弟弟，让国子没来由地感到恶心。

可能是妈妈桑和奈酱的低语具有催眠作用，或是沙发虽旧但舒服的缘故，国子睡着了。她睡得很沉。中间醒来过一回，发现脚边的地上有瓶矿泉水，模糊地感到渴，却没力气拿起来喝，又睡了过去。

再度醒来是被人拍醒的。是姐姐。

"我累死了。你倒是开心。"姐姐冷淡地说。

国子习惯了她的态度，揉揉眼睛说："你下班了吗？我想回家。"

"现在又想回家了？在外面疯一天。"

想到回家又要三个人挤一间屋，国子重新陷入低落的情绪。姐姐带她出去和妈妈桑打招呼，说今天麻烦您了。妈妈桑笑眯眯地说，下次再来玩吧。国子默默鞠了个躬。

下楼来到街上是两点三十五分。路边一溜等客的出租车。有那么多的人在外面花钱到现在吗？国子不理解大人们的想法。钱多得用不完？为什么不能好好在自己家待着？你们的家想必是安定的堡垒，不会有上厕所从不关门的不速之客。

路过稻荷神社，姐姐爬上台阶，到神龛前扔钱祝祷。

夜里拍掌的声音格外响。国子隔开几步,站在鸟居底下候着。鸟居两侧各有一只石狐,上扬的眼角在灯笼的黄光中显得妖异。

阿广最新的角色是狐。川美的收银台摆着话剧演出的宣传单,应该是姐姐放过去的。传单上的阿广戴着红白两色的狐面具,身穿建筑工人的深蓝色工作服。看介绍,又是一部让人云里雾里的实验性话剧。

回到家,房间是空的。阿广像狐一样来去匆匆。国子暗自松了口气。姐姐把放内衣的抽屉拉出来搜了一遍,尖声叫道:"他把钱拿走了!交房租的钱!我出门的时候给了他两万,他怎么还不知足!"

国子想说,谁让你不藏好呢?这时,她的胳膊被紧紧抓住了,整个人被摇来晃去。姐姐朝她吼:"你不该出门的!你如果在家——"她用力挣脱束缚,嚷回去:"我在家他还不是照样拿!你又不是不知道他是什么人!"姐姐弯腰伏在地上,以手捂脸。国子以为她在哭,小心地伸手触碰她的肩。姐姐忽然坐直了,看着她说:"你去看看冰箱里还有啤酒吗。要是那家伙把酒喝完了,我要杀了他!"

啤酒罐在冷藏室排列成行。阿广不仅买了新的啤酒,还做了大麦茶冰着。该算是他的体贴还是心计？国子给姐姐拿了罐啤酒，自己倒了杯大麦茶。为了省电没开空调，褪去了热意的风从通往阳台的落地纱窗一丝丝地渗进来。

"川美的那个奈酱……会到你店里上班吗？妈妈桑邀请她来着。"

"管她呢。我现在有更重大的事情要操心。"姐姐喝着啤酒，含混地说。她指的是下个月的房租。

阿广离开后的第二天上午，国子从无梦的睡眠中醒来，发现家里只剩自己。她暗自一惊，从枕头支起半个身子，借着窗帘透进来的光线眺望空旷的房间。姐姐不会和妈妈一样消失了吧？

姐姐那边的被褥凌乱。昨晚喝空的两只啤酒罐不见了，空气中仍有微酸的发酵味儿。

看到枕头的留条，国子松了口气。用的是从日记本撕下来的细方格。姐姐标志性的圆体字：你自己吃午饭。一枚五百日元硬币压在纸上。可以去吃拉面，或者走远些，有家店的午市套餐也只要五百。国子想，姐姐到底去哪儿了？找微贷公司借钱，还是去找阿广？两种选择说不出哪个更糟。要让她选，早该不搭理阿广才对。

洗漱完毕,她去了川美。十一点刚过,店里没有客人。坐在收银台后面的是奈酱。看见她,奈酱一笑。那是个同谋的笑,尽管她们并未共同谋划什么。

"你姐怎么没一起来?"

"她还在睡。"国子撒谎道。

"今天吃什么?"

国子摊开掌心给她看。意思是,我不够一百,你看着办。

奈酱说:"你留着买零食好了。我来给你做个炒饭。"

国子这才注意到,平时像被圈养的熊那样待在厨房里的男人不见踪影:"你们厨师辞职了?"

"买乐透。说不定顺便溜去打小钢珠。今天没人管他。我们老板旅游去了。哎,也不多招个人,我已经一周多没有休息。"

附近的餐馆基本上每周歇业一天,大多是星期天。唯有这家中餐馆格外勤勉,一周七天从上午十点半开到晚上十点。服务员来来去去,通常是早晚班各一人。也有些时候招不到人,店里只有老板娘。看起来,奈酱一个人就能干两个人的活儿,还能让老板娘放心地扔下店去玩。月光酒吧的妈妈桑想让奈酱去她那里工作,也是看中她特别能吃苦和可靠吗？有点想问她会不会跳槽，国子最终只说："这家店现在是你一个人的啦。"

奈酱扑哧一笑："要真是这样就好了。赚到的钱都是我的。"

国子心头有什么动了一下，像小动物的爪子在挠。

炒饭很快做好了。不同于以前奶奶做的香肠炒饭，配料是鸡蛋和肉末。国子辨认出来，分别是蛋花汤和麻婆豆腐的材料。她饿了，几乎没怎么咀嚼就把油汪汪的饭粒吞咽下去。上学虽然有各种烦心事，但至少能吃上营养平衡的午饭。姐姐从来没让她拖欠过给学校的餐费。以前妈妈还在的时候，念高中的姐姐每天从家里带三明治作为午餐。说是三明治，其实就是超市临期打折的切片面包夹上荷包蛋和沙拉酱。国子一直以为三明治就长那样。和北原见面那天，他讲了一大堆话，接着像是忽然想起来似的，问她要不要吃点什么。菜单上有俱乐部三明治。切成三角形的面包去掉了面包皮，白生生的，和北原的肤色相近。面包之间是两条细线，绿色和白色。她放进嘴里才发现，绿的是黄瓜，白的是奶酪。那味道过于优雅淡泊，她连吃了三块才回过味儿来。挺好吃的。

想到北原，不免想起他关于俳会的邀约。这个月底在镰仓。正好还没开学。编辑北原据说从高中就加入了某俳句社,除了相识不久的他,她没见过其他写俳句的人。都是些怎样的人呢?并非不好奇。问题是,她没钱买火车票。北原一个字也没提路费的事,大概在他那个装满了诗情画意的脑袋里,根本想不到会有人去不起镰仓。毕竟又不是京都那样遥远的地方。

"我可以用店里的电话吗?"喝完榨菜蛋汤,她问奈酱。获得同意,她给末广诚打了个电话,问他今天有没有时间见面。他说下午要去补习班,放学后没问题。约在她家附近的小公园。放下电话,她注意到奈酱的视线。

"男朋友?"

又来了。国子想,好像和我很熟的样子,明明我们刚认识。"只是个同学……你来日本是为了攒钱吗?"

"其实不是。追根溯源,是因为我交了个坏男朋友。"

奈酱显然不是第一次讲"坏男朋友"的故事。她叙述的时候相当平静,也没有过多的渲染。她说:"认识那个人的时候,我刚大学毕业。"

国子有些讶异。奈酱居然念过大学。按她的认知,念大学期间在餐馆打工很常见,等到大学毕业,人们会去公司上班。

继续听下去，国子明白了，奈酱在中国时确实是公司职员。从大学毕业后，奈酱没有像她的大多数同学那样当老师，因为嫌教师的工资低。她在公司的工作不太忙，晚上常去网络聊天室，和陌生人说话。和那个男人就是在聊天室认识的。他和奈酱的距离不算远，坐大巴一个多小时。相熟后，他们经常见面，因为男人比较忙，多数情况是奈酱去他的城市。

再后来，就像许多恋人之间会有的情况，他们分开了。是奈酱提出的。男朋友有很强的控制欲，她渐渐感到窒息，也不想按照他的要求，辞职去他那边。

"他不断打电话过来，到我上班的公司，我家。爸妈在我小时候离的婚。我爸又结婚了，我和奶奶住。我奶奶年纪大了，他也不知道对老人家客气点，上来就说，你孙女是个坏女人！"奈酱叹了口气。

"不能换个号码？"国子问。

"我的确把家里的电话号码改了，可是公司没法改啊。他三番五次地骚扰，同事们看我的眼神都不对了。实在没法待，我就辞了职。我奶奶拿她养老的钱给我找了个中介，让我来东京读语言学校。其实就是借着念书的名头过来打工。周围不少人这样做。"

"哦。"

国子不知道该怎么接话。我姐姐也有个坏男朋友，也许比你从前那个更糟。不过，说出来也不会让现实动摇半分。她问奈酱："你能借我点钱吗？我要买学校规定的辅导材料。"

"要多少？"

"两千。"

她做好了被拒绝的准备，没想到奈酱立即从牛仔裤后袋摸出折叠的纸钞，展开来，给她两张。国子是第一次见到不用钱包的人。上次奈酱送她去姐姐店里，也是空着手没带包，钥匙往兜里一塞。

厨师从后门回了厨房。吃饭的客人陆续来了。国子往门外走，奈酱大声说"谢谢"，显得训练有素。国子回头喊道："多谢款待。"

她到公园的时候，末广诚已经坐在长椅上。他给她带了一盒混合果汁。纸盒上写着：有你一天需要的维生素。她把吸管捅进贴了层锡箔的孔洞。果汁喝起来黏稠，略咸，像血。有一次在什么杂志上看过，这一类商品会先经过市场调查，让消费者试喝，综合意见，做出调整。所以要么是自己的味觉出了问题，要么是多数消费者喜欢血一样的果汁。

她感觉到旁边的男孩落在自己侧脸的视线。他们在学校里不交谈,没人知道诚是她死心塌地的爱慕者。他很少主动约她。一方面是胆怯,一方面是没时间。他家里一心盼着他能考上排名靠前的私立高中,给他安排了补习班和家教。不难预见,高中时他们将会分道扬镳。她只有国文的分数高,其他课目成绩平平。

"你上次和编辑见面,怎么样?"诚开口说道。看样子,这句话在他心头压了有一阵了。

"什么怎么样?"

"就是……向你约稿吗?"

"你想多了。"

诚是唯一知道她报名参赛和获奖的人。若追根溯源,她参赛是因为他。某天放学后,他等在她家附近,递给她一份刊有俳句比赛启事的报纸。一等奖三十万日元。她不假思索就从旧作当中找了合适的寄去。遗憾的是大奖没落到她的头上,给了一个秋田县的老太太。优秀奖是一支钢笔,和北原见面的时候拿到了。她不懂牌子,问了诚,并认真地考虑,要不要把钢笔送去当铺。不过,那毕竟是她以自己的能力赚到的第一件东西。她尚未下决心放弃。

她吮吸最后的果汁，纸盒缩起来，发出吱吱声。这个公园没有沙坑和滑梯，所以很少有带孩子过来的年轻母亲，三条长椅经常被吸烟吃便当打游戏发呆的上班族占据。这会儿除了他俩，只有一个男人隔开一截坐在最靠里的长椅上，泛着青筋的手臂交错在胸前，闭眼打盹。那人裹着花头巾，身上是旧得泛灰的黑T恤，卡其色外套缠在腰间，阔腿长裤底下是黑色分趾鞋。裤子和鞋子彰显职业。鸢职人。建筑工地的高空作业人员。爱丽丝有个常客是工地的小头头。形容枯槁的瘦子。有一次她和姐姐在店里，瘦子对妈妈说，你家两个都是女儿，要是儿子，可以到我的工地干活，我一定会照顾好。女儿嘛……他咧开嘴角说，总有活路。

国子那时还是个小学生，工头不怀好意的笑印在脑海深处，这么多年不曾淡却。

她起身去扔纸盒，回来的时候瞟一眼鸢职人粗壮的胳膊，又看向从诚的短袖探出的细细的臂膀。她莫名地羡慕他们。花力气或者死读书，他们的活路是看得见摸得着的，不像她。

"我有件事需要你帮忙。"她居高临下地对诚说，"边走边谈吧。"

诚乖乖起身，跟着她走出公园。这片老住宅区的巷子里藏着若干店家，随着黄昏降临，空气被染上了高汤和烧烤的气味。途中遇到几个人，骑车的走路的，没人关注初中生模样的少年少女的谈话。

"要做的话就得趁今天。"她解释说，"万一川美的女店主明天就回来上班了呢。他们店的厨师爱溜班，过了九点，他不会留在店里。厨房有道后门，我可以在那里先判断情况。只要厨师不在，店里就只有一个店员。放心，是女的，看起来也没什么战斗力。你需要做的只是戴上这个，用刀子吓唬她，让她把收银机里的钱交出来。"

她把斜背的挎包拉到身前，掀开搭扣式盖子给他看里面的东西。她自己也说不清，计划是在问奈酱借钱之前还是之后成形的。奈酱的两千加上姐姐给的五百，往返镰仓应该够了。可她想要的不是和其他写俳句的人见面。从川美出来，她去了一站地之外的食杂店。念小学那些年常去光顾，店里有零食玩具文具日用品，想得到的都有。她没费什么力气就找到了自己要找的，也就是此刻她给诚看的薄薄的塑料制品。

狐面具。

"可是……"诚欲言又止。

"那家店没有监控。再说我们的重点不是抢劫。等你离开,我会装作正好去他们店里。那个店员肯定很慌,我会问她发生了什么,然后劝她报警。我姐的男朋友演戏的道具,和这个一模一样。店里放着传单呢,上面有那家伙戴面具的照片,她一定看过。"

诚闷闷地说:"我和你姐的男朋友,身材差太远了吧?那可是大人。"

她一笑:"可巧了,他和你很像。不管是身高,还是胖瘦。"

国子计划九点实施抢劫。还有三个多小时,她领着诚去图书馆打发时间。为此,诚对家里撒了谎,说补习班临时调课,下周的某节课挪到今晚。

等时间临近,到川美的后门往里一看,厨师走了,店内空旷,电视机开得比平时响。国子想,奈酱此时一定正开心呢,像家长不在的小孩。她忍不住生出少许歉意,为接下来必须完成的事。对奈酱来说,无论是短暂的独处,还是拥有这家店的幻觉,都将被持刀戴狐面具的抢劫者打破。

国子努力回想妈妈离开的那天，借此让决心变得稳固。那是个寻常的夏日，对，比现在早一个月，她还没放暑假。早上醒来，一身黏腻的汗。电风扇不知什么时候停了。要到兵荒马乱的一天过完，她和姐姐才会发现，风扇坏掉了。简直就像它偏偏选了妈妈走掉的日子自杀。

最初的慌乱过去后，姐妹俩有过一番讨论。姑姑肯定不愿收留她们。冈山早已不是故乡，还不如留在东京。不过，真正替她们做决定的，是在妈妈离开的第二天来敲门的黑崎。估计是爱丽丝的妈妈桑传递的消息。

国子冲诚做了个手势，示意他跟着自己绕到前门，后者傻乎乎地站在离她一米多远的地方，胸前是倒背的双肩书包。拉链敞着，一伸手就能拿到搁在最上面的面具，侧兜是国子从家里拿的柳叶形厨刀，插在塑料刀鞘里。

诚可能后悔了，不过没表现出来。他按国子说的做了。戴上面具，进店，站在收银台前，举刀恐吓。国子站在川美和旁边一间店之间不到半米的通道上，从侧窗往里看。通道上没有灯，夜色掩盖了她的身形。而且收银台对着店的正面，她不在奈酱的视线范围。

奈酱站起来，动作缓慢，像个梦游的人。奈酱的手被挡住了,只能从肩膀的动作猜测,她开了收银机,从几个抽屉拿钱。国子看到她把钱放在账台上。戴狐面具的人迟疑片刻,拿了钱就跑。

憋在胸腔里的一口气被国子呼出来。奈酱缓缓坐了回去,视野内只剩下收银台的轮廓,和店里的桌椅一样是黑色的。按照约定,诚会骑车离开,把东西带回家藏好,他们明天再见面。她在心里数到一百,绕到店的正面,推门进去。

收银台毫无动静,她站在边上往里看。女人趴着,马尾辫垂在脖子的一侧,姿态如同上课打瞌睡的学生。她喊了声"奈酱",女人动了一下,抬起头。对上一双被泪水浸泡的眼睛,国子吃了一惊。她知道奈酱会害怕,可没想到会直接吓哭了。

"怎么了?"

"没什么。"奈酱擦掉泪,冲她挤出一个歪斜的笑。"你怎么回来了,不会是饿了吧,蛋炒饭这么不顶饱?"

和预想的不一样。不该是这样啊。她执拗地问:"你为什么哭?"

"没什么,想起一些事。你今天又不想回家?"

国子摇头。奈酱说:"你等我一下。"

接下来的情形恍如昨天的重演。她坐在角落里等奈酱打扫，两人一起出门，奈酱用钥匙锁了门。她一直在等奈酱主动提被打劫的事，然而对方始终没开口。她的焦急逐渐膨胀，转为愤怒。奈酱真蠢，到底在想什么？难道没发现抢劫犯和话剧海报那人同样的打扮吗？她知道，警察没那么傻，不会就此以为阿广是抢劫犯。可只要奈酱报警，警察免不了把那家伙喊去问话，顺利的话，说不定还能让他丢了角色。这是对他拿走她们的房租的惩罚。

可是，奈酱表现得就像打算默默扛下店里的损失。国子被一路送回老旧公寓二楼最边上的家，奈酱看着她开门进去，转身离开。

关了门，国子没开灯也没换拖鞋，背靠着门在玄关蹲下，发出一声叹息。

大人们一个个地都在想些什么？妈妈，姐姐，还有奈酱，都让她搞不懂。

她心里像是梗着一团棉花。这感觉似曾相识。她把脑袋埋在膝盖上，直到小腿开始传来针扎似的刺痛。对了，此刻的茫然，以前也遇到过。

妈妈走后的第二天，姐姐和黑崎一道出门，让她留下看家。回来的时候,姐姐带了冰激凌。比平时妈妈买的品种高级。姐姐说,你不用管,你继续念书。

姐姐履行了诺言,国子继续当她的学生,但心里明白,脚下并非坚实的土地,而是浮冰。前几天,姐姐被人打了。姐姐回家后用毛巾裹了冰块冷敷,一边从嘴里吸气,一边用纸巾擦鼻涕和眼泪。国子在装睡。因为不知该怎么面对姐姐。

总是如此。她无比痛切地意识到,自己只是个孩子。幼小无用。

*

八月十四日

黑崎这个混蛋。

我的脑子里仿佛煮了一锅咖喱,沸腾的泡沫全是骂人的话。混蛋。狗屎。要杀了你。但我知道,面对他的时候,我一个字也没勇气说出口。

洗澡时照了镜子,哭过的眼睛还有点肿,除此以外便看不出我昨晚有多惨。淤青都在锁骨以下。现在还觉得想吐。黑崎的残暴避开了脸。用他的话说，怎么可以损害重要的商品呢。即便在挨打的当时，比起疼痛，我感到更多的是屈辱。

手机上有他发来的邮件。今天送你上班。后面跟了个爱心。

这算是抚慰，还是为了确认他的所有权？我苦笑起来。书桌挨着墙的一边竖排着国子的课本。笔筒里有铅笔和美工刀。旁边是以前妈妈打小钢珠赢来的企鹅布偶。那一块空间异常整洁，像是从什么外太空降落到这个家的微型宇宙飞船。

妹妹在厕所里一直不出来。我喊，你便秘了？她不应。这丫头越来越古怪了。

要没有妹妹，我可能真的跑了。像妈妈那样。扔下一切。

八月十六日

昨晚，妹妹来了店里。

另一个奈酱送她来的。这样写有些奇怪。她是个中国人，名字和我一样。

结果阿广只待了一晚就走了。男人都一样。钱第一，情第二。不，说到底，男人的情和女人的，根本就不是一回事。

我好累。不想去工作。

八月十七日

起床后先吃了国子做的蛋包饭,现在来写昨天的日记。

二十日就得交房租,没办法,我去找妈妈桑,问她能否预支下个月的工资。以前试过一次,被拒绝了。现在好歹也在月光工作了两年,也许她的态度能有所松动。

我又是鞠躬又是低声下气,她倒好,悠哉地点了一支烟,扯出五毫米的笑容说,听黑崎讲,你打算跳槽来着。

所以这世上就没有不透风的墙。我去另一间店面试的事,黑崎很快就知道了。他还告诉了妈妈桑。他们本来就是一伙的。我在店里的工资和奖金,妈妈桑每次都直接把大头给了黑崎,只给我留点基本生活费。原本想着换一家店,自主支配的钱能多些,又不是打算赖账不还。黑崎根本不听我的解释。

妈妈桑又说,我当初可是好心才收留你。你刚来的时候会什么？倒个酒都倒不好。话也不会接。你现在的专业素养，都是我一手培养的。

我说，我真的特别感激您。跳槽的想法是我一时糊涂。以后绝不会有。

费了好大的劲，她终于松动了，答应预支给我五万。休息室里没有桌子，我坐在沙发上，往膝盖上垫了本菜单写借条，妈妈桑又说，对了，另一个奈酱，你和她挺熟的不是吗，你问问她要不要来我们店，待遇从优。

我愣了一下才反应过来，她说的是川美的那个。我和那人也就是聊过几回，谈不上有多熟。不管熟不熟，让我劝人来这里工作，我可开不了口。念头在心里滚了几滚，我说"好"。

意外的是，晚上十点不到，那个奈酱又来了。是来找我的。妈妈桑去其他店串门了，瞳和广美有客人，我正好闲着，把她带进休息室。她显得憔悴，一开口就说，救救我。我吓了一跳。经过一番问答，总算搞清楚了，她今天在店里遇到了抢劫。她把抢劫者的模样讲了一遍，我越听越心惊。听起来很像阿广。无论是身形，还是那个莫名其妙的面具。要说有人正好戴了同样的面具抢劫,但像他那么细瘦的男人可不多。把传单放到川美的时候,我还炫耀地跟她讲过,这是我男朋友。她不会不记得吧?现在来找我说这些,是什么意思?

她像是根本没注意到我的表情,自顾说,老板这几天不在,只要偷偷补上空,不让她发现就行,不然就糟了。

按理,我该问她,为什么不报警。可我问不出口。

脑子里拼命回忆白天去找阿广的情形。我本来想好了,要让他把拿走的钱吐出来。可是一看到他,之前的想法就烟消云散。我们久违地约了个会。说是约会,其实也就是去游戏中心打游戏,然后在家庭餐厅吃了饭。他晚上有排练,我坐地铁回来上班。现在回想,说不定他是在撒谎。实际上,他跑去川美了……不过,抢劫可不像他干得出的事……

我听见自己问,你需要多少?

她想了一下才说,被拿走四万多,因为不光是一天的营业额,还有准备金。

我把还没焐热的五张钞票抽出四张给她,说,我只能帮你这么多了。

她抓住我的手，说，谢谢，你真是我的恩人。我回头一定还给你。

我想起妈妈桑的嘱托，狠狠心问她，对了，你要不要来我们店工作啊，收入肯定比你在川美强。

她弯起眼睛说，谢谢你为我考虑，不过，还是算了。

反正妈妈桑不在，我送她下楼。走到楼道口才发现，下雨了。我问她有没有伞，她说，不要紧，就几步路。她就像感觉不到雨点似的慢悠悠地走了，我看了一会儿她的背影。之前在电梯里的时候，她说了一句奇怪的话。

——奈酱啊，我有句忠告：只有硬心肠的人，才能活下去。

下面是今天的日记。

做好人还是有好报的。国子说她的俳句拿了一个奖，奖金三万。我问她需要给银行账号吗，她说下午去报社领，不用我陪。一高兴，中午我带她去吃了鳗鱼饭，用的是昨天剩下的一万。有了奖金的三万，再问微贷借点钱，就能补上房租的缺口。和广美一样，我现在也有点债多不愁的架势了。

*

陶夏开门进屋，咖喱味儿扑面而来，她皱了下鼻子。她到浴室拿了毛巾，擦去头发上的雨水，打开冰箱拿水喝。不出所料，冷藏室里赫然躺着大乐扣盒子，透过塑料可以看到褐色的内容，蛮横的香料气味就来自那只盒子。不知是两名室友当中的谁做的。可能是琴美，由纪很少做饭。琴美和由纪都不是真名，这两人分别来自湖南和广西，在正骨院和面包工厂打工。由纪常带没切过的整条吐司回来，原味的、红豆的、全麦的，各个口味吃起来没什么区别，一股工业流水线味儿。按理，陶夏也可以从店里带吃的回家，但她一次也没带过。犯不着讨好琴美和由纪，反正她在这里不会待很久。

今天是八月十六日，星期三，明天赵姐就回来了。和伊藤去伊豆，一泊二食。上周，赵姐讲起旅游的计划，语气像个快活的小姑娘，眼角的笑纹挂不住粉，像开裂的旱地。陶夏故作难色道,哎,那我不是要一个人看店了?赵姐说,有强哥在,哪里是一个人。

厨师强哥据说是伊藤的什么亲戚。赵姐在的时候,他尚且常常溜班,不难预想,老板不在,午饭晚饭的时段他能待在厨房就不错了。

陶夏笑眯眯地应道,也是哦。

那是闪电降临的瞬间。陶夏的大脑如同旷野,平日里天高云阔,一无所想。灵感来临时,大片的乌云簇拥着堆满天空,闪电纵贯,像河流,像血管,将天与地连为一体。她的笑容发自内心,被光明的前景照亮。

赵姐说,奈酱啊,你平时也该多笑,你不笑的时候显得苦相。

陶夏先把自己房间的落地窗打开,留了纱窗,让淤积一天的热气散出去,然后进浴室准备洗澡。浴缸下水口堆着不知是谁的长发,她用纸巾垫着手,把头发拽出来扔掉。要在平时,这会让她心情恶劣。今天她毫不在意。

开了花洒,等水热了,她小心地迈进浴缸。日本的浴缸深得很,进出费力。三居室每人一间,厨浴合用,没人用浴缸泡澡,都只是淋浴。浴室墙壁的防水贴面泛黄，天花板接缝处有黑色的霉斑，马桶抽水的声音大得像重型卡车开过。但对陶夏来说，有地方睡觉，有热水洗澡，还有单独的房间，算得上奢侈。像她这样签证过期的"黑户"，能租到房子就该庆幸。整栋公寓楼属于一间公司，据说老板是伊藤的熟人，也是混社会的。他对房客的要求不严，楼里的居民大多是在日本打工的外国人。

陶夏裹着浴巾从水汽蒸腾的浴室出来，热得像煮过的虾。房间里没有空调，只有摆在地上的电扇。明天她就能脱离这一切了。这个念头让她感到踏实，忘了炎热。她换上当睡衣的旧T恤，躺在剥掉了床单的床垫上。上一个住处是男友的，那人喝醉了打人，她离开的时候只带了少许衣物，像欠债夜逃的人。入住这里的时候买了床垫和折叠矮桌，摆在地上，算是有了基本的家具。后来慢慢添置了电扇、炒锅、杯子等杂物。床垫这种带不走的身外物，扔下就行。她的行李已经收好了，明天一拿到钱就走。

刚到川美的时候，陶夏只求一份安定。赵姐嘴上说要找新的小时工，可一直没找。打黑工的人多的是被欺压得更厉害的例子，因此陶夏并不在意。要说她怎么会改变想法,把赵姐当作肥羊,只能说,是对方先散发出可食用的气息。第一个月快要过完的时候,她掌握了店里的某种规律。每到星期四,伊藤店里的人会送钱过来,赵姐将其锁在一个带提手的便携式钱箱里,如此四次,到了月底,有人来取走钱箱,第二天送回。老式钱箱没有密码锁,用钥匙就能开。取钱的那伙人想必拥有同样的钥匙。伊藤的麻将馆的客人看着寒酸,从他们身上赚不到多少钱。陶夏和强哥聊天,顺便套话,搞懂了,伊藤是帮放债的大佬收债的,收到的钱不放在店里,每周转移,是为了防止警察上门。伊藤原籍四川,姓什么不知道,强哥喊他"三叔"。他娶了个日本女人,改成妻子的姓。仿佛是为了表示不忘本,找了老乡赵凤珍当情人,还资助她开了川菜馆。强哥说,三叔还有别人,小四小五,赵姐不哭不闹,是因为流水从她这里过。女人就是傻,她以为这些钱是三叔对她没变心的证明,不就是转个手吗?好比一只鸭子,大佬吃肉,三叔啃点鸭翅膀、鸭脚掌,她只闻到鸭毛腥,一口吃不到。

陶夏仔细观察赵姐放钥匙的习惯,认为有隙可乘。她迟迟没下定决心,直到赵姐说要把店交给她一整天。灵感瞬如闪电。她想,重点不是钥匙,是钱箱。

她提前上网选了同样款式的钱箱，二手货，新旧成色差不多，附带一式两份钥匙。指定星期三送到。卖家挺靠谱，上午，货到了。一如她的预期，开店后不见强哥，估计要到饭点才会姗姗来迟。纸箱里是厚厚的起泡纸，用胶带固定，她拆了几分钟，终于露出铁灰色的金属箱。如果不把两只钱箱放在一起，光看一个，很难注意到被调了包。陶夏抚摸着冰冷的金属外壳，感觉到掌心微汗，不是拆包装热的，而是激动的。

可能因为伊藤要和赵姐出门去旅游，还没到月底，已经有人来拿过钱，此刻箱子是空的。不过没关系，这周四也就是明天，会有新的款子进来。送钱的总是那两个人之一，寸头或黄毛，一般选择午饭后店里比较空的时候出现。赵姐每次像个长辈似的，问人吃了没，有时让其坐下吃一顿。只要在那之前从赵姐包里拿出海豚钥匙圈，把钥匙换掉就行。以赵姐的智商，不会发现钱箱被调了包。而且她对陶夏很放心，经常不等打烊就走了。陶夏握着两枚钥匙想，我会站好最后一班岗。

陶夏把买的钱箱和外包装分别放在收银台底下，刚把旧钱箱塞进厨房橱柜的角落，国子来了店里。因为心情正好，她请小姑娘吃了蛋炒饭。小姑娘要借钱，她也爽快地应了。虽然肯定来不及等对方还，以后也不会再见。小姑娘像是有个男朋友，借用店里的电话，跟人约时间。陶夏和她聊天，直到有新的客人进来。陶夏说，今天是特别菜单，蛋炒饭。客人显得茫然，这时强哥终于回来了，陶夏便改口道，开玩笑的，您要点什么？

两点半，店里空了，强哥又走了。陶夏想把纸箱和泡沫纸扔掉，接着想起，今天不是指定的纸品回收日。附近的公园倒是有垃圾桶，不过那里白天常有溜班休息的上班族，扔大垃圾太显眼。她打算等五点以后没什么人的时候再去。

也是巧，她拎着包装过去，正好撞见国子和她的小男朋友。当时她离公园十几步，见那两人从里面出来，不由得稍做停顿。等她处理完累赘，离开公园，少男少女尚未走远，肩并肩说着什么。黄昏的光线和窄巷的风景，让他们的背影如同日剧的画面。

陶夏想，国子有点像我小时候。

那种疏离、自以为是，和大人之间的距离感，少女时期的陶夏分明也有过。

很快，她将意识到自己的错误。那就是个小白眼狼，犯不着对她好。和自己根本也不像。她完美的计划差点就被三流抢劫犯给打破了。

离关店还有一个小时,进来一个戴面具的家伙。陶夏立刻从T恤仔裤的搭配认出来,是下午和国子一道的男生。

她感到可笑,更可笑的是,她还是慌了神。大厦将倾的预感。她把收银机里一万、五千和一千的纸币全抽出来给对方,目睹他仓皇离去,全身的力气倏然消失,不由得坐下来,往桌上一趴。就像拉动了老式弹球游戏机的开关,球弹出,进入轨道,击打计分板,撞亮一连串的彩灯,但压根儿没法控制球的最后走向。如果赵姐回来发现收银机里的钱没了,陶夏真是有嘴也说不清。她说是抢劫,可万一赵姐不信,以为她是监守自盗呢?她是个签证过期的黑户,也没法立即报警。

门开了,有人进来,是国子。一开始,陶夏没搞懂对方的逻辑,打一棒子给一甜枣?还是说,拙劣的抢劫布局,只是这个女孩为了进一步接近自己而做的铺垫?如果是那样,该是多孤单的一个孩子?陶夏想起自己当钥匙儿童的那些年,回到连灰尘也静悄悄的家,从橱柜里拿出冷饭,用热水泡了,倒几滴酱油,扒拉下肚就是一顿。稍微大一些,她学会了做蛋炒饭。裹着油,混着鸡蛋碎片的饭粒,是那么美妙。

她对国子讲的故事不完全属实。她没念过大学,初中毕业就开始辗转打工。她确实交过网上认识的男朋友。她精心选择对象,找的都是那种念完大学但脑子不好使的男人。她编了很多故事,从他们那里获取金钱。男人很好骗,若干照片,每天的短信问候,几个电话,他们就产生了恋爱的错觉。

她又何尝不在错觉当中?她以为自己走在一条由男人的奉献铺就的大道上。其实脚下哪有路,根本是高空钢丝。遇到某个人,她动了真情。不仅见了面,还上了床。因为是异地,在一起的时间有限,她的情绪因对方起起落落。她付路费去看他,吃饭开房,也不肯让对方付账。她想,这就是爱吧。

过了半年多,她发现,那人是个有妇之夫。

打电话到公司骚扰,是她采取的一系列报复的开端。最后那人被她搞怕了,赔了一笔钱。她用那笔钱来了日本。语言班只去了报到之后的前两天,她先找了家韩国人开的餐馆打工,毕竟和他们没有语言障碍。重新捡起在国内初中学过的日语,一半靠电视,一半靠男朋友。第一个男朋友是在日朝鲜族。第二个是在日韩国人,经济条件不错,然而他惯用暴力,最终让她不堪忍受。她有时想起被抛在遥远身后的旧爱,心头漠然。所有的经历不过是落下的雪,总有融化的时候,她是藏在雪下的草根,转年又能冒头、吹风、晒太阳。

经历一场拙劣的抢劫,陶夏的双眼因哭泣而酸胀。她撑起眼皮,盯视名叫矢口国子的少女。她一度以为少女和从前的自己相像,如今看来又是错觉。国子毫不迟疑地策划抢劫,过后来嘘寒问暖,她可做不到。她猜不到少女的意图,只觉狼狈,咬了后槽牙暗想,这笔钱我不是拿不出来,但我凭什么为你买单?我自有地方拿回来。

关店后,她去找了国子的姐姐。

向矢口夏讲述被抢的经过,她注意到,另一个奈酱的表情透出切身的慌乱。有点古怪。难道做姐姐的知道妹妹和同学伙同起来做坏事?终于,她滞后地反应过来,那个古怪的面具——细长的眼尾翘起,嘴巴是红色的弧线,耳朵也是红色的,像猫和鬼的混合体。陶夏不熟悉日本的文化符号,不知道那是狐面具。川美的收银台上摆着若干宣传页,附近街区的美食地图,小剧场话剧、夜总会、咖啡馆。能放在店里的,要么是伊藤的关系户,要么是赵姐的熟人。陶夏的日语读写不行,只认识平假名,片假名靠猜,形同半文盲,所以她对印了字的纸漠不关心,没记住矢口夏拿来的传单是个什么剧,只对传单上的照片有模糊的印象。那个面具……对!是一样的。

矢口夏说过,那是她男朋友的戏。赵姐说,那个奈酱迷她男朋友迷得不行。还说,奈酱,你们都叫奈酱,你可不要像她。男人都靠不住。

陶夏想笑。所以矢口夏的男朋友是和国子一起的那个一看就未成年的男孩?这男孩还被那么小的丫头片子怂恿了抢劫?矢口夏的男人运,看起来比自己还要糟糕得多。

她很难不想起前几天的经历。她像往常一样关了店往家走,路过银行旁边的楼——那时她还不知道另一个奈酱工作的店就在楼上,只知道那栋五层楼里塞满了店铺,外墙挂着一串灯箱,白天不起眼,晚上像一排月亮——看见一个男的在打女人。女的不知是喝醉了还是放弃了抵抗,坐在地上,被对方揪着领口拉起来,随即一脚踢翻。女人的无袖连衣裙闪着银光,尽管是夏天的夜晚,裸露的大腿、小腿和脚踝看着让人感到冷。不,也许是自己挨打的记忆让陶夏泛起寒意。二月的一天,她穿着睡衣裤和袜子夺门而出,在楼下徘徊了十几分钟,又哀哀地回去恳求对方。陶夏毫不停留地走了过去。怎么也轮不到她一个外国人又是弱女子多管闲事。回到家,冰箱里的瓶装水空了。陶夏怀疑是室友们偷喝了,有点烦躁。她重新出门,去便利店,买了水和冰激凌。她喜欢夏天在空调房间吃冷饮。比起家里,便利店足够凉快。在靠窗的餐饮区用小勺吃冰激凌的时候,一个女人来到旁边,双手捧着咖啡纸杯,并不喝。女人在轻微地发抖。陶夏认出那是矢口夏,另一个奈酱,便打了个招呼。奈酱披了件小西装,里面是闪银的裙子,很眼熟。陶夏想,原来刚才是她。

陶夏打完招呼便尴尬地沉默,想快点吃完离开,没想到对方主动聊了起来。矢口夏说,你是独生女?陶夏点头。那边说,我有个妹妹,叫Kuniko。她聪明、固执,像我爸。爸爸活着的时候没告诉我们,妹妹的妈妈究竟是谁。妹妹被送到老家的时候两岁多,小时候的事她肯定不记得了。再大一些,她整天跟在我后面,像个小尾巴。

她喝一口咖啡,继续说,三年前,我带着妹妹来东京找妈妈。我可能做错了。因为妈妈并不是她的妈妈。

当面虽然没讲,但我知道妈妈心里是不开心的。后来,妈妈走了。

如果不是有赵姐的八卦打底,陶夏差点以为"走了"指的是"过世"。用赵姐的话说,矢口夏命苦,为了给逃掉的母亲还债,十八岁就当了陪酒女。平时那个奈酱来店里都是清爽的日常打扮,而此刻她的假睫毛颤颤悠悠,红唇泛着唇釉的油光,显得成熟又疲惫。

"做姐姐,有时候,也有点累。不过,谁让我是姐姐呢。"她像是并不期待陶夏的回应,说完这句话,陷入沉思。陶夏吃完冰激凌,说了声"再见",她连睫毛都没动弹。陶夏想,挨了打不用处理吗?不过反正不关自己的事。

另一个奈酱虽然有着和自己相同的名字,但陶夏从未在她身上产生面对国子的那种亲近感。陶夏以为,是因为矢口夏有点蠢。不管是帮母亲还债,还是照顾同父异母的妹妹,都是傻子做的事。此时为了把收银机被劫的缺口补上,来问奈酱"借钱",陶夏并未自觉,她觉得奈酱好欺负才这么做。当奈酱意识到男友做了什么,为了转换话题,一个劲地劝陶夏到月光上班,仿佛是真心为她好。陶夏自问尚未沦落到这般地步,何况,明天,

彼岸之夏 | 113

只要到了明天，她就会有一大笔进账，从此和这个地域的这些人永别了。她注视奈酱不擅掩饰的细微表情，从惶惑、恐惧、忧心到劝告，感觉像在观望一部音画不同步的电影。直到奈酱陪着进了电梯，她意识到，那种无法解释的错位感，源自她再也无法回到从前的自己。很久以前，她和另一个奈酱一样傻。她当时已经是个熟练的网络骗子了，却因为一场投入的恋爱崴了脚。

躺在床垫上听着二手电扇摇头的吱呀声，陶夏掐断了关于矢口姐妹的种种不合时宜的思绪，闭上眼。

她做了一个梦。

梦里，她是个小女孩，小学生或者初中生，梳着童花头。她在一辆大巴上。她知道那是前往东京的夜行大巴。车上的乘客几乎全在睡，她因为尿意醒过来，摸了摸安全带，明知应该起身去车门附近的厕所，身体却懒得动弹。她转过头，旁边靠走道的座位上，姐姐以扭曲的姿势歪着脑袋，半张着嘴，醒来时估计会落枕。她从两人之间的座位缝隙捡起掉落的旅行枕，扳着姐姐的脑袋，让其枕上。

不知何时，她又睡着了。到底也没去厕所。等她再次睁开眼，车停在一处休息站。身旁的座位空着。姐姐大概下去买东西或上厕所了。她伸了个懒腰，视线掠过行李架。

本该在那上面的姐姐的背包不见了。

姐姐扔下自己一个人走了？也不是没有可能。对姐姐来说，自己想必是个大号的累赘。紧迫的尿意消失了，代之以心口的骚动。她不敢解开安全带，坐在原位，一心一意地等姐姐回来，或不回来。

梦城

这就像一幕脚本现成的视梦,他和其他人都是演员,按部就班地推进。

每天早上观看自家电视台的晨梦,是深町吾郎多年不动的习惯。

今天这集《富士日记》基本是过渡情节。傍晚,远处的山上有人在焚烧山林。时间正值昭和四十一年(1966),富士山麓的荒坡悄然迎来变化,烧山是为了开辟建筑用地。武田百合子走出被称作"山庄"的两层小楼,注视昏暗中随风飞到近旁的火星。那些火星宛如自有意志一般。担心引发火灾,她在房子周围洒了水。第二天,她去了富士山酒店的游泳池。她的丈夫、作家武田泰淳不肯同去,声称,我讨厌在积水里游泳,池子的角落漂着叶子之类的东西,很烦。根据日记原文,百合子觉得地面滑溜溜的更衣室有些恶心。她还在墙壁上看见一块鼻屎。不能让观众一大早就遭遇生理不适的体验,深町和他的制作团队把游泳地点从酒店改成山中湖。湖面如同一大块绿色的翡翠,百合子将自己投入其中。

百合子畅游的同时,深町给碗里的谷物碎倒上牛奶,用勺子搅了搅。晨梦的完成度很高。他在很少使用因而不显脏的厨房里,置身于山中湖的湖水中央。拜辅助脑的科技所赐,人可以同时在此又在彼。他选的是百合子视角,此时,清凉的湖水亲密地拥住"我",比情人的怀抱更温柔细腻。

深町对效果很满意。现在扮演百合子的高桥晴子是第二任,共感力比第一任出色。泰淳的演员也换了,不过是临时的。上一个患了抑郁症,经纪公司不得不将其送去疗养。

晨梦的全称是"晨间视梦",延续了从前的晨间剧的时长,十五分钟容纳不了多少情节,重要的是日常感和伴随性。各家电视台三百六十五天都在播晨梦,竞争不可谓不激烈。

深町工作的星尘台曾以《安妮日记》引领收视率的高峰。然而,全剧播完不到一周,安妮的主演因服用药物过量身亡。那段时间自杀的人不少,新东京市的自杀死亡曲线出现震颤的高峰。女演员及其他人的死是否与晨梦有关,到现在也没有哪家机构给出确切的解释。

晨梦的表演和观看建立在辅助脑的基础上。我看即我在。演员成了安妮，观众代入演员，同样在每天十五分钟内体验安妮的人生。

不妨假设，虽然剧集没有讲述安妮的死亡，但如同天边乌云般不断逼近并终将吞噬少女的命运，将不祥的阴影投在观众的脑髓深处，驱动他或她动手结束真实的生命体验，也并非不可能。

其中几名死者的家属向星辰台提出诉讼，要求赔款。台里找了多名专家，做了公开声明，以示观众的死与晨梦无关。当时安妮带来的伤痕已消散，新一季历史剧的收视率惨烈。对手电视台在议会搞了一系列动作，新规草草颁布，禁止晨梦出现血腥暴力场面，并要求主角的故事不能以悲剧结束。从那之后，星尘台一直没出过能再现辉煌的晨梦，直到去年开播的《富士日记》。为了与《安妮日记》区分开，台里把新剧叫作新日记。

新日记在技术上做了创新，双主角叙事，观众可以选择百合子或泰淳视角。从后台数据看，观众群体的五分之四选了百合子。毕竟她是日记的执笔者，作家夫妻生活的顶梁柱。她采买，负责开车往返东京市区与山梨县的山庄，做饭、洗晒、种花、遛狗，与周边各色人等打交道。她精力充沛，夏天游泳、爬山，在冬季和女儿玩用大盆或垫子改装的简易雪橇。如果用游戏做比喻，她才是主线任务。倘若观众舍她选泰淳，大多数时候将沉浸于思考、写作和观望，够无聊的。

深町换上西服，打好领带，离开公寓楼。若有所谓的上帝视角，俯瞰他居住的区域，会看见若干枚巨大的圆环铺在地表。环形公寓的中央是公共活动区和菜园，有兴趣种植的住户可以认领一块地，出品的菜蔬由物业的网店统一销售。曾经，深町和妻子、女儿住在近郊的独栋，过着堪称体面的中产生活。如今他孑然一身，搬到位于十一区的公寓单间。只能自我安慰，至少尚未沦落到脏乱差的四区或九区。

城铁车厢一如既往地拥塞，充斥着发胶摩丝、香水和除臭剂的气味。乘客们大多正在观看视梦、别人的日录，或与亲朋好友脑话聊天，人人双眼空无，直视前方。深町忍住了查看收视率的冲动，拿出口袋本的《富士日记》。全套三本书，他已反复读了两遍，自以为记得大部分细节，最近在工作间隙重读，有时仍有初见的惊艳。

《富士日记》的作者武田百合子在文学史上是个特例。她一直作为武田泰淳的贤内助，打理家务，担任司机。泰淳晚年身体衰弱,她负责记录他的口述,整理稿件和邮寄。乍看之下,她是他的附庸,唯有两件事体现出她本质上的独立。她偷偷学了车,自作主张在富士山麓租下地皮盖房子。泰淳不知道妻子隔三岔五外出是去练车,还以为她有了外遇,内心惴惴。日记始于昭和三十九年七月,那年她三十九岁,泰淳五十二岁。写日记是丈夫的要求。他可能早就看出妻子的文学潜力,找了个借口,说让她给富士山的生活留些记录,亲自备了本子,画了封面,并在封二写下"不二小大居百花庵日记"。多年后,百合子在出书前誊抄日记和改稿,迟来地发现那行字的存在。百花庵结合了百合子的"百"与女儿武田花的"花"。在日记中,百合子把位于富士山麓别墅区的家叫作"山间小屋"。

日记持续十三年,直到泰淳过世。除了大雪封山的季节,夫妻俩在东京市区和富士山之间往返生活。房子虽然地处偏僻,每日里打交道的人却不少。管理处,杂货店,修车厂,住在附近的作家大冈升平,泰淳的好友竹内好。

深町随手翻到的这一页,竹内好第一次来了山庄,三人围炉吃寿喜烧。

牛肉带了一点紫色，还煮出了泡，吃了会不会有人死掉？我这样想着吃了，味道并无异常。

这一情节在去年刚开播不久后出现，尽管技术上无法实现味觉的再生，收视率却颇佳。

"我们两天没有吃饭镜头了，对吧？"深町发消息在群里。

蚯蚓最先回复道："明后天的大纲也没有。所以是五天。"

"那不行，得改一下，后天让他们吃饭。"

为什么人们愿意以视梦的形式进餐呢？深町搞不懂。不懂也没关系，观众爱看什么，我们就做什么。幸运的是，百合子对饮食的记录近乎强迫症，节目组得以翔实地再现。扮演百合子的首任女演员是公开的素食主义者，深町在面试时对她说，不能假吃，我们好不容易搞到这些食材，可不是什么人造肉，为的就是逼真感，你别浪费了。她睁大眼睛，仿佛在说，真残忍。当然，她不可能说不。她出道以来第一次有机会演主角，要不是晨梦的收视率几年来一直不佳，也轮不到她这样的新人。

从城铁车站到电视台大楼，短短五分钟的路程，深町接了三个工作电话。他不喜欢用脑内通话，边走边说出声，引得行人侧目。第三个电话来自蚯蚓，她有轻微的社恐，平时总是尽量打字，看来情况紧急。

"长冈来了。"蚯蚓的嗓音听着像个女高中生。她是技术员出身，随着新日记热播，升任制作总控。按理也算个中层，可惜外号根深蒂固，几乎没人记得她的原名叫鬼见薰。

深町讶异道："这么早？约的十点。你让他在会客室坐一会儿，我马上到。"

长冈透是最近炙手可热的男明星，生于高天原。

自从大部分国土被淹没在海底，政府在高海拔地区新建了若干聚居区——新东京，新大阪，新名古屋。新东京位于从前的那须高原。城市被巨大的防护罩包裹，气候全由人造。深町并不特别怀念旧时代，一方面是小时候的记忆早已模糊。像他这样满足于现状的人，也会对高天原怀有某种程度的好奇心。据说那是富人们扎堆的所在，具体位置连住户也不清楚，总之是某个高原，甚至可能不在旧有的日本版图上。地球表面在这几十年间的变化不小。

梦城

总之，长冈在和普通人不同的世界出生和长大。至于他为什么选择当演员，他本人在不同的访谈中讲过十来个版本，应该没有一个是真的。

如今的制作微调手段足够精细，视梦的人物形象和真人可以完全不同。按理说，演员长什么样已不重要，但并非如此。要成为演员，首先得容貌俊美，身材超群，另外，综合评定的共感力也不能差。毕竟，视梦的主角是以"感受"牵引观众。至于他者的感受为何能投射到自我，个中机制，只有蚯蚓他们那帮技术出身的人才懂。对深町来说，事情很简单。共感力数值显示这人是个好演员，OK，那就让他演，收视率会证明他到底行不行。

让长冈加入新日记是上头的决定，收到通知后，深町上网查过关于长冈的评价。对他来说，年轻一代的日语相当令人费解，充斥着缩略语、黑话和符号。看起来，很多人为长冈的脸和身体疯狂。也有人讨厌他，说他缺乏共感力。如果把那些表达晦涩的网络行话翻译成标准日语，大概是：我绝不会选长冈演的角色作为主视角，简直就像喝了隔夜的尿。

为求客观，深町花钱点开一部由长冈演主角的影梦。是个关于冲浪的片子。透过长冈饰演的年轻男人的视角，深町感觉到阳光、海风、海水在冲浪板下的波动。共感力还行。深町得出结论,看了十分钟就关了。

深町对蚯蚓说:"你觉得长冈怎么样?"

她像是困惑地答:"很帅。怎么?"

深町本想接着问,你对长冈的共感力和网上的差评之间的错位怎么看?转念作罢。问了也不会改变什么。

看到坐在会客室沙发上的长冈,深町的第一印象是,不能相信视梦和网络。真人的皮肤黑很多。

两人寒暄,聊了几句后,他对长冈说:"不好意思,我没明白您的意思。"

"我刚说过了,我想演百合子。除了她,其他的角色我没兴趣。"

深町飞速思考。反串的例子虽然少见,倒不是没有。反正五分之四的观众选的是百合子的主人公视角,对"我"来说,性别只是概念。至于那些选了泰淳的观众,可以靠后期制作把他们眼中的长冈变成女性。他不敢自己定夺,用脑话接通副部长井上。长冈说他不考虑百合子以外的角色,之前怎么没人向我透露?

井上的回复在大脑一隅闪现,宛如一个念头。没事,答应他。

高桥晴子怎么办？

新日记火了，需要更有名气的女演员，半年前，素食小姐被换成了晴子。原本深町有过上不了台面的念头，等长冈来演泰淳，可以适时放话给媒体，让他们炒作男女主演的绯闻。现在变成"双男主"，想想就让人崩溃。

井上说：给她违约金。好好哄一下。

事情就这么定了。井上肯定不是现在才知道长冈的异想天开。头头们向来预先知道一切，做出评估和考量，拾出弃子，置放新子。男明星扮演百合子，会成为新的关注焦点。

挂断脑话，深町冲长冈摆出尽可能诚恳的笑。"好的，回头我们和您的事务所谈一下合同细节。您想从哪天开始？棚里正在拍明天早上的一集，您愿意的话可以观摩。"他边说边再次琢磨，长冈为什么这么黑。新东京的阳光经过防护罩的过滤，紫外线的含量不足以让皮肤变色。那不像是特意用紫外灯晒的，更像是毫不掩饰的阳光造成的。

某个地方有那样的太阳。还有不一样的空气和风。

冒出来的念头不合时宜，深町把它用力塞回去，带长冈到制作室。这是间顶棚高达三层楼的大房间，实拍影像与三维建模叠加，投射在房间中央。

百合子正在隧道里开车，周围黑乎乎的。出了隧道，她像是松了口气，停车往椅背上一靠，拿起副驾驶座的纸包，从里面抽出一片什么塞进嘴里。

那是烤鱿鱼干。深町知道，她刚去过杂货店。车经过的隧道里会有一场重要的戏，原定下周拍。到时候坐在车里的百合子将不再是晴子，而是长冈。

长冈拿了头盔戴上。制作中的剧集需要外接设备才能和辅助脑连接。深町径自走到正在忙碌的蚯蚓身后。她是房间里唯一没戴头盔的工作人员，面前九个屏幕正在呈现实拍、叠加、建模和其他信息。她仰头盯视屏幕，肥胖的手指在虚拟键盘上舞动，这架势总让他想起捕猎的章鱼。他敲了敲她的肩，她抖了一下，像从梦中惊醒。

深町低声说："晴子要被换下了。"

蚯蚓说："哦。"

"替换她的是长冈透。"

她眨动眼睛，这才看向他。他给出善意的提示："在你身后。"

蚯蚓的脸红了。白年糕变成粉年糕。他饶有兴致地观望她的反应，虽然体重超过两百斤，但毕竟是个年轻女孩。

"我们……也换成长冈吧?"

他说得隐晦,她听懂了,脸上的红潮迅速退去。

"深町老师,还是算了吧。真的。"

这不是她第一次拒绝帮他做事。

晴子开始演百合子之后,有一家公司找上深町,说愿意高价购买晴子的拍摄素材。他没问对方打算拿这些素材做什么,心知肯定是用于色情梦。他找了蚯蚓,让她打包数据。蚯蚓做人低调,不过谁都知道她是台长的亲戚,他觉得由她执行操作会安全些。

就这样,晴子各个角度的脸,细微的表情,被分门别类地存储,送到了中间商的手中。最终,购买色情梦的消费者获得快感,做事的人拿钱,深町觉得很合理。

然而只过了一个月,蚯蚓就不肯干了。起因很可笑,是因为她在城铁上遇到一个色狼。深町搞不懂为什么色狼会盯上一个胖女孩,可能有些人的品位比较独特。

对深町讲述自身遭遇的时候,她哭了,边哭边说,没有人帮我。每个人都连在辅助脑上,看他们的股票、社交媒体、视梦或游戏。当时的感觉特别不真实。正好车在下一站停了,我赶紧挤出去。离台里还有几站,我也顾不了那么多了。我想过报警,可又羞于把我的经历给人看,所以只是去车站洗手间洗了裙子。

她所说的"给人看",指的是辅助脑的日录。有不少年轻人习惯全天开着,截取有趣的片段上传,分享自己的视角。不像经过精密制作的视梦包含味觉以外的各项感官,流窜于社交媒体的日录只有视觉和听觉的部分。

她边擦眼泪边说,您不觉得满天飞的素材很可怕吗?谁都不知道自己什么时候就会被人拍了拿去卖。

那一次,深町花了好一番功夫,总算让蚯蚓放弃了退出的想法。他讲的都是些寻常道理。晴子作为一个女演员,素材总会从这里或那里泄露出去。我们不做,自然有人做。你觉得外面流通的以她为原型的色情梦会伤害她?才不会。那样的制作越多,说明她越红。

蚯蚓以前爱穿宽大的印花连衣裙,让人想起蓬松的沙发靠垫,露在外面的肥白的腿像两根白萝卜。自从那次城铁的不快遭遇,她的裙子变长了,拖到脚踝,颜色也尽是肃穆的单色。

今天的蚯蚓一身铁灰色的直筒裙,整个人如同大铁块上面顶个脑袋。深町有些怀念她的花裙子。准确地说,他怀念听话的她。

"你又怎么了?"他尽可能温和地问。

"我,我没什么。"她一紧张就有些结巴。

"可以给你加两个点。"

她沉默片刻,说:"不是钱的问题。别在这里说吧。我是真的觉得不合适。"

女人惯有的含糊其词。一个"不合适",可以有多种解读。她感到不安全。她的道德感再次泛滥。甚至有可能,她是长冈秘而不宣的粉丝,不愿背叛偶像。深町有些遗憾自己不是宋晨,没法和她打友情牌。蚯蚓在台里唯一的好友宋晨是中国来的技术员,三年的劳务合同还剩半年,他失踪了。台里为善后工作颇为焦头烂额了一阵。

无论蚯蚓拒绝的理由是什么,深町认为自己肯定难以理解。他向来不曾怀着道德上的优越感轻视做色情梦的同行。大家都是造梦人,并无高下之分。说到底,人的欲望就那么些,吃好吃的食物,和好看的人性交,看不一样的风景。

成为不一样的人。

最后这一项才是视梦的本质。你可以成为安妮·弗兰克、武田百合子或武田泰淳。尽管你无法逃离你自己。

可能的话，深町很想把向高桥晴子宣布解约的工作直接推给法务部门。但业界就这么大，考虑到以后还有打交道的时候，他请晴子收工后到附近的咖啡馆一叙。

银桥咖啡馆据说有一百多年的历史，内部陈设和旧东京时代一个样，可见店主的阔绰。店面不大，照明幽微。长吧台边上五个圆凳，隔着走道有三组小圆桌，一边单人座，另一边的长沙发座靠墙，硬皮靠背与坐垫呈九十度角，并不舒适。深町进店的时候，高桥晴子坐在最里面的沙发座，双膝并拢斜放。资深女演员总是随时摆出面对镜头的状态。深町在她对面坐下来。

店内以低音量流淌着几十年前的老歌，深町依稀记得小时候听过。那时他和妈妈住在秩父。妈妈在家庭餐厅打工，顾客主要是周边居民，大多从事牧场的工作。年幼的深町喜欢去牛舍玩。空气里有干草味儿，奶味儿和牛身上的气味。他的理想很简单，长大以后要成为牧场的一员，踩着长胶靴，身上是塑料围裙。他上小学的时候，牧草地变成了建筑工地，机器的噪声取代了从前的宁静。国内的空气中满是动荡，有些人相信专家们的预言，逃往高地，有些人坚持留在原处。然后是有一天，在电视上看见东京被海水吞没。他起初以为是灾难片。

梦城

东京、纽约、上海、巴黎，大城市在电影、电视中毁灭过太多次。

"坐在这里，好像在看晨梦。"晴子见他迟迟不开口，主动说道。

被打断回忆的他微笑："晨梦里的咖啡能有这么香？"

"我听说长冈要来。"

她把话题扯到长冈，正合他意："你们打过交道吗？"

"没有。我很期待和他共演。"

深町努力做出兼具困惑和同情的表情："很遗憾，长冈是来接替你的。"

她咬住嘴唇。深町做好被泼洒咖啡的心理准备，却没有等到。高桥晴子是个淑女。他有时不禁好奇，她本人上网看过吗？那些有她"出镜"的、无数直逼想象力尽头的色情梦。

"原来如此，他绕过了泰淳，相当精明呢。他是不是听到什么传言？"

"传言？"

"现在演泰淳的那个……"她停住了。深町提醒道："朴银河。"朴银河是韩裔，和因抑郁症退场的上一任泰淳属于同一家经纪公司，被塞过来临时替补。晴子和他搭档将近一个月，连他的名字也没记住。她急切道："朴银河最近怪怪的。我总觉得是受了泰淳的影响。组里都在传，他活着的时候每天喝那么多酒，写那种晦涩的小说，他的内心是极度抑郁的。"

"武田泰淳早就死了。"深町在心里补了一句，就连他的书也完蛋了。

文学的时间性不由人的意志转移。武田泰淳在世的时代，百合子在别人眼里仅仅是"武田老师的妻子"。随着时间的流逝，武田百合子的日记获得了越来越多的拥趸，她丈夫的书逐渐过时，如今更是成了有权限才能读到的"不良书籍"。

"我知道，我们只是演绎。但你有没有想过，替代品也可能变成正品的影子？"

"就像观看视梦的人以为自己在经历真正的人生？"深町哼了一声，"观众会有错觉，我可以理解，但演员……朴银河怎么想不重要，我比较关心你的想法。我们会按合约履行赔款。你如果有什么想法，也可以对我讲。"

她嫣然一笑："如果是几个月以前，你们这样突然把我撤掉，我肯定难过死了。但现在就还好。我觉得和我

梦城 | 135

演了百合子有关。她是那么强悍，发自内心的。而且我确实也想休息，我最近一直觉得颈椎有问题。"

上个月的剧集包含一场车祸。下山刚过转弯道，百合子停在队末的车被疲劳驾驶的货车司机追尾。货车司机哀求她不要报警，说愿意私了。她在路边找了间店铺，打电话给熟人，让对方来做中间人。等熟人来的过程中，旁观车祸的闲人过来和她说，太太，你这样要吃亏的，那边是两个男的，你一个女人，而且你看，他们正不怀好意地盯着你看呢。百合子朝货车望去，驾驶座上是沮丧的司机，副驾驶座坐的居然是泰淳。可能是为了安慰肇事司机，泰淳跑去和他一块儿待着，还在旁边喝起了啤酒。

制作组内部曾经为要不要做这集内容有过分歧。有些人认为内容太过莫名其妙，不适合拍；蚯蚓等人则要求制作。当然，他们当中不管是哪一方都没读过《富士日记》。制作组的依据是深町的资料包。最后蚯蚓他们赢了，理由是，泰淳的举动很滑稽，观众们喜欢他们看不懂的人和事。

隔了两集，关于车祸有段后续。司机付了修理费用，又特地上门道歉。来开门的白合子脖子上缠着纱布。她当时没事，过了两天才发现颈椎伤到了。见此情景，司机愈加惶恐，话都说不清了。百合子说，这不怪你，谁让我当时没事呢？她还请司机吃了鳗鱼饭。

现代人无法理解在肇事司机的车上与其聊天的泰淳，当然也理解不了百合子对司机略显冰冷的善意。仿佛是再次证明了蚯蚓等人说的"看不懂才好"，鳗鱼饭一集的收视率陡然增高了几个百分点。

此刻听到晴子说颈椎有问题，深町苦笑着想，绝对是心理作用吧。总之，晴子不多加纠缠，不漫天要价，他已经谢天谢地了，当下敷衍道，那你好好休养。

难得的休息天，深町坐在疗养院的休息室里，落地窗外是一片草坪，围绕草坪，墨绿色山茶树篱缀着红色球形花朵，仿佛这样就能将此地与外面乱哄哄的工地隔开。旧时的记忆提醒他，山茶是秋冬的花，不该在夏天开放。如今什么都乱了套。

旁边的几个人看不出是病人还是家属。除了一对窃窃私语的中年女人，另外几人一脸呆滞地坐着看电视。他不记得上次看到电视机这种古董是什么时候。疗养院有若干禁止事项，观看视梦是头一条。无事可做，深町

梦城

将视线投向屏幕。不连接辅助脑直接看到的节目也好，广告也好，总让人想起儿童乐园的表演，生气勃勃的背后是矫揉造作。

新能源公司的广告出现频率最高，就这么一会儿看到了好几条。有一条是向日葵女孩出演的甲烷水合物广告。抹成桃红色的嘴唇张成夸张的弧度，白皙的胳膊和小腿挥来舞去。"MH！"女孩们大喊，"M——H——支撑我们的生活。M——H——不用担心污染。用爱，将MH送到你的身边——"

深町从来没搞懂五个女孩到底谁是谁。之前井上放话说，如果晨梦收视率还是这么半死不活，你就去做综艺。得感谢新日记，他才不用涉足最讨厌的领域。

和视梦不同，综艺等于是赤裸裸地抢钱。要进入场内观众视角，需要花上一笔钱。如果选择主持人视角，即，你可以和嘉宾近距离接触，起码得付出普通人一个月的工资。这还不算完，观众们在观看过程中不断给自己喜欢的嘉宾刷礼物，主持人随时关注嘉宾们的收入值，累计越高的嘉宾，获得的互动机会越多，不然就只能在旁边当人形背景板。综艺制作人在业内被称作"马会"，场内的一个个嘉宾就如赛马场上的马，流向节目组的钱分秒可见，为了获得最大效益，得把群马的出场位次排好了。深町从来没干过这个，想想就头疼。

辅助脑传来要求通话的轻微脉冲，又断了。这里禁止脑话，可能有信号屏蔽。他走出一侧的玻璃门，切到语音拨回去。那边一听见他的声音就说："我刚接到通知。长冈演百合子？简直乱套了！"

导演藤原和深町年纪相仿，二十岁之前在中国生活，也就是说，他在国外经历了迁移年。比起日本，中国被海平面吞没的地区只占全国国土面积的一小部分。藤原总是想到什么就立即说出来。深町认为，要么是过于安稳的迁移，要么是中国人特有的直率，造就了此人让人难以招架的风格。

深町说："我也只比你早两天知道。是上面的意思。"

"我还以为最多再拍三个月，现在长冈来了，难道要继续延个一年？"

晨梦的正常跨度是每周五天，持续半年到十个月。大受好评的新日记迄今已播了十三个月。继续做不是问题，素材有的是。只是因为制作组没人知道究竟何时完结，有些重要情节到底该不该往后压成了难题。藤原在公开和私下的场合多次表示，他已经做厌了，想换个题

梦城　｜　139

材。当初选中藤原,是由于另一个导演没有档期。谁也没想到新日记能火成这样,以前只能算二流导演的藤原倒是因此有了发话的筹码。

深町冷淡地说:"如果收视率够稳,延一年就延一年吧。总之要看上面怎么定。"

"没有了晴子,我怀疑撑不了多久。"

藤原是晴子的粉丝?之前没看出来啊。深町正在讶异,那边又说:"奇梦网上,晴子的小电影可是卖疯了。"

"是吗?我都不知道。你兴趣真广泛。"奇梦网是付费色情站点之一。向他买素材的是中间商,下家肯定不止一家。

"我比对过,他们用的素材,有些是我们这里流出去的。你别太小看这些网站。没了来源,他们说不定会借机使什么坏。晴子对我们来说是重要的女演员,对他们也一样。也许还更重要。"

深町愕然,这是在威胁我吗?他不禁怀疑藤原是不是和某些网站有什么牵连。他无意识地揪了一片山茶树的叶子,眼前闪动通告。您刚才有破坏绿化的行为,罚款一千。银行账户数据随之变化。干净利落。他苦笑,转头看向落地玻璃窗内,正好看见护士推着轮椅,轮椅上坐着个面无表情的少女。他的心轻微地揪起来。女儿如今和她母亲有七分相似。

"我在秀子这里。回头再说。"他挂断通话,回到休息室。

护士见了他便说:"刚才的检查,各项指标没什么变化,请放心。"

很难说没有变化是好事还是坏事。秀子没有进一步恶化,却也没有半点恢复的征兆。深町蹲下身,让视线与女儿齐平。秀子的瞳孔纹丝不动。她的视力正常,然而她早已放弃观看,或是她的视神经不听从大脑的指令。深町不知道女儿的问题究竟出在哪里,是意识,还是身体?她患有游戏梦综合征,还有另一个名字拗口的病,代表身体机能失调。

女儿发病前,曾长时间沉浸于角色扮演型游戏梦,并辅以刺激大脑的药物,就像在大脑深处点了一把火,烧得痛快,连渣也不剩。和她一起玩游戏的另外三人都死了。秀子是唯一的幸存者。因为无法确认到底是谁从黑市买的药,幸存者家庭成了被问责的对象。深町打输了官司,为了赔偿那三家,耗尽存款不说,还不得不卖了房子。他知道,台里有人在背后讲,他老婆就是为此跑掉的。他简直佩服那些人的想象力之单调。妻离开家比秀子发生事故早一年。他有时想，至少当妈的不用看到女儿变成痴傻僵硬的模样，接着又自嘲道，她会在意吗？她要是在意女儿、我和我们的家，也不会有当初的选择。

女儿的病是深町堕落的开始。要在以前，把演员素材私自卖给色情站点的行为，他是不屑做的。疗养院的开销很大，就像有只吞噬兽蹲在他的账户余额边上，不断吞下数字。他不得不注册了一家位于太平洋某国的公司——那地方绝对在海平面以下，连个尖尖都不剩——用来收款和洗钱，再辗转把钱打进疗养院的账户。

他陪秀子在休息室看了半个小时电视，不时和她讨论节目，感觉像对墙说话。向日葵女孩又出现了。他扭头说："还记得吗，你以前也想去参加海选，要不是我拦着你……"

秀子的手指轻微地动了一下。

他惊慌地按下轮椅一侧的呼叫钮，跳起来就往休息室的另一头跑。刚到走廊口，护士迈着小碎步来了。帽子的颜色表明这是个资深护士。

"怎么了？"对方问。

"秀子的手指动了。就刚才。"

接下来的流程是深町两年来多次经历过的。看着秀子被搬到呈一百二十度弯曲的病床上,她的后颈、手指和脚趾被贴上连接线缆的贴片,几部仪器开始分析,一名医生和两名护士在周围忙来忙去,让人想起围绕蜂后喂食的工蜂。

半个小时后,医生说:"很抱歉,可能是您的错觉……"

这同样不是第一次。深町忍住叹气,鞠躬说:"给诸位添麻烦了。"他知道医生护士都不会表露出哪怕一丝的不耐烦,毕竟他付了高额的住院费。他有时会以为,这就像一幕脚本现成的视梦,他和其他人都是演员,按部就班地推进。他总是扮演那个大惊小怪的父亲。医生扮演安慰者。但安慰从来都像疲软的风,他的心湖泛不起半片涟漪。

从疗养院出来,深町没有回位于城西的家,而是去了西北部的十三区。

新东京的区名以数字编号,据说当初有议员提议沿用旧东京的区名,被否决了。这事每隔几年就被翻出来重提。议会根本是浪费纳税人金钱的存在,成日为琐事争论不休。最近的议会议程提到农场人手不足的问题,在野党的草案可谓异想天开,说要采取抽签的方式,从各大城市抽调人手。

农场位于保护罩外,条件恶劣。向来只有几种人在那里充任劳动力:城里混不下去的,犯了轻罪被施以一段时期的社会服务责罚的,以及被彻底驱逐的反能源人士。第三种人在任何时代都有,顶着不同的名头。反美国驻军,反迁移,反阶层分化。

武田泰淳也属于第三种人。他的一生可谓多姿多彩,出身于寺庙家庭,本该继承家业当住持,大学念了中国文学系,其间参与反战活动被捕,最后还是被送上战场。退伍回国后,他写了《司马迁》,是他后来一系列中国题材创作的开端。为了逃避再度入伍,他于战争末期去了上海,在一个莫名其妙的学会工作,那段经历在其晚年被写成小说《上海之萤》。日本战败,他再次回国,和一干文人每天喝假酒喝得醉醺醺的,在"兰波"酒吧认识了服务生铃木百合子。

早在大迁移之前,国家就已经删除了和那场战争有关的记录,从历史文献到小说随笔。深町如果不是因为做新日记得以接触到被封存的武田泰淳的作品,他甚至不会知道有过一场战争。组里的其他人对此的反应淡漠,顶多说一句,哦,原来日本以前还敢打仗?

从前的岛国,现在的"群岛国"日本,脆弱如浮萍,很多方面需要仰仗其他国家,同时又在内部大搞抓捕外国间谍那一套。弱者特有的神经质。要不是有新能源作为支撑,说不定整个国家会像肥皂泡一样破裂。

我们在做的又何尝不是肥皂泡呢?

怀着这种感想,深町读了武田泰淳最著名的《富士》,故事发生在战争期间的精神病院,隐喻嵌套隐喻,情节冗长。他开始理解,为什么百合子后来的文名超过了丈夫。和她笔下的日常接触,如同共享她的生命力。泰淳的文字只会让人郁闷。于是,一百多年后的今天,百合子的日记以晨梦的形式被重现,武田夫妻的日常被大众窥视,代入,嚼碎了吞下去。

泰淳本质上是个哲人。自家的车被人追尾那次,他爬上肇事者的车,其举动让新日记的制作组以及观众们茫然不解,同时莫名受到吸引,觉得其中有超越我们这个时代的荒诞和无稽,犹如命运本身。

其实,泰淳在随笔中写过他当时的心境。他坐在司

梦城

机的旁边,感觉到——

> 他的卡车,他的服装,他周围的一切附着的贫穷的气味,往我这边渗过来……我本该不让他逃跑,可我此刻只想尽快喝醉,忘掉自己的没用。妻拥有家里一切大臣的地位,外交、军事、内务、大藏、通产、邮政、建设,我感到,我的任务仅仅是做她的丈夫。被撞了的我(小说家),和撞车的他(运石头的),究竟该聊什么呢?如果没有撞与被撞,我们对于对方的生存甚至永远一无所知,不是吗?

读到这一段,深町起了一身寒栗,却说不出缘由。他无端地想到,泰淳如果能预知未来,肯定不会让百合子留下日记。

深町到十三区是为了找蚯蚓。他们要谈的事不能在辅助脑留下通信记录,只能跑一趟。以她的收入住不起这个区,估计是家里出的钱。以前来过一回,从城铁车站要走二十多分钟。他舍不得乘出租车。个人使用能源移动,在这个时代是一种奢侈,除了钱还要付出点数。和工资不同,点数按社会贡献值分配。算法复杂,政府有个部门专管这个。他还记得小时候公路上到处是车，烧汽油的，用电的。那时国内说话最有分量的公司是东京电力，时代变迁，新能源公司登上舞台，最大的股东是能源部，如果相信街头巷尾的传说，背后势力是美国政府。世界发生了巨变，同时在某些方面一成不变。

缺乏锻炼，他走得有些喘，在便利店买了水，找了个小公园歇脚。公园空地的一角有棵大树，树冠上满是千纸鹤模样的白色花朵。玉兰。不该是春天的花吗？新东京的绿地总是如此随心所欲，反正园艺部门可以对每块地做气候微调。男孩女孩蹲在沙坑里玩。滑梯和秋千被尖叫大笑的孩子们占据。旁边的长椅上坐着保姆机器人，几个一组，似乎没有空位……

他的视线停驻在最里面一张长椅上。蚯蚓和一个保姆机器人亲密无间地坐在那里，显得突兀。他拎着半瓶水走过去："我正要找你。"

蚯蚓一惊，和保姆机器人一起抬头望过来。保姆机器人是个苗条的女性，和真人有六七成相似，眼睛大得不成比例。

深町看过租用简介，她们会说话，会笑，能满足学龄前儿童的各种需要。据说其人造感来自削减成本的要求，而且议会曾通过法令，安装AI的机器人不能太像人类。他最后还是没租，嫌贵，作为折中方案，让妻子辞工照顾年幼的女儿。

从蚯蚓的表情判断，自己好像撞见了什么了不得的事。深町问："你紧张什么？"

"没，没什么。你怎么来了？"

"还不是为了长冈的事。线上说不方便。"深町瞥一眼保姆机器人，"你家的？"

"什么？"

"保姆。"

"哦，对，我家的。"蚯蚓显得心不在焉。成年以后还在用保姆机器人，看来真不是寻常富裕人家。

"有名字吗？"深町知道有些人爱给保姆机器人取名，仿佛那是家里的宠物。

蚯蚓张开嘴瞪着他，胖脸显得傻气。外表是假象。她的智商远超电视台其他人。肥胖据说是激素失衡导致的。科技昌明的现在，仍有医生解决不了的问题。如秀子，如蚯蚓。

"堇。"人工合成的低沉女声说。没听说过保姆机器人会主动和外人聊天。深町皱眉问蚯蚓："你没做什么手脚改过她的参数吧？我们在这里讲话安全吗？"

"安全的，安全的。"蚯蚓连声保证。深町转入正题，"我和那边递过信了，在等回音，如果他们报价合适，你真的不愿意重新考虑一下？"

如果有可能，深町也不想这么低声下气地求一个下属。主要是他不懂技术上的事。重新找人合伙，意味着增加新的风险。

蚯蚓叹了口气："深町老师——"

他不等她往下说，举手打断："你就当为了秀子。"

这么说显得卑鄙，但他别无他法。保姆机器人像是对他们的谈话缺乏兴趣，脸朝着前方。

"您去网上搜过长冈吗？"蚯蚓问。

"当然。我总要对未来的主演有个了解，不过当时我没想到他要演百合子。"

"我不是指关于他的评价……网上没有他的色情梦。"她说出最后三个字的表情，像吃了什么腐败的东西。

深町的脑子转得很快："不会吧？你是指，他背后有什么大人物，杜绝了这种可能性？这也太夸张了。"

"我不知道为什么。我只是阐述事实。或者您先等等看客户的回复吧。"

两个人默然片刻。蚯蚓又说:"您看过长冈出道的影梦吗?《无雪之城》。"

深町摇头。他知道那部片子。长冈演一个在农场长大的男孩,成年后才装上辅助脑,来到新东京。萧伯纳《卖花女》的现代版改编。这年头的创作者只会从历史的灰堆里扒拉尚可利用的碎屑。

"和那时比,长冈的进步很快。简直判若两人。您有兴趣的话可以看看。"她仿佛意味深长地说。

深町离开公园的时候,孩子们仍在玩耍,保姆机器人们继续监护主人家的小孩。见惯的城市风景在他眼中变得暗淡了几分。他无法想象,失去额外进账后,该怎么办。在别人眼里,他是身居高位的制作人,只有他自己知道,生活早已千疮百孔。

回到家刚洗了个澡,脑话响了。是深町的私人号码。投射在眼球的通话信息显示,对方是大学时代的朋友柳泽。这都将近三十年没联系了,他不明所以地接起来:你好,我是深町。

那边说:好久不见。方便喝一杯吗?我来新东京出差。

行啊。什么时候?

今晚。我明天就回去了。

临时约人显得缺乏诚意,不过想到冰箱里让人没胃口的晚餐调理包,深町答应了。外面的食物和酒虽然也是人工合成品,但有人一起吃,就不那么凄凉。

他们约在十一区的一家餐馆,离深町家不远,他可以步行过去。他在正式打扮和休闲打扮之间踌躇片刻,选了前者。怕多年未见的老同学觉得自己在装年轻。

深町和柳泽同级不同系,两人课外活动都选了皮划艇部,念大学的时候常一起玩。学传媒的深町是他那届唯一进电视台的,在同班同学眼里,他曾是成功的代名词。工作为他带来的不只是名声和收入,还有婚姻。和妻相识之初,她在台里担任音效师助理。自从妻离开,女儿住院,他就不再参加任何同学聚会。倒不是出于自尊心,是不想和别人嘘寒问暖,彼此累得慌。今天之所以答应邀约,是因为他认为柳泽应该不知道自己的近况。

柳泽比他晚几分钟到店里,刚落座就说:"我可是《富士日记》的忠实粉丝。"

深町哭笑不得,所以这才是一起吃喝的动机吗,接下来不会是要明星签名吧?他谨慎地说:"谢谢。可以问问你选了谁吗?"

"当然是泰淳。"柳泽要了啤酒。

深町来了兴致:"为什么?"

他注意到,柳泽身上早已没有皮划艇划手的矫健,代之以中年人特有的疲惫。估计自己在别人眼里也差不多。如今的退休年龄是八十五岁,也有人延退到九十岁。深町明年五十,仍属壮年。如果放在以前,算是老年吗?泰淳动笔写《富士》是在五十七岁那年。他在七年后去世,就像是长篇小说燃尽了他最后的健康。

柳泽坦然答:"这还用说吗?可以每天看到那么有活力的老婆,谁都愿意啊。我的同事们有不少人选百合子,但那样不就得每天对着没用又乏味的泰淳?我可是理解不了。"

没用又乏味?深町笑了。数据部门每周将网上的反馈加以整理汇总,发给制作组。从宏观层面上,他了解观众们的心理。像这样直接听人讲,感受又不一样。他和柳泽的话题从新日记转到各自的近况,他撒谎道:"我忙工作,不太沾家,家里全靠老婆打理。我家就一个女儿,今年十七。"听到柳泽的儿子已经工作并育有一子,他骇笑道:"所以你是爷爷了,在这个年纪?真少见。"

他又一次感到自己在按照脚本扮演,这次演的是旧友、父亲和制作人。直到两人分开各自回住处,他才想起,自己甚至没有问柳泽的职业,奇怪的是对方也没提,只说在新名古屋工作。或许信息工程专业的柳泽任职于某个保密部门。

与人交谈带来比平时更锋利的孤独感。

深町很晚都上不来睡意,索性连上奇梦网。眼前跳出提示:您于20××年×月×日注册过账号,是否用旧账号登录?

是妻离开的年份。那年的许多事在他脑海中的印象甚至不如同时期看过的晨梦清晰。他苦笑一下,登进去,按蚯蚓说的,试着查找长冈"主演"的小电影。为了不引起侵权纠纷,色情梦公司当然不会明晃晃地打出明星的名字,用户可以用某个明星的照片做相似度搜索。

结果为零。

尽管有心理准备,他还是觉得一片空白显得太不寻常。换上晴子的照片,出现了两千多条搜索结果。标价不一。其中一个假装是历史正剧的特别贵。观众将会扮演德川家某一代的将军,晴子则是"我"的大奥中的一员。大奥由一众女明星组成,所以价格才这么离谱。

色情梦的行当看来比我们的工作赚钱多了。深町的自尊心稍微受挫，也就失去兴致花钱看蚯蚓提到的那部三年前的影梦。他还记得《无雪之城》评价很糟，奇怪的是不影响长冈的走红。也许长冈背后真的有什么人。

百合子从晴子换成长冈之后的五天，新日记的收视率涨了三点五个百分点。制作组的人没有不意外的。都知道长冈红，却没想到影响如此巨大。

让深町个人更加讶异的是，长冈是有演技的。

受到老同学的影响，最近深町一直从泰淳视角观看百合子（长冈）的举手投足。男人演女人容易显得矫揉造作，深町和组里打过招呼，实在不行就用半替，即，除了表情用长冈的，身体用AI模拟。结果根本用不着，经过面部和身体微调的长冈映在泰淳的眼中，的的确确就是百合子。

可以每天看到那么有活力的老婆，谁都愿意啊。柳泽的话激起内心的涟漪。深町让数据部门把泰淳视角观众的分析报告做出来。和他想的一样，选泰淳的人变多了。观众们喜欢看到长冈扮演的百合子。

这一天，深町比平时早到台里，发现蚯蚓来得更早。其他技术员的座位空着。他去茶水间给自己和蚯蚓倒了咖啡。深町一向没什么领导架子，蚯蚓自然地接过咖啡道谢。他倚着她旁边的桌子问："你是不是一直都没用年休假？不想去哪里玩一下吗？"

"我在攒点数，想去欧洲。不过得等新日记播完才好请假吧。"

机场位于保护罩外。不管你是去其他城市还是国外，每出入一次保护罩，都要耗费点数，离开的时间越长，使用的点数越多。深町在刚工作的头几年也想出国去看看，不时查看点数余额，等他发现国外的开销有多贵，就不再看了。

不过，如果不是女儿的缘故，靠他现在的灰色收入，也不是出不去。

蚯蚓生得晚，对只要买张机票就能随意出行的时代缺乏概念。深町小时候被爸妈带着去过一次鹿儿岛的爷爷家。没想到那成了他仅有的飞行记忆。都说人类科技在持续进步，但仅就交通的便利性而言，让人无法苟同。此外，在他小时候有大量海外影视，来自各个国家各个语种，配音或原音带字幕的。视梦影梦终结了这种全球联通，说是技术上尚未实现不同语种的辅助脑勾连。舍得花点数到国外玩的人也只能连接日本的服务器。深町觉得，那等于只有肉身到了异国，精神还停留在原地，所以他年纪越大，对出国越缺乏兴趣。

想到这里，深町说："可惜啊，在国外也看不了当地的视梦。"

蚯蚓抿嘴，露出一个介于微笑和嘲讽之间的表情。她啜着咖啡说："深町老师，您觉得AI和我们最大的区别是什么？"

这是个五岁小孩都能回答的问题。高智商的人整天琢磨这些吗？他随口答："AI没有共感力。怎么，你还有别的见解？"

她不答反问："您看了吗，《无雪之城》？"

"太忙了，还没顾上。"他搞不懂，蚯蚓怎么老揪着这部陈年影梦不放。说不定她就是长冈的粉丝吧，只是不肯承认罢了。这时其他人陆续来了。今天要拍的是重要的一集，关于隧道。百合子开车，车上坐着泰淳，经过隧道的时候，车轮轮罩掉了下来。隧道只能走车不能走人，百合子正在查看车的情况，泰淳忽忽悠悠走进了隧道——

对饰演那两位的朴和长冈来说，他们不过是坐在传送带上"飞驰"的车里。隧道也好，隧道外的风景也好，都是三维成像。棚里的实拍影像同步经过后期合成,转化为辅助脑可感的事实。

深町戴上头盔,这一次他没选泰淳,潜入百合子的世界。

山北的隧道又旧又窄,里面很暗。顶上一直有水啪嗒啪嗒地落下。路面坑坑洼洼,有许多大大小小的坑,看不清。我盯着前车的尾灯,每当尾灯倾斜,或者突然左右晃动时,就是那个位置有坑,我留了神,踩着刹车小心地开。今天紧挨着我的车前方是一辆大卡车,所以分辨不出大坑,我没踩刹车,右轮胎咣地落下,随着那道冲击,我的车好像有个什么掉了,"咣啷咣啷"滚远的声音发出巨大的回响。往东京方向和反方向车道都不断有翻斗车疾驰而过。没法停车,于是我在出隧道后靠边停车,只见右后轮的轮罩没了。我探头去看车底盘的情况,又转了一圈查看其他轮胎,等我注意到时,丈夫不见了。他也不跟我说一声,快步往隧道内走去。而且没走隧道边,顺着正中央走进去。"用不着那玩意儿!没有也能开!进去危险!"我喊他回来,然而大

梦城

卡车连续不断地进进出出并发出巨响，他听不见。他没有回头，像是被吸进黑暗的隧道中，又像个梦游患者，被大卡车们夹在中间进了隧道……

　　隧道内传来卡车"吱——"地急刹停车的动静，驶入隧道往东京方向的车队停滞下来，里面像在堵车。传来两次司机的大骂声，好像在骂"混蛋!"。我蹲下了。很快，丈夫又从隧道的正中央慢吞吞地回来了。他的双手双脚和裤子下摆沾满泥浆，黑乎乎的。他来到我跟前，说："没找到呢。"

按照原书，此时，百合子吐了，吐在了泰淳的鞋面上。过于紧张之后倏然放松导致的生理反应。毕竟家家户户都在吃早饭的时候看晨梦，这一段被删了，剧本只写了"百合子哭泣"。

　　百合子（长冈）的情绪缠绕过来，让深町的鼻子发酸。恰如其分的共感力，比冲浪那部片子更具实感。网上那些人为什么说长冈不行？是故意抹黑吗？好像就连妻离开家的时候，他都没这么难过。现代人习惯了在辅助脑体验中释放情绪，更加自我更加私人的感受，反倒让他们茫然失措。

莫名其妙地,他想起了武田泰淳的《富士》。以第一人称写就的小说中,"我"在精神病院工作,研究课题是尼采,论文名为《战争与疯狂》。"我"在医院目睹了太多因为参与或逃避战争导致的精神病症状,于是大胆推测,尼采从被诊断到死亡,其间十一年半的疯狂,恐怕不仅源自梅毒,更和他仅仅两星期的战场经历有关。

进入隧道又回来的泰淳。去过中国战场,回国后作为文字工作者再度去往上海的他。

深町知道,泰淳的余生,包括和妻子女儿在山庄的静谧岁月,其实都在黑暗中。

他取下头盔,努力挣脱晨梦带来的爱人失而复得的震颤,忍不住在心里骂了一句。长冈简直不是人,这也太逼真了。

下班后,深町去了公司附近的神社。

穿过朱红色鸟居的同时,辅助脑与外部的通信断开了。断网无声无息。深町有一种错觉,仿佛脑袋深处有什么"咔嗒"一响。他条件反射地伸手抚摸耳后的突起。大迁移后出生的人,通常在六岁植入辅助脑的末端。像深町这种旧时代的遗民要晚一些。深町装上辅助脑是在十二岁。那是第一代产品，后来更换过两回。就像以前的人依赖手机，现代人没了辅助脑便寸步难行。

宗教场所是禁网的。

据说是为了逃避税务机关的核查。断网，也就意味着在神社、佛寺等地可以有不留记录的金钱交易。信徒们事先买好购物卡，往里充值，然后丢进赛钱箱。购物卡常用于人际往来和公司的奖金，总能找个项目用来报税，深町给蚯蚓的报酬也采用这一形式。

这间天满宫神社同时还是个小小的黑市。深町没理会路两边的摊子和四下转悠的顾客们，顺着甬道往里走。他在正殿按规矩做了参拜。站在赛钱箱的一侧，扔购物卡，怕引起别人的注意所以没摇铃，鞠两次躬，拍掌两次，合掌祈祷，再鞠一个躬。现在的小年轻不懂，有些人站在赛钱箱正中央的位置，挡住了神的道路。

若干年前，深町的妈妈住在疗养院期间，他每个星期都到神社祈祷。他觉得这事很矛盾。要寻求安慰，更实在的做法是看一集视梦。对着看不见摸不着的神灵念念叨叨，还为此陷入断网的茫然无措，其实并无帮助。可能只因为他小时候，妈妈常在下班时带他去神社。那是间小得可怜的稻荷神社，仅容一人过的窄小鸟居久未刷漆，原本的朱红褪成了一种迟疑的颜色，旁边有两只狐狸雕像，眼角上扬，嘴巴咧开，像在笑。

接到疗养院发来的死亡通知的那天，深町照常上班，没请假。回到家，妻抱住他说，你如果想哭就哭出来吧。他呆滞地说，下周，下周有一集会死人，那时就能哭出来了。

结束拜神，他下了台阶，绕到正殿的侧面。三层的木架上挂满了绘马，像一串串不会响的风铃。此地神灵主掌考试运，绘马上手写的祝祷大多和考试有关，也有几块写的是找到男朋友女朋友，还有家人健康之类。他用手撩开左上角挡住视线的几枚绘马，目标映入眼帘。一周前，他买了块绘马，写了字挂在这里。"N.T.，新的可能。F.G."现在那底下多了一行字："不用了，谢谢。Y.S."

Y.S.是那边的交易人山口纱野的缩写，F.G.是他的名字缩写，N.T.则是长冈透。他只见过山口一回。是个瘦削的缺乏表情的女人，言谈举止远比容貌老，可能整过容。她建议用神社作为讯息传递点。她说，任何通信工具都可能留下记录，唯有这法子万无一失。

先是蚯蚓提出要退出，如今买家也说不要长冈的素材。深町感到挫败。他想起自己上网也没搜到长冈的小电影，不禁犯嘀咕。为什么？和长冈的身份有关吗？莫非那小子真是什么惹不起的大人物？

意外的是，往神社出口走的时候，他看见了长冈。

没了辅助脑的在线功能，视野与平时略有不同。高个子深色皮肤的男人站在卖旧书和陶瓷器的摊子跟前，正低头打量货品，让深町一眼就认出他的首先是肤色。和长冈比，苍白的摊主像昏暗的培养室里长出的蘑菇。附近有个女的也盯着长冈看。

深町迟疑片刻，上前打招呼："来买东西？"

长冈见到他，像是并不意外，点了点头："明天有发布会，你接到通知了吗？"

"没。这里没信号，我进来有一阵了。什么事？"

"朴银河死了。"

深町盯着他看："怎么回事？"

"自杀。反正头头们会和你讲一遍，我就不具体解释了。"

深町一时无语。长冈又说："对了，我注意到一件事。"

"啊？"

"新日记的背景资料是你亲自做的,不是AI。"

辅助脑的便利让大多数人放弃阅读。毕竟,文字由视觉到大脑的过程很不划算,用于看一本书的时间,可以从辅助脑获得三倍甚至五倍的知识、经历和感受。另一方面,辅助脑诞生前的大部分人类思维的存档仍是文字的形式,因此就需要一个转化的过程。通常,完成这项转化的是AI。

制作组每制作一部新的晨梦,都会由AI对背景资料做整理和归纳。接下来,从剧作家到演员,每个人的辅助脑里都有AI建立的全局观。深町觉得那就像吃别人嚼过的渣。他要求剧作家阅读文本,但他也知道,他们就是做做样子。

对深町来说,有井上那句"如果收视率不行你就去做综艺梦"的威胁在先,他这次的紧迫感尤为强烈。此外,他对武田一家有些私人兴趣。泰淳比百合子年长十三岁,两人有个女儿。和深町的家庭情况完全一样。那对夫妻一同走到了最后,不像他,中途失败,且至今仍在品尝苦果。他想知道为什么。为什么别人的婚姻能稳固,仅仅是因为所谓的爱情吗?泰淳在很多方面具有创作者特有的自私,他的时间、精力和兴趣都放在自己身上，百合子一直是服务和奉献的角色，尤其在丈夫的身体逐渐衰弱的晚年。他们和女儿的关系也很奇妙。作家父亲和生活上雷厉风行的母亲对她似乎并无期望，让她肆意生长。在他们看来，女儿做什么都做不好，不过没关系，因为那就是她本来的样子。

他们的女儿后来成了摄影师。她也有摄影集和散文集留下。

深町读了他们一家三口加起来十几本书，仍未能搞懂，为什么泰淳没有像自己一样搞砸了。但他确实触摸到某些意想不到的东西。其中之一是战争。他们这一代人距离一百五十多年前的战争太过遥远，更由于国家刻意的遗忘而陷入无知的状态。泰淳背负着战争经历者的黑暗。对深町来说，那个人太复杂，太立体，太难以捉摸。

说不定，两任泰淳的演绎者先后出事的原因，就在于此。

他不想因为长冈的话显出慌乱，故意笑了一声。

"是我做的，怎么了？你们这些演员反正只要用辅助脑连一下背景资料就行，谁做还不都一样。"

"确实，理论上是一样的。不过，你为什么亲自看书和做资料?本来不需要制作人做这些。"

"一句不需要可以让太多人放弃。现在还有什么人真正在读书,在思考?当然有,只是很少。就好像来这里买书的人,可能只是万分之几。人不用亲自经历什么。看看视梦,看看别人分享的日录,就等于自己过了相应的人生。我其实挺烦这样的。不知道你明不明白我的意思。"

要在平时,深町不会这么说话。可能是断开辅助脑让他心浮气躁,而且,不联网意味着在这里的交谈不会被任何人以任何方式记录。

"可是,你看了书,也不等于你就过了他的人生。"长冈像是字斟句酌地说。

深町做了个否定的手势:"等你下次自己看完一本书,也许会改变想法。"说完他想到,说不定长冈还真的看过书,既然他一个人来到黑市。

"好吧,我说不过你。再问一个问题,朴银河的死,你是不是感到内疚?"

深町盯着长冈看。对方一脸的高深莫测。

"你什么意思?"

"听到他死了的时候,你看起来很内疚。"

深町咽了口唾沫，喉咙依旧干涩。

"你看错了。我，我只是太吃惊了。毕竟认识的人突然死了，谁都会……"

"我认为，他自杀，是因为你做的背景资料。"

所以绕了这么一圈，死小子是为了把我带到他早就挖好的坑边。深町说："你有证据吗？"

长冈耸了下肩："我没有。放心，我也不会去举报你。和你聊这些，纯属好奇。"

"AI没有潜意识。"

这回轮到长冈盯着他看了。好像他刚说了句什么了不得的话，如同牛顿宣称发现了地心引力。

"我们都在学校里学过，AI和我们最大的区别，是他们没有共感力。我相信AI有一天会变得比现在更像人，毕竟限制他们的是法律而不是技术。我们用AI的虚拟像拍片，把AI装进机器人，让他们当保姆，总有一天，我们会做出和人类一样的AI，就像你我。长得像不像其实不重要，他们将会拥有共感力，和我们一样用辅助脑，分享相互之间的见闻。当然了，考虑到他们的思维速度，我们很可能被他们踩在脚下，成为进化途中的失败范本。可不管如何失败，我相信存在另一个把我们和他们区分开的边界。没人提到过,我自己琢磨的。人有潜意识,AI没有。你想想看,泰淳去世将近一百年了。为什么一个死人会影响活人的思维?要说新日记和之前的晨梦有什么不一样,就像你说的,是我,而不是AI做了资料。新日记的演员,两任泰淳都出了事,我当然会想,是因为我吗?是我在阅读那些书的过程中汲取了什么藏着魔鬼的细节吗?我不知道。没人知道自己的潜意识里有什么。"

长冈微微一笑:"虽然你的假设仍然没有任何论据,但听起来倒是很合理。我简直想给你鼓掌。"深町搞不懂他笑什么。一个人疯了,一个人死了,可长冈的表情就像刚捡了一个便宜。黝黑脸庞的明星敛起笑容,又说:"你回家好好休息吧,深町老师,我感觉你太累了。"

长冈没说错。回到家,比平时更深重的疲惫感包裹了深町。他从冰箱拿出一罐啤酒,没倒进杯子,按下拉环就喝了起来。他闭着眼,室内照明被眼皮阻挡,投下微红的阴影。一角有数字闪动,是辅助脑在提醒他体内的酒精摄入量。该死的健康监控。喝点酒有什么不行!他正要关掉显示,脑话的提示音响起。副部长井上。

你在家还是在台里?井上问。

在家。他边回答边意识到，脑话不像声音通话那样出卖你的情绪，否则井上会发现他是多么沮丧。此刻是傍晚，按自己工作狂的劲头，确实应该在台里。好在井上没注意到异常，径自说：出事了。朴银河自杀了。

他索性一屁股坐在厨房的地上。合成塑胶地面冰凉的触感隔着裤子传来。他摩挲着开始出汗的啤酒罐，问：什么时候的事？

一个小时前。他吃了肌肉抑制剂然后去游泳，如果不是疯了，就是存心找死。

为什么？

我还想问你为什么！上一个是抑郁，这个干脆直接去死！你们这个角色没什么问题吧？

以前从没有过这样的事，应该，应该不是角色的问题。

大概是嫌脑话不足以表达愤慨，井上切换到声音通话："公关部门那边我已经交代过了，他们会给你发回答问题的模板。明天早上有个新闻发布会，你带上长冈。藤原不太会讲话，他就不用出席了。"

"行。"

"别像个保姆机器人一样只会说'行'。你给我查清楚到底为什么会发生这种事！上头发话了，我给你一个星期的期限。还有，调查报告没出来之前，暂停让观众选泰淳视角，万一哪个观众也自杀了，我们可兜不住。你没忘记安妮的教训吧？"

"当然没忘。问题是，接下来谁演泰淳？我们现在只有三天的余量。"

"已经安排好了，我稍后发一个联系人给你。"

那头挂了。深町和井上发来的人通话。那头并非他以为的经纪公司，而是著名IT企业的子公司。按照初次联系的礼仪，他用了声音。寒暄过后，他发现自己被接进一个投影多方会议，顿觉尴尬。他敞着衬衫领口，背景一看就是居家而非办公室，表情因酒精变得松弛，整个人显得很不专业。好在没人在意他的形象，众人依序开始向他说明新合作项目的内容。他听了十几分钟，总算搞懂了井上所说的"安排好了"是什么意思。

接替朴银河的不是任何一个他听过或没听过的演员，而是AI。也就是说，这次是全替。

深町抗议道："等一下，我们的观众通过百合子视角和泰淳打交道，是近距离接触，你们确定让AI扮演不会出纰漏吗？毕竟AI只是虚拟影像，他看起来足够像人类吗?"

其中一个窗口的年轻女子说:"因为是初次合作,您有这样的顾虑,也可以理解。我们将用最简单的例子进行说明。"

他的眼前出现了熟悉的画面。向日葵女孩们唱唱跳跳,M——H——支撑我们的生活……

另一个人说:"她们五个都是AI。"

深町不觉弓起背抵住橱柜,感觉到坚硬的触碰。他忽然明白了长冈最后那个意味深长的笑。他刚在神社的庭院里发表了慷慨激昂的关于AI的演说,转眼间,他口中的"未来"就劈头盖脸地砸下来。

看起来像领导的人说:"恕我直言,您对AI的概念有些过时了。不用担心,我们会给出一个让制作组和观众都满意的泰淳。具体怎么磨合,等试拍一集,就会有大致脉络。"

深町在迷迷糊糊的状态下又开了半个小时的会,好不容易熬到散会。他缓缓起身,在地上坐久了,腰和膝盖仿佛不是自己的。他又开了一罐啤酒。

如果可能,深町希望自己入睡后不用再醒来,这样他就可以远离一切烦心事，包括朴银河之死的发布会。

他周围的一切开始失控，始至两年前。警察来告诉他，你好，你的配偶因违反第××项法律，被送往农场。他后来托了一些人，试图厘清妻的离开背后的真相。获得的消息越多，他越迷茫。他被工作占据了太多的时间，从来没想过她在家都在做些什么打发时间，尤其在女儿念了住宿制学校之后。妻身上最主要的罪名，是她参与了一个反新能源组织。他当然知道有类似的组织存在，一直以为那是与自己生活无关的一群吃饱了撑着的人。他终于发现，自己对妻的了解是多么有限，甚至可能他从来就不曾了解过对方。对他来说，受伤的更多是自尊心而非感情。现在回想，女儿开始沉迷游戏梦，和妻的消失也脱不了干系。女儿出事后，他变本加厉地把自己埋进工作，仿佛可以借此逃避。

他感觉很难入睡，但不打算吃药，女儿出事后，他对一切与大脑有关的药物失去了信任。他躺在黑暗中，任思绪从这里跳到那里。朦胧中有什么在响，他花了些时间才搞清，是敲门声。上次有人敲门，是警察。他按捺住紧张，起身来到门口。门禁系统和辅助脑是连通的，他在几步之间已看到门口站的是谁。不，应该说，是个什么。是保姆机器人。

虽然保姆机器人看起来都差不多,他凭借直觉猜到,门外的是蚯蚓家那个。叫什么来着?她的名字是一种花。

辅助脑从记忆搜取答案扔给他。堇。

他开了门。还没等他张口问她为什么在凌晨五点多来这里,她举起一个巴掌大小的银色物体,往他身上一按。巨大的冲击袭来。不是肉体上而是精神上。不像进入神社的那一声"咔嗒",仿佛有道飓风呼啸而过。风过处,只余白茫茫一片。没有网络。甚至没有离线的辅助脑。从十二岁以后,他不再有过这种感受。就像赤身裸体站在大街上。他忍不住颤抖起来。

"你你你是谁?你要做什么?"

"我是宋晨。蚯蚓被抓了。他们还不知道我的事。我来带你走。"

宋晨?你不是失踪了吗?他们是谁?深町感到脑子不够用。也可能仅仅因为没了辅助脑,导致他方寸大乱。

自称是宋晨同时叫作堇的保姆机器人不由分说地拉住他的手,说:"来不及收拾,快!具体的我上车再和你解释!"

车?深町的脑子更乱了。他跟着她从楼梯下到一楼,穿过广阔的圆形庭院，从另一端的出口出去。楼外确实停着一辆车，银蓝色表面反射着街灯。以深町的级别，也只是偶尔动用台里的车，他还在愣神，她开了车门，把他塞进前排，她在另一侧坐了。六座车，两个人显得浪费。安全带自动扣上。她发动车子。居然不是自动驾驶。深町愈加迷乱，眼下自己莫不是在做梦？还是说，这是被新日记影响的梦，以为自己是泰淳，坐在百合子旁边？

董，或者说宋晨，边开车边说："深町老师，蚯蚓被抓，是因为她帮你干私活。现在还没人知道事情和你有关，我带你去机场。"

"你真是宋晨？"

"没错。你一定想知道我为什么会变成现在这样。说来话长，反正我们有时间。蚯蚓有没有和你讲过，她有一次上班路上遇到色狼？"

深町点头。她继续说："遇上色狼够倒霉的，更倒霉的是，那是一场有预谋的骚扰。色狼有个同伴，把她的全部反应拍成目录，放到网上。在有些人眼里大概很有趣，一个胖姑娘那么惊慌失措，那么绝望。他们可能以为胖子都不够聪明，像那种笨笨的虫，你戳它一下，它就往边上爬两步。可是蚯蚓很聪明。她当时确实吓坏了，

梦城 | 173

等到回过神，她立刻去搜当天同一时段有没有人发布日录。她本来是想留作证据，尽管还没有想好要不要找警察，结果她看见自己被当作恶作剧的对象，被肆意传播，被嘲笑。以她的技术，当然可以把网上的那些碎片删干净，但她觉得那样还不够。她来找我，给我看了她被拍到的日录，对我说，这些人应该受到惩罚。

"我也是年轻气盛，没多想就答应帮她。哦，对了，当时她刚开始帮你倒腾素材没多久，经过这件事的打击，想要退出。是我劝她，再坚持一阵吧，我们要做的不是小动作，需要用钱。再说了，女演员的素材和普通人不一样，她不做自有别人补上。我没和她说的是，我喜欢晴子，买了不少关于她的色情梦。

"有些事不去钻研不知道，其中的水很深。在城铁猥亵年轻女孩然后上传日录，看起来是小混混的个人举动，其实背后有个完整的产业。拍的人不知道自己是产业的末端，可能只是有人告诉他，这个好玩，又能来钱，他就做了。如果把整个产业比作一棵树，他们不过是一片树叶。产业的枝干是整个娱乐业。视梦、影梦、综艺梦、日录、游戏梦……辅助脑能够提供的娱乐，所有你想得到的，甚至你想不到的。太庞大了。

"哦，对了，应该解释一下，我当初为什么来日本。你不知道日本在国外是个什么形象。对我们来说，你们在一百年前曾经引领娱乐行业，动漫，偶像，后来你们的国土被淹了，各方面都没落了。我来之前，朋友们劝我，为什么去日本，劳务输出有的是更好的选择，日本闭关锁国，到了那边连日常联系都断绝，出了事，家里人都不会知道。其实我就是好奇，有传言说你们闷头搞娱乐嘛，和其他国家的技术都不一样。签了保密协议才来的。来了以后发现，玩娱乐，还是你们强。辅助脑在我们国家只是个工具，帮人更好地应对现实。你们这什么梦体验，简直太夸张了。我怀疑国内的头头们不是不知道，而是不敢推行这个。中文有个词叫'醉生梦死'，你懂吗？不懂没关系，总之就是日本现在的样子。人人都活在梦里。"

听她用保姆机器人平稳的女声说出年轻中国男子的心声，深町有一种浑身发毛的感觉。他一直以为全世界的娱乐业是一个路数，听宋的意思，居然是日本独有的？如果不是这个保姆机器人故障了疯狂了，说不定是自己出了什么问题。他忍着没有辅助脑的不适，沉默着往下听。

"你有没有听过一个老故事，盲人摸象？国王让几个盲人告诉他，大象是什么。有人摸到了耳朵，说，大象长得像一把蒲扇。有人摸到了鼻子，说，大象是一根长棍子。有人摸到了腿，说，大象就好比柱子。我在网络深处越挖越深，就像一个摸到大象局部的盲人，手里一会儿是这个形状，一会儿是那个样子。我看不到大象。

"蚯蚓走了和我不一样的路子。她开始关心各种理念之下的集会。这年头，每天都有人私下集会。任何事物都可能是他们的抨击对象，新能源、游戏梦、日录。要我说，技术本身没有好坏之分，但既然是日常生活依赖的技术，有时就会反过来危害到个人的生活。有人拥护有人反对，也是常理。蚯蚓带我去了两次集会，我觉得蛮无聊的，一群人在那儿义愤填膺地说啊说，无非是宣泄情绪，没什么实在的。怕被查，所有的集会都用了辅助脑干扰。"

深町终于插话："你刚才给我用的那个？"

"哦，那是个小型的，只能管三十分钟。集会现场用的是大机器，一进门辅助脑就宕机了，像被剥光了似的。"

深町想，所以这种赤裸的感觉，是人所共通的。他开始觉得宋的叙述过于不着边际，也可能此人太久没和蚯蚓以外的人聊天，憋得慌。

"你变成现在这样……和集会有关？"提问的时候，深町的脑子里闪过妻的影子。

"原因和结果之间，不一定能画出一条直线。"宋的侧脸呈现出保姆机器人特有的人造感，"对我来说，整件事就像踩到狗屎。第二次去集会的时候，我看到一个人，认出了他。"

"谁？"

"长冈透。"

"他去集会？没必要吧。"

"你的反应和蚯蚓那时候一模一样。"宋毫无热忱地哈哈一笑，"来自高天原的明星，社会金字塔的尖尖，他确实没必要去集会。你们的思维方式是固有的，可我一个外国人，和你们的逻辑不同。我想，他也许就是闲得慌？这倒让我有些好奇了，然后我在网上查了他。你猜我发现了什么？"

"猜不到，你直说吧。"

"他的过去是空白。三年前他进入演艺界，那之前，世界上没有长冈透这个人。"

"可能只是你权限不够。"深町说着，忽然有什么在心头一撞。向日葵女孩是AI。那么有没有可能——？

宋说出了梗在深町喉咙口的答案："长冈透是AI。"

"不可能，AI没有共感力。"深町脱口而出，接着开始自我怀疑。泰淳马上将由AI出演。长冈透即便是AI，也没什么好奇怪的。他自己不久以前还对长冈讲过，总有一天，AI会演化到和我们一样。更可笑的是，倘若长冈真是AI，那么他便是对着一个AI激情宣讲，AI没有人所具有的潜意识。好像他多有优越感似的。

宋平淡地说："他在不断升级。或者说学习。我猜，参加集会也是他学习的一部分。你没看过网上的评论吗？他以前的共感力真的很糟。可我听蚯蚓说，他最近的表现惊人。"

"的确。"

"总之，这个事实，就是我踩到的狗屎。做技术的都沉迷于自己不知道的。我换了方向，从黑客们那里东一块西一块地，搞了很多关于AI的东西，还和蚯蚓一起做实验。她比我底子好，很快成了个中高手。然后有一天，警察来了，带走了我作为人类的肉身。"

"等一下，你，你不是宋——"

"我是啊。或者说我是宋晨和堇的混合体。我们小小实验的一次成果。我有人类宋晨的全部记忆，从小时候的，到来到日本这几年的。"她转头对他一笑。保姆机器人的笑容总是温柔的，深町却感到寒意。

"记忆。"深町说。他脑子里飞快地闪过一个念头。个体在怎样的情况下能宣称自我的存在？如果仅仅凭借记忆，就能宣称我是"我"，那么，被锁在失效的肉体当中的女儿，她如果能逃离那个肉体，如果她的精神确实仍有理智的残片，她就能继续存在。他深吸一口气："我们不去机场。"

"不去你就等着被抓吧，查到你是迟早的事。"宋显得没有耐心。

"你为什么要帮我？"

"你还没搞明白吗？蚯蚓一直暗恋你，虽然我搞不懂你哪里值得她喜欢。一个没了老婆，女儿也废了的工作狂。我不想让她伤心，所以我会送你走。"

"不，不去机场，我要去我女儿的医院！求你了！你可以救她！"深町不顾安全带的束缚，往旁边一挣，抓住她的胳膊。隔着衣物，人造肌肉和皮肤的触感摸起来很像真人。

她甩开了："你有没有搞错？我救你一个已经够意

梦城 | 179

思了！"

"求你了……"

他过了一会儿才意识到自己在哭。有多久没有为自己哭过了？母亲过世，妻子离开，女儿住院，他一次都不曾落泪。他所有的情绪都只能在视梦中释放。此刻，腺体全然不受控制，鼻涕和眼泪糊了满脸。

他只是个普通人，他不关心娱乐业的秘密或AI的兴起。纵然全国的民众成为只会做梦的无用之人，和他又有什么关系？

新日记中有一幕，泰淳的旧友死去，他哭得像个老人，像个受伤的孩子，像宇宙中的一切都在远离和破碎。深町感到自己的什么也碎了。他此刻没了辅助脑，可预见的是，他将会失去职业、收入和其他立身的根基。他很清楚，就算宋答应帮他将女儿的意识挪进某个机器人，也未必能重新寻回女儿。就算找回来了，他难道要带着女儿东躲西藏一辈子？还是该直接去农场？他和女儿能在那么艰苦的环境活下去吗？妻会不会在那里？未来茫然无期。他踉跄行走在长长的看不到尽头的隧道中。

竹本无心

不结婚的人,
不管到多少岁,
依然是幼稚的,
上有老,
下无小,
就还有继续做年轻人的底气。

方友珊，2022

半个世界在线上的时代，你总是从朋友圈知道一些新闻，例如，某个熟人的死讯。

临近年末的冬夜，金婷去世的消息伴随着一堆蜡烛表情在朋友圈刷屏。这一年我听了许多坏消息，也早已不是二十多年前像跟班一样黏在她身后的小姑娘，因此我并未立即感到哀痛，只不过心头莫名地有种空虚。我很想发微信问朱凡，你原谅她了吗？又一想，时至如今，也没什么原谅不原谅的。人都走了，真正四大皆空。

我想起来，早年拍过她的一整卷胶卷底片在她那里，想必早就没了。冲洗好的相片塞了半本影集，被孟玲玲拿走了，不知还能不能要回来。因为聚焦和光线的关系，有几张糊得厉害。除了金婷，当然也拍到了那间客厅，那些人。二十世纪九十年代后期的上海文艺青年们。除了梁松，没人超过三十岁。照片也不全是我拍的，其中有一张是戴着纸帽的我，正在吹蛋糕上的蜡烛。我在那间客厅过了二十岁生日，金婷用写歌词赚的稿费买了当时流行的水果鲜奶油蛋糕。她写一首歌能拿几百块。曾经，我们都觉得是一大笔钱。现在想想，真不划算。前几天听一档播客，几个单口喜剧演员聊天，其中一个说要在片尾放一首自己喜欢的歌给听众，《踩住你的心》。另外几个就笑他，说歌名听着简直像SM嘛。他们都是九〇后，会有人听那首歌首先就让我惊讶，我想他们一定没看过早年的MV。其实MV拍得也有一种异样的氛围。一个女的在全是镜子的房间里走来走去，红唇高跟鞋，身影破碎又迷幻。我们都说，还不如请金婷演。

金婷那时真是美。丰盛的美。她爱穿紧身牛仔裤，显得腰细臀宽。眼睛看人的时候有一种灼灼的光。谁不爱美人呢？围在她身边的年轻女孩比男孩多，不光因为她有一种大姐的气质。她很喜欢和小姑娘们搂搂抱抱。总是坐没坐相，一会儿就把半个身体靠过来，像猫。她尽情地挥洒才华、温度和气味，我们醉心其中。那时的年轻人多少都有点皮肤饥渴，并不是真的喜欢同性。

叶巍和她坐在一起的时候,像一幅画。让人想起桔梗和芍药。萨其马、小山和梁松都画过她们。分别是粉彩、油画和版画。梁松先是琢磨版画,后来搞雕塑,越来越费钱。金婷养了他好几年,我们都觉得不值。他那时该是四十出头?在我们看来老得不得了。现在我自己四十七岁,才知道,不结婚的人,不管到多少岁,依然是幼稚的,上有老,下无小,就还有继续做年轻人的底气。

被我们喊作"萨其马"的萨维雍如今成了著名画家萨老师,偶尔在网上看到他的消息,这里那里办展。小山选择了死,在年轻和不为人知的时节。他留下唯一算得上痕迹的,是金婷那本书的封面,看似潦草的钢笔画。梁松现在在市区做地产中介。不是那种连锁机构。一间几平方米的小屋,玻璃门上贴着晒得褪色的户型图,门外的墙根斜倚着一块黑板,用粉笔写着最新的招租和二手房信息。大概三四年前,我路过的时候和他聊了几句。他看到我的相机,像是很惊讶,说,摄影师不都带大家伙吗?我说,现在的微单很方便的,不工作的时候我可不高兴带一堆死沉的设备走来走去。他说起他女儿,小姑娘刚上大一,动画专业,一个月的零用钱就要两三千。

我随和地说，那也算是女承父业。要是让孟玲玲看到我们聊天的这一幕，一定会觉得我太社会，和那个男的有什么好聊的？梁松曾经非礼叶巍，不知道是摸胸还是摸臀，他挑的时机不好，叶巍正在他和金婷那套租屋的厨房切西瓜。墨绿色的薄皮大瓜，瓜长刀短，刀卡在瓤里，叶巍拔了一下刀，没拔出来，放声尖叫。在客厅看书的孟玲玲闻声冲进去。她在叶巍开始频繁去看病之后对我说，我那时就觉得她不对劲，被摸了当然糟心，可她叫得像要把五脏六腑都挤出来一样。

曾经，金婷他们的客厅聚满了文艺青年。后来有的死了，有的病了，活下来的各谋生路。可能在有些人眼里，我从事的工作多少和文艺沾边，只有我自己知道，摄影就是个手艺活儿。我们这一行也有大师，但更多的人像我一样，凭经验和人脉混口饭吃。

如今金婷也走了，对我来说就像是通往过去的时间隧道被彻底封闭。我搬过很多次家，至今书架上还有《七个半故事》，她唯一的一本书，署的是笔名"竹心"。

出书的版本和早年的杂志稿有很大的差异，不知道是不是因为改得太厉害以至于有些僵，最后这本书没能在大范围引起瞩目。到如今，说起金婷，估计没几个人知道,倒是有人记得博客时代的"竹心在昆卡",那是她第二次凭借文字绽放光芒的时期,前前后后大概一年多。博客早就随着服务商的倒台而消失。她不在微博等社交网络发言,没有其他赛博痕迹。

我想了几分钟,要不要在朋友圈发悼念消息,最终作罢。我宁愿默默为她哀悼,连同我们一伙人早已不再的青春。

仿佛是特意打破我难得的感伤,孟玲玲发来微信:你听说了吗,金婷的事

我回复:嗯

孟:是新冠吗

我:据说是心脏病

孟:她今年五十多对吧?大概还是在那边生活太苦了

这话提醒了我。我辗转问了几个人,要到李咏心的微信。她可能在忙,过了一个多小时才通过添加请求。我说我是金婷的朋友,之前见过一次。她像是没反应过来,我重新打了两个字,竹心。那边说,竹心老师真的很可惜。我问,你知道她支教的学校具体在哪里吗?我想开春后去看看。十几分钟后,她回复道,没有走我这

边的项目,我帮你问问。

我已经开始后悔方才的一时冲动。六年前和金婷的最后一次见面可说是不欢而散,她后来每到过年都发个动图拜年,我一向不回。现在人都死了,跑去她待过的地方看,有什么意义?

李咏心看来过着规律的生活。第二天,我在十点多睁开眼,手机上是她一大早发来的微信。几张图片,一条语音。我点开图,都是画。树和人,人有着团团脸。两只鸟在抢虫子。蘑菇,蘑菇,蘑菇。每幅画都有一种恨不得用上全副色彩的劲头,笔法稚拙。这种风格对我来说再熟悉不过,毕竟我妈是农民画院的正式工。金婷应该也很熟。当年她在画院当过几个月出纳,在她卷画潜逃之前。所以她跑到云南乡下教小朋友画金山农民画?我感到好笑,又莫名地有些哀伤。点了语音,李咏心听不出乡音的普通话传来:"不好意思啊我在跑步所以发语音。这些画是竹心老师的学生的作业。我原来也以为她是教语文什么的,没想到是教画画。她好像不是正式的支教老师,就是在那边租了房子,办了个兴趣班。据说不收钱。"

我打字问:那么她靠什么生活呢

那边迅速回复：现在应该可以讲吧，人都走了。好像萨老师一直在接济她

我对着手机屏幕愣了一秒钟，忍不住笑了。金婷啊，你即便离开人世，仍然有这么多的意外。

1996，金山

镇上公共浴室的水蒸气让方友珊想起酒厂蒸槽冒出的热气，不同的是气味。兜头盖脸的热气混合了檀香肥皂和蜂花洗发膏的人工香气，比湿漉漉的酒糟味儿好闻得多。在酒厂或浴室，扑入眼帘的总是人体。男人们只穿条短裤，用如同猪八戒兵器的长柄耙翻动蒸槽里的酒糟，肩背上覆了一层汗水的油光。女人们细长或滚圆的身体半隐在水雾中，急流从高悬的热水龙头直坠而下，到达肩膀或头顶，化作千万颗热水珠散出去。水声随着动作变化，一阵响，一阵弱。

在这片藏着十来具人体的白雾中，有一抹红色格外显眼。方友珊刚冲掉扎得眼睛痛的泡沫，红色又出现了，离她仅半臂远。那是用几股丝线编成的红绳，挂的位置不在脖颈而在腰间，衬出腰肢纤细。底下一枚金坠子，

悬在肚脐上方半寸。红绳的主人说:"不好意思,能让我冲一下吗?"方友珊往旁边让了让。像她一样,有不少人从村里骑车来镇上唯一的浴室。无论什么时候,总是人多龙头少,要冲水的人总是直接挤过来,她第一次遇见有人说"不好意思"。

那边在冲肥皂泡,方友珊的视线无处落脚,飘到红绳上。红绳的主人是画院新来的职工金婷。妈妈在饭桌上议论过,说是金婷和赵老师有一腿。画院里有四个老师。老师们多少受过一些美术教育,他们不画画,只负责指导,让画院的农民画家们有进步的空间。进步、空间,这样的大词当然不是妈妈能说出来的,一定是照搬了会上的发言。

当初把农民画搞起来的雷老师,如今人称雷院长,是专门学画的,另外三个老师,两个是他从前的学生,一个是托门路走关系进来的。赵老师是后者。他甚至不是金山本地人。他和他老婆都是青浦的,有了这个铁饭碗,在镇上租了房子,每天骑车下到村里的画院。

金婷也是老师吗?方友珊问妈妈。爸爸哼了一声说,是出纳!雷院长的熟人弄进来的。你妈,头发长,见识短。听风就是个雨。金婷家在上海,而且人家是大学生,她能看上赵德新？才怪！

方友珊在街上遇见过金婷。附近几个村的年轻人在镇上就那么些去处。录像厅，唯一一家卖双卡录音机和磁带的音像店，台球室，游戏机房。金婷看录像时坐在最后一排，边看边嗑瓜子。她烫着波浪发，常穿件大红色的确良衬衫，肩膀打褶的款式，领口两根带子系成蝴蝶结，比屏幕上的香港电影女主角更显新潮。开音像店的曹衡是方友珊的中学同学，他抱怨过，那个上海女人从来不买卡带，还嘲笑他的货老土，没有外国歌。说起来他们出生长大的村子也是上海的一部分，但离市区太远，以至于在他们心里，上海连同上海出来的人，都远远高出一截。

上海人，大学生，不一样的打扮，但剥去这一切光溜溜站在浴室里的金婷仍旧是不同的。是因为那根红绳上的金坠，还是因为那声"不好意思"？没等方友珊琢磨出个一二，另一个身体冲向她旁边的水龙头，伴随着尖叫："是他给你的吗？我说我姆妈给我的金戒指怎么不见了，是他偷去给你的吗？"金婷也叫起来："你神经病啊！"两个身体在白茫茫的雾气中晃动，推搡，拉扯。肉体和肉体相碰撞的声响。啪。有人摔倒了。挂着红绳的身体冲了出去。方友珊茫然地伫立片刻，跟着往外走。她隐约听见背后有人哭喊，不确定那是不是刚才打了金婷然后摔在地上的女人，赵老师的老婆郭小芬。等她在更衣间擦干身体穿好衣服，金婷早已不见了。她摸了摸头发，触感黏滑，没冲干净。

郭小芬和金婷在浴室打架的事很快传开了，从镇上到近处的村子，再到更远的角角落落。不知是谁在传播的过程中加上了对双方身体的描述，那一幕变得既色情又滑稽。据说郭小芬的金戒指后来找到了，是她念小学的女儿拿去玩了。方友珊心想，她就是想找个理由打人出气吧。她听妈妈讲过，画院除了雷院长，三个老师都像蜜蜂绕花一样，围着金婷打转。

隔了两天是个星期天。妈妈一早去菜地浇菜，爸爸也不在家，多半是去了厂里。方友珊用热水泡了饭，就着酱瓜吃了。她从家里把自行车推出来，走过长长的沿河石板路，一路和这家那家的阿姨妈妈打招呼。据说石板路的历史可追溯到清朝，坏掉的石板未经替换，裂纹像长在地上的蜘蛛网。出了村口，路面变成泥土地，方友珊飞身上车骑了起来。离河远了，空气中的水汽减少，施过肥的菜地的臭气钻进鼻孔。油菜花刚开，一层绒黄。

蜜蜂嗡嗡地飞，不知道名字的鸟散漫地叫了几声。她的目的地是上海的外滩和南京路。要先到镇上，坐火车或者大巴，花一个多小时到上海的西区，再换乘公交车，全程差不多两个小时。她没有特别的事要做，就是进城逛逛，呼吸一下市区的空气。上次去的时候，她买了用纸杯装的可乐，吃了油炸里脊，还有机器挤出来的冰激凌。冰的加上油的，回程肚子疼，只能忍着。她知道，在别人眼里，自己是个娇养的姑娘，不做田里的事，也不做家里的。大学没考上，还不是进了爸爸承包的酒厂做文员拿工资？从前年起，就连妈妈也有画院的工资拿。村里人说起方家，必然是那几句。老方是军队回来的嘛，脑子活络，当初雷老师喊大家去画画，我们觉得耽误农活，没几个人去，就老方怂恿他们家罗秀珍去，你看现在！

方友珊觉得他们的讨论是可笑的。经常泡在画院的十几个阿姨妈妈，只有五个人成了职工。不说别人，就说她自己，跟着画了那么些个寒暑假，雷老师看完还是摇头。她搞不懂自己比妈妈差在哪里，雷老师说她不够"拙"，又说，农民画还是需要生活基础的。说得好像她是活在半空中一样。

爸爸有酒厂的一堆事要忙，妈妈不画画的时候要么在菜地，要么在洗衣做饭。老同学有一两个在市区念书，大半出去打工，曹衡倒是在镇上，可他的音像店她也去腻了。方友珊无聊极了，有时想对着天空大喊。当然只是想想。既然不能像个疯子一样乱喊，那就去上海吧！

她从泥土路拐到公路，初春的风还有些凉，太阳的力道毕竟比冬天足，照得她出了一层薄汗。有辆车从背后开过来，她往路边让了让。车在她前面十几米停下，桑塔纳的副驾驶座伸出脑袋和胳膊，冲她挥手。长鬈发的女人。是金婷。她骑过去停住。

金婷的颧骨上有两道鲜明的红痕，不用说，是郭小芬那天在浴室挠的。方友珊的视线滑过那些伤痕，往驾驶座扫了一眼，是个梳分头的陌生年轻男人。金婷问她去哪儿，她说去上海。

"这么巧，我们也去上海。可以带你的。你到镇上把自行车放一放，我们在书店那里等你。"

所谓的书店，其实就是邮局摆在门口的杂志摊。方友珊感到踌躇。之前也就点头打个招呼的关系，她吃不准金婷为什么这么热情。她知道，只要上了金婷坐着的车，用不着等自己傍晚回到家，流言跑得比有轮子的车快多了，不仅会在镇上，还会在村里蔓延开。人们说，方友珊姨妈家的大儿子，她喊作大表哥的，是她爸的种。她上高一那年的暑假，有一天，她在家午睡，忽然惊醒过来，发现有人隔着蚊帐摸她的腿。是大表哥。她又气又怕，不知哪根神经搭错了，脱口而出，我爸是你亲爸，你不知道吗？说完，她很想给自己一巴掌。大表哥说，你神经啊。然后转身走了。他比她大一岁，但上学晚，两人同级。他念完中专后没有去分配的单位，早她两个月进了酒厂。爸爸说，自家人做事总是放心的。方友珊很怕在酒厂遇见大表哥，幸好他要跑销售，不常在。他有时会恶狠狠地盯着她看，仿佛在研究她的五官与自己是否相似。村里人都说，老方的酒厂肯定要留给那个嘛，女儿再怎么说还是要嫁出去的。

方友珊在听到金婷邀约的那一刻想了很多，从爸妈可能的数落，到让她郁闷的大表哥。但她还是点了头，并未想到，只是搭个顺风车，会给自己的未来产生多大的变数。

朱凡，1997

"我要是知道她偷了画，肯定不会上那辆车的。结果我变成共犯了。哎，你不知道，当时我爸气得把我关了一个礼拜。后来是雷老师决定大事化小，不报警也不找金婷，我爸才放过我。"

方友珊喝多的表现之一就是，她会开始讲金婷偷了画院的画拿到上海去卖的事。我已经听过七八遍。事情的出场人物就那么几个：金婷，方友珊，一个卖保险的男的。保险销售在镇上工作，开一辆桑塔纳，在整件事里仅充当司机。三个人到了市区，司机和他们告别，金婷带着方友珊坐公交车然后步行，去到曹家渡的一条弄堂。金婷妈妈的麻将搭子是福州路一家书店二楼书画柜台的经理，那人随口说起过，日本旅游团很喜欢买金山农民画，金婷在乡下待得不开心，本来就想走，和同事老婆的纠纷让她下了决心。她可不能白走，走的时候卷了一叠画。一共二十一幅。她开价每张画两百，经过讨价还价，总价三千五。三年前的三千五，比现在更值钱。她在麻将桌边磨着对方付了七百块定金，开开心心地对方友珊说，现在有钱了，我们去南京路喫咖啡。方友珊因乡下口音很自卑，从来不讲她的金山上海话，每次只在试图模仿金婷的时候蹦几个词。

我怀疑吧台边和方友珊并肩坐的年轻男人也听过这一段，证据就是，他笑得像蒙娜丽莎，有点假。刚才方友珊介绍说他叫阿晃，并说，我们今天是网友见面。阿晃挂着那个像画上去的笑容说："然后呢？"

然后她们去了德大西菜社，周围坐的全是爷叔阿姨。金婷喝咖啡不加糖。方友珊嫌苦，加了两个奶油球，一包糖。我在心里翻了个白眼，搞不明白这些细节有什么值得一遍遍拿出来晾晒的必要。精彩的明明在后面。

我给方友珊做了一杯新的金汤力，走开去收拾靠窗那桌的烟灰缸。按照方友珊絮絮叨叨的劲儿，她还有十来分钟才会讲到被金婷带去梁松家。她那时完全是个乡下姑娘，第一次喝咖啡，第一次走进房龄超过六十年的老洋房，不无惊讶地发现，住在里面的只是普通人，一栋两层楼挤了六户人家，各家的煤气灶摆在走廊里。梁松住的阁楼是违章搭建的，也就比鸽子棚大一些。他的养母是个奇人，早在民国时期就在某学校当体育老师，一生没结婚，退休后才收养了梁松。老太太九十多了，能走能坐，能吃能睡，依然能骂人。梁松只要下到二楼养母的房间，有一半时间在挨骂，所以他除了做饭基本不下去。阁楼虽小，对于找他学画的青年们来说，那就是悬浮在空中的天堂。楼下喉咙响亮的老太太则像是童话里的巫婆。

我没去过梁松养母家屋顶上搭出来的那间阁楼，只在画展看过它的二手呈现。说是画展有些夸张，其实就是借了虹桥路上一间漫画书吧的墙面，挂了他们一伙人的几幅画。我喜欢一幅绿蒙蒙的风景，有匹白马伫立在绿色中，轮廓模糊，画画的人要么是近视眼，要么是故意这么画。钢笔勾线涂了几笔淡彩的房子也不错。视角像是俯瞰。阁楼那里伸出来一个脑袋，在抽烟。方友珊说那是梁松家，抽烟的正是金婷。我特意看了底下打印的小字条。钢笔画是小山的。树林白马的作者是萨维雍，一个笔画繁多的名字。他们都管他叫萨其马。方友珊第一次去阁楼的时候，屋里正好是他们几个，梁松、小山、萨其马。再加上金婷和她，转身都难。录音机里在放一首陌生的外国歌，方友珊从来没听过披头士乐队，小山告诉她，歌名是"鬼知道明天怎么样"，她信了。金婷斜靠在床上，边听歌边抽烟，其他人画她，方友珊看其他人画她。

我把水龙头开得很大，哗哗哗洗完烟灰缸和杯子，关水，正好听到方友珊对阿晃说："我都差点想跟着梁松学画了。那个房间，那种氛围。小山、萨其马他们都和我差不多大，说是明年要考艺术类的大学。"

阿晃说："那你怎么没跟着学？"

"刚才不是讲了吗？回去就被我爸关了。我们玩到晚上，出去吃了火锅，吃完都快九点了，我就跟金婷回她家过了一晚，根本没想起来应该给我爸打个电话讲一声。我爸妈在家都快急疯了。有人看到我上了一辆车，说我跟人私奔了。我们那里的人最爱乱传话。第二天，我坐公交车转火车回去，带着一千零五十元，金婷给我的，说是卖画的钱，让我给雷老师。我可傻了，一直以为那些画是雷老师交给她卖的。"

阿晃笑了，像是很愉快。他压低声音说了句什么，我听到"数钱"两个字，猜测他说的是"被卖了还给别人数钱"，我对方友珊给出过类似的评语。她也笑了。上次我说的时候她可没笑。

据说阿晃跟她是什么论坛认识的，我和方友珊也是网友。Hotmail刚开始流行的时候，有人在华师大贴了广告，招募邮件组成员。印着同样内容的A4纸也被放在我工作的酒吧，隔壁再隔壁有间网吧，我刚注册邮箱没多久，出于好奇，用网吧的电脑给邮件组写了信。组长会转发组员的信给所有人。你可以直接回信给写信人，也可以发给组长，让他继续转发。组长可能以为这是个天才的发明，但他很快发现，转发的工作量太大，邮件组只维持了一个多月就被解散。那个邮件组里的人基本都是华师大的学生，只有方友珊是周末自考班的，而我连自考生都不是，仅仅恰好在旁边打工，大概是这一点让方友珊感到亲近，写邮件说想来我工作的酒吧看看。

见面后我发现，方友珊身上有一种傻乎乎的劲儿。不光是对陌生人毫无戒心，她对金婷简直是无条件的崇拜。她第一次和我聊金婷的时候，举了三四首流行歌，说都是金婷写的歌词。我说我不听中文歌。她毫不气馁，又拿来一本去年的文学杂志，上面有署名"竹心"的小说。小说写得并不坏，我不想和方友珊一起站在啦啦队的位置，便说，你不觉得她的文字很颓废吗？就像开着的花下埋着尸体。方友珊面露愕然，我想她一定没看过日本漫画。我用的比喻是《东京巴比伦》主角的台词。

金婷和梁松。金婷他们家。虹桥。这些词过于频繁地从方友珊的嘴里出现，虽然没去过，仿佛那间客厅已成了我生活的一部分。按照方友珊的叙述，三年前，她回到金山被关了一周，又过了几个月，来到上海上班。她没有金婷的联系方式。我猜，金婷也就是心血来潮，带她进城玩了一圈。然而方友珊对地点的记忆像大象一样好。她先去了她住过一晚的金婷妈妈家，得到的答复是，我哪里知道她死到哪里去了，给她找的工作嘛黄掉，给她介绍男朋友嘛看不上。方友珊毫不气馁，又去了梁松养母的老房子，得知梁松搬出去了，和金婷一道。那家的母子关系虽然不算和睦，老太太倒是有梁松的新地址。

梁松应该和我爸妈差不多大，也和他们一样当过知青。他不像他们留在外地工作并满腹牢骚，而是在一把年纪回了上海，既没有户口，也没有工作。他教人画画的讲课费并不够他们的房租加生活费，金婷写歌的收入还不错，可毕竟不稳定。据方友珊说，金婷有时给人当画画的模特，有时充当掮客帮他们那群朋友卖画。有一次方友珊说漏了嘴，金婷向她借过钱，不止一次。她看起来很不愿意承认偶像也有不完美的地方，我本想嘲讽几句，又觉得傻人未必没有傻福，她开心就好。

当然，她有保持天真的理由。我也是后来才知道，她担任文员的那家公司，老板是"爸爸的战友"。她说刚上班的时候全是案头工作，第二年，领导说要实现办公自动化，出钱让她学计算机初级和中级。办公室添置了两台公用的计算机，速度奇慢，离自动化远得很。她在摆着机器的角落拨号上网，给邮件组的成员写信，可知她上班有多闲。她的工资七百，房租五百，不用说，房租是她那个开厂的爸爸付的。她对老家和她爸有诸多抱怨，但如果不是老家的人把她在上海待的两天一夜传得像女阿飞的故事，她爸就不会拍板让她进城工作；如果没有她爸一直提供经济支援，她也不会像现在这样，上着一份不操心的班，周末在华师大念汉语言文学专业的自考（念中文系显得很不实用，当然也是因为金婷的影响），其他时间要么泡在我打工的店，要么在虹桥。

方友珊和那个叫阿晃的明显有苗头。他俩一道来过两三回。每次一到夜里九点半，她就慌忙离开酒吧，往家赶。她爸妈给她租的房子装了电话，晚上会打过去查岗。阿晃把她送上公交车，折回来继续喝。他不和别人搭讪，不抽烟，喝酒的样子也显得稳重。尽管有这些表象，我还是从他身上嗅到某种不安的因子。我不到二十岁,尚未谈过恋爱,不过自认为看男人比方友珊准一些。

有时方友珊会在酒吧开门前来。她刚结束下午的课,给我带了打包的吃的。生煎包、蛋饼,或者烤红薯。正好当作我的第一顿饭。我一般凌晨三点以后才睡,起来每每过了十二点。刚起床的时候,大脑和胃袋充斥着虚无,既没有食欲,也没有一天开始的喜悦。我就这样一天天过下去吗?每天擦洗肮脏的厕所,做淡而无味的调酒,酒水进了客人们的胃,然后是膀胱,他们要么呕吐要么排泄,再次把厕所弄脏。

尽管对现状不满,但我无力改变。要怪就怪自己念书不行。我念的是职校,酒店管理专业。等到实习才发现,这个专业与管理半毛钱关系都没有,我们被分到酒店的各个基层岗位,从收拾房间到切果盘到拉门送行李。实习期干的活和正式工没区别,工资却少得可怜,只有一百多,据说大头被学校拿了。实习一年,然后转三个月试用期,再之后才签约。学校和用人单位有协议,毕业如果不服从分配,要赔一笔钱。我咬着牙熬完一年的实习加试用期的头两个月,不小心撞见经理和一个员工鬼混,对方是和我同校不同班的女生。经理找了个由头，把我开掉。不难预想舅舅舅妈和在外地的爸妈会对我失业说什么，想想就头疼。我继续假装出去上班，在街上转了几天，正好看到这家酒吧在招工，还管住。面试的时候才知道，住处就是店里摆张行军床，晚上拉开，白天收起来。老板说他本来想要个男生当调酒师，但面了一周多没一个合适的。你先试试吧，毕竟你还是上海身份证。他说完，我笑了。爸妈在我刚上小学时就把我送回来，让我寄居亲戚家长大，难道就是为了这一天？

入冬后，店里的生意明显不如夏天。老板想了一些招，譬如开始卖炸鸡和薯条。他在装潢公司工作，据说是个挺有名的设计师，开这家店只是为了有个地方和朋友喝酒，直到开始每个月付房租水电和工资，他才想到不能亏本。为了压缩开支，人力成本极度低廉，之前有一个服务员，我被招进来不久，服务员走了，没再添人。也就是说，做炸鸡薯条的是我。

可想而知，当生意偶尔特别好的日子，例如平安夜，我恨不得自己有三头六臂。我在心里诅咒老板。方友珊这一天倒是很够意思，一直在吧台里帮忙。当然，她依旧九点半就走了。十点多，一个瘦瘦的年轻人把半个身子探过吧台,用吼叫的音量问我:"朱凡?方友珊叫我来的!"他不得不这么大声。店里挤满了人,每个人都扯着嗓子和朋友聊天。

我吼回去:"她走了!"

"我知道!她叫我来!来帮你干活!她说你太忙了!"

我顿感愕然。方大小姐原来这么体贴,可她至少该和我说一声啊。我大声说:"没有工钱!喝酒不要钱!"

旁边一个客人说:"小朱你早讲啊,你请客的话我也可以帮忙的!"

我没理那个想蹭酒喝的人。方友珊的朋友进了吧台,先是帮忙洗杯子,后来仿佛很自然地开始切果盘,把预制炸鸡块从塑料袋扔进炸篮,不时捞起篮子查看成色。他有一双麻利的手。是她在自考班的同学,还是虹桥客厅的那伙人之一呢?他喝了一杯我请的啤酒,后来就只是喝水。他长着一双微微鼓起的眼睛,让人想起马。头发两个月前就该剪了,像女生一样戴了个黑色塑料发卡,以免刘海遮眼。我到后来实在看不下去,到仓库找出一块我有时戴在脖子上的小方巾,给他裹在头上。这下像样多了,有一种艺术家的派头。人群过了午夜仍未散去,有客人叫了附近小店的烤串,店里的香烟气味叠加了孜然味儿。我刚做完两杯需要大力摇晃的调酒,揉着胳膊看向他:"你还没说你叫什么。"

他一愣:"我以为方友珊和你讲过了。我叫岑千山。他们都叫我小山。"

那个没考上大学的人。我看过他的画。据说他连考了两年,每次都是因为文化课的分数不够。他家里条件不错,家人给他在美罗城租了一个柜台,卖内存条。应该是受到梁松的影响,他在做生意之余开始搞版画。方友珊提过一句,铜版画很费钱。

所以刚才被炸鸡的油烫到、我帮忙抹了牙膏的,是刻铜版的手吗?我的心情有点复杂,只说了声"谢谢"。

睡下的时候比平时更晚,快四点了。忙碌导致神经不肯休息,一个念头接一个念头,像钻天猴一样在我空洞的脑海中蹿来蹿去。其中一个念头是,方巾给小山戴着走了,我该不该要回来?没错,我是故意让他戴走的,但是去要会不会显得刻意?

第二天,电话铃声响起的时候,我很想杀人。才十点多。早知道应该拔掉线再睡。我在心里骂骂咧咧地走过去接,差点被凳子绊倒。

"你现在有空吗?"那头是方友珊。

我的心头滚过一连串的回应。喂，你昨天帮了我，还让人来帮忙，我谢谢你哦，可你这么着急就要收利息支使人？想归想，我"嗯"了一声。

"我急死了，很想马上过去，十点半要开会，我只能开完会再请假，过去要中午了。你帮我去虹桥一趟好吗？我怕出什么事。"

她大概是在办公室打的电话，声音很轻。

"什么事？"

"金婷被关在家里。具体的我也不清楚。小山和孟玲玲都在那边。你是我认识的最能干的人！你去帮我盯着吧。再说，小山你也见过的。"

这都什么和什么啊。放下电话，我叹了口气。你们文艺青年跟拍电视剧似的，什么叫被关在家里？

到虹桥的公交车要走到长风公园去坐，我嫌远，于是问路口烤鸭店的师傅借了自行车，晃晃悠悠骑过去。骑车嘛半个多小时足够了。冬日的太阳悬在偏离头顶的位置，投下几乎没有热度的光，让人想起白炽灯。上班高峰期早就过了，骑车的人不多。中山西路两边的行道树在落叶季之前被修剪过，举着突兀的断枝。进入虹桥路，广播电台飞碟形状的楼顶耸立在前方。生意清淡的晚上，我听腻了店里的音乐，便戴上耳塞听广播。总是在深夜，有个姓裴的女的，讲一些市面上很少听到的外国流行歌。她的普通话不标准，让人讶异怎么能当上电台主持人。奇怪的是，只要听到她的声音，就会有一种安心。经常有听众给她写明信片，我一次也没写过。就算明信片被念出来，谁会记得你是谁？

到那个小区刚好三十五分钟。一排排五层楼长得相似，我顺着门牌找了一会儿，站在三十三号楼下，铁门有门禁。我把自行车停在一边，按了二〇一，心里嘀咕，对他们来说我是个陌生人，我该怎么自我介绍？我想多了，那边直接开了门，都没问我是谁。

二楼的门虚掩着，隐隐传来人声。我推开门，迎面是个饭厅模样的小房间，桌边坐着两个男的，一个女的靠墙站着，三个人都朝我看过来。我尴尬地朝唯一认识的那位招手："你好，方友珊叫我来的。"说完心想，这话我昨晚才听过。

小山的脑袋上又换回了不协调的发卡。他的神情阴郁，冲我点点头算是打招呼，对另外那个男的说："我不管你们有什么事，你让金婷出来，我们在这里把话讲开。"

那个男的也是一脸睡眠不足的模样,说:"我和她没话讲。"

站着的年轻女孩——想必就是孟玲玲——用尖锐的声音说:"你这是非法监禁你懂吗?我们可以报警,要不是不想闹得太难看。"

男人嗤笑:"报警?你试试看!警察才不管家务事。"

我感到头疼。我没睡好,情况也太莫名其妙。这群人真的不是在演电视剧?我挪到孟玲玲旁边,问她:"人在哪里?"

她用下巴示意,和小山对峙的男人身后有扇门。我们身后的那堵墙左右两边也有门,敞着的一间是厨房,关着的像是卧室,再过去的左手边还有一扇磨砂玻璃门,想必是厕所。格局和我舅舅家很像,我猜金婷被关的地方是客厅。客厅的另一头是阳台。我的心头一闪念,二楼并不高,如果是我,索性直接跳窗离开。那个把金婷关起来的男的,说"报警你试试看"的,不用说就是梁松。方友珊对他的厌恶与日俱增,我近来听了不少关于他的坏话。例如,他以前还教教学生,现在整天打游戏。他就是赖上金婷了。他还对金婷的朋友们动手动脚,孟玲玲和叶巍都被他吃过豆腐。

听到"吃豆腐"那段，我问方友珊，他没对你做什么吧？她有些茫然地摇头，说，那倒没有。方友珊一米七，不熟悉的人会以为她至少有一米七五。她不光骨架大，手也大。我第一次看见她的时候，以为她是打篮球的。此刻见到梁松，一个不成器的艺术家，靠比他小十三岁的女友养活的中年男人，首先吸引我目光的也是他的那双手。肥白的像女人一样的手，长在一个瘦子身上更显突兀。男人有一双女人的手，据说是有福气的表现。他遇到金婷，或许该算是一种福气？我听到旁边的孟玲玲干咳一声，忍不住说："我骑车过来嗓子好干，水在哪里？"孟玲玲说："在厨房，你自便。"小山头也不回地说："给我弄杯生姜可乐好吗？我好像有点感冒。"我一转身进了厨房，发现里面竟然很整洁，和我对文艺青年居住环境的预期不符。保鲜膜、保鲜袋、调料，都在一眼看得到和方便拿的位置。冰箱门上用彩色圆磁片压着几张便笺，我凑过去看，纸上写着破碎的句子，不知道是歌词还是诗。方友珊说过，金婷也就是"竹心"除了小说还写诗。向右斜倒的字很漂亮，一看就是女人的字。姜和蒜排在窗台上，像一组静物。冰箱里有开过封的大瓶可乐。反正要做，索性多做些，我往单柄锅里倒了半锅可乐，在加热的同时洗了姜块扔进去。我在厨房和饭厅之间走了三趟，拿锅垫和锅，拿杯子，拿橱柜里找到的一瓶张裕白兰地。我们店里的白兰地就是这个，灌进高级的进口酒瓶，老板说，总比假酒好。我知道他没讲错，反正在店里也没人点纯饮，都是兑这个那个，客人们也喝不出区别。我往自己那杯加了一指高的酒，然后把滚烫的散发着浓重姜味儿的可乐倒进去，说："你们自便。"因为工作关系，我完全不馋酒，但此刻无论如何都想喝点儿。他们都给自己倒了，连小山也加了酒，手势凶猛。我想提醒说，感冒不要喝酒，转念忍住了。

方友珊在中午抵达，她迎面赶上的是一幕其乐融融的景象。梁松和小山各自窝在靠背椅上，我和孟玲玲坐的是高脚凳——这个家的厨房角落摆着一摞高脚凳，一看就是常有人扎堆的所在。可乐早已喝完了，我在橱柜里又找到一瓶覆盖薄灰的绿薄荷酒，估计是谁送的，因为没人爱喝而一直搁着。没有调酒器，随便找了个带盖空瓶，把白兰地和薄荷酒和糖放在一起摇匀。给他们倒酒的时候，我说，这叫"恶魔"。姜汁可乐兑酒就像是春日午后的散步，有一种暖阳照在身上的愉快，"恶魔"带来的酒意则把人直接拉回到夏天。孟玲玲不停地扯她那

竹本无心 | 211

件粗毛衣的领口,说喝酒喝热了,毛衣有点扎。小山怎么喝脸色都不变。梁松开始哭。喝多了哭的男人我见多了,另外两个估计也见过他撒酒疯的状态,没有安慰他。刚进屋的方友珊将视线在我们身上扫过一轮,尖声说:"你们怎么在喝酒啊?金婷呢?"

我想,我在这里坐了两个多小时,金婷如果想出来,至少该在里面出个声。悄无声息的,看来事情也不大。但没等我开口,方友珊奔过去推门。门当然是锁着的。她瞪着梁松,大声说:"钥匙!"梁松开始解释,说金婷上周就该把歌词给甲方,合同早就签了,到现在都没交稿,他这也是不得已,"是为了她好"。这一套我们早已听过了。他刚才哭的时候絮絮叨叨地讲了另一套缘故。他说金婷对他的感情变了,还说,她其实是个凉薄的人,当然,我这么说你们都不信。我看着他哭得丑陋的脸,无动于衷地想,这人要是正常结婚生子,小孩都该念高中或大学了。也就是说,旁边坐的三个人和他可能的孩子差不多大。我们都没有接话。我是因为不熟,另外两个像是对他或者对眼前的状况感到疲惫。梁松拿合同的事搪塞方友珊,让小山突然从倦怠和漠然的状态中挣脱出来,他扯着嗓子喊了一声:"你够了!"梁松哆嗦了一下。小山看着他说："梁老师，你这样，我很失望。"梁松的脸上闪过一丝古怪的表情，混合了难以置信和伤心。他像是想说什么又忍住了，从裤腰上拉出钥匙开门。我厌恶地想，把钥匙拴在身上，像个牢头。

方友珊第一个奔进屋，嘴里喊着"金婷！"，声音忽地断了，留下古怪的空旷。梁松、小山和孟玲玲陆续进去了。我有些迟疑，想了想，还是跟着迈进门。门的那头果然是客厅，连大小都和舅舅家那间差不多。舅舅舅妈摆了张大床在客厅，把饭厅另一头的小房间让给我。如果他们有孩子，估计只能让我安顿在和客厅打通的阳台上。眼前的客厅并未兼任卧室，却没有因此显得宽敞。又大又旧的皮面三人沙发、摊着纸笔和乱七八糟东西的工作台、画架、水桶、插着一堆笔的塑料桶、电脑桌、电脑、电视柜、电视机、茶几。和厨房的井井有条相比，这间客厅更符合我起初想象的不着调的模样。阳台果然是和客厅打通的，那里有一个小角落透着别样的气息。一只小柜子上搁了块板，充任书桌，旁边有个小凳子，非常局促，简直像给儿童用的。铅笔、皮面笔记本和几本书排在板上，近乎强迫症的整齐，让我想起厨房。我没有意识到那就是金婷写作的地方，注意力早已被方友珊的动作吸引过去,她站在敞着的窗边,背对我们,离那套迷你桌椅两三步远。她转过来怒视梁松:"金婷的鞋还在门口那边。这么冷的天,你让她光着脚跳下去!光着脚在外面走!"

"帮帮忙!是我让她跳窗走的吗?"梁松像是真的很生气。我在心里为素未谋面的金婷叫了声好。

2000—2001,媒体记录

由上海文艺出版社推出的"女性文学小辑"共五册,先行推出的《七个半故事》和《一个调酒师的日记》分别来自竹心和朱凡,前者是读者们熟悉的旅居海外的女作家,同时也是流行歌的词作者;后者则是新人,朱凡在BBS连载的小说拥有大量的网络读者,甚至可说形成了某种文化现象……

(《文学报》2000年9月2日)

问:你开始写作的契机是什么?

答:当然是网络。我一开始就是写着玩儿,想要记录一些有意思的事。

问：所以《一个调酒师的日记》有很多细节是真实的？

答：小说不可能是百分之百的虚构，肯定多多少少有真实的成分，或者说原型。不过我努力写得让每个人都看不出我写的是谁，就算被写到的本人来看，也认不出。

问：我听到过一种传闻，你在小说里写到的女画家乔月是我们都知道的某位。小说里，乔月和男友的感情出问题，被男友关在家里，然后从浴室的窗户逃走，那段描写很精彩！然后她到了酒吧，和"我"讲了她的故事……

答：哈哈哈，每个读者都有猜测的自由。如果我没猜错你的暗示，我可以坦白地说，我没见过那个人呀。她确实很有名，某种意义上说也蛮传奇的。

问：那你读过她的小说吗？

答：当然读过。不过她最近不太写了。有些人可能生活顺遂反而会影响创作，越是身处逆境，越是能写，是不是很奇怪？

问：你以后的小说会继续在网上连载吗？还是会发在文学杂志上？

答：还没想好。网络或者杂志，都只是媒介，要等到读者读到这个小说，在脑海中编织出对应的形象，一个小说才真正完成。

（《与朱凡对话》，《上海壹周》2000年第11期）

竹心的中篇《苏州河畔》，收录在去年出版的《七个半故事》中。书名有点像是对塞林格《九故事》的戏仿，全书共七则小说，一组长诗，竹心的诗有强烈的叙事性，说是"半个故事"也未尝不可。因篇幅有限，在此略过书中其他作品，仅讨论《苏州河畔》的杂志刊登版本（《江南》1996年第12期）与出书版本的异同，并试图分析作者的心境变化和创作主旨的更迭……

少女乔乔曾目睹母亲与他人的性事，青春期因此蒙上荫翳。外祖母的人物设定乍看是不合理的——曾经的资本家家庭的大小姐，后来进了工厂，晚年的退休金不够养活女儿和外孙女，她不得不在菜场街摆摊卖油墩子补贴家用——这个人物的生活轨迹有些强行编造的痕迹，在小说中，正是外祖母造就了乔乔性格的重要方面。外祖母对乔乔说，人活着就是苦的，不能只为自己，要多想着身边人。乔乔的母亲则是自私的典范，她对物质的追求导致丈夫挪用公款，在丈夫入狱后，她立即和他离婚。她还向身为有妇之夫的情人索取金钱，等到对方决心回归家庭，她试图要分手费，被拒绝后闹到对方的单位。在如此迥异的两代女性的抚养下，乔乔的内心有一种撕裂，笨拙的体贴和冷酷的自我同时存在于她的身上，表现在外，就是她对出狱回来的父亲忽冷忽热。乔乔捡回来的怀孕母猫可以看作某种象征，她对小动物的温柔，是她对外部世界的善意，母猫产下的猫仔死去的同时，她的善意也随之丧失温度。小说的最后，乔乔捧着装有死猫的鞋盒，和父亲一起去苏州河扔掉，就像是她向青春期以及过去的自我的告别。

读者很难不注意到出书版本的大幅度改写。邻居哥哥这个角色被加进来，出现了一场可以说是诱奸的行为。未成年的乔乔怀孕了，她甚至不自知，直到不慎流产。苏州河畔的父女对话也没有了。乔乔由母亲陪着从医院回到家，得知小猫没活下来，父亲已经离开。母亲说"瘟神终于走了"，乔乔坐在床上吃了一个外祖母卖剩下的油墩子，故事在这里结束，更为现实和残酷。如果追求故事性，可以说新版更成熟，更像"社会新闻"，但杂志版本的懵懂和矛盾，青春的微妙，未来的朦胧不确定感,都被具体的情节消解……

(赵一衡《〈苏州河畔〉的两个版本》,

《上海文学》,2001年第3期)

方友珊,2010

拍片的时候我总是把手机放在兜里,调成振动,这习惯是新近养成的。上次我爸胃出血住院,我漏接了家里电话,过后被我妈好一顿数落。她说,养你到这么大有什么用!我很想说,不是有那个谁在吗?

大表哥在我爸住院期间让表嫂包馄饨、炖鱼汤,隔三岔五地送过去。我去医院的时候也遇到她。她冲我点头笑道,回来啦,晚上过来吃饭吧,让你妈也别辛苦做饭了,我多做一点就好。她和我同年,今年三十五,可我经常觉得她像是上一辈的女人,那么卑微、柔顺、不抱怨。我听说大表哥在外面有女人。她想必也心知肚明。我想,大表哥连最差劲的一面也和我爸如出一辙,这该算是基因的力量,还是耳濡目染的效果?到如今我不再怀疑小时候听过的流言,大表哥和他弟有多么不像,就和我有多像。方家人的高颧骨,大大的手和脚,薄耳郭。

去年上小学的侄子长得更像表嫂，我隐隐为此松了口气。

相机有数码屏，不过我还是习惯从取景框确认。光线从窗户照进来的角度不太对，需要再等一会儿。我摸出刚才振了几下的手机看短信，一条是孟玲玲发来的："晚上去金婷家，一起吧。"还有一条来自朱凡："你猜我今天见到谁了？"只要事情不急，以及对方不是我妈，我通常都等干完活再回。把手机放回裤兜，我问别墅的女主人："你们有没有其他颜色的沙发靠垫？需要能跳出来的颜色。"她似乎有些不快："绿色的不好吗？我选了很久才选到的，和沙发的疯马布很配。"她的心理我也不是不懂，难得自家能上家装杂志，当然希望所有物件都是原装的，这样就可以在给朋友们看杂志的时候再把每个东西的来龙去脉讲一遍，就像她刚才对我宣讲一般。

"都是为了照片效果。不好意思啊，我打个电话。"我走开去打电话，让杂志社送几个不同明度的黄色靠垫过来，要快。

终于赶在日落前拍完了阳光斜斜照进客厅的静谧场景，可以收工了。我正在收拾三脚架，刚才帮忙送垫子的陈晓凑过来："方老师，我有个事想拜托您……"我示意出去再说，和别墅主人道别。我们从下沉式花园一侧

竹本无心

的台阶出去,来到小区甬道上。我背着摄影包,拎着三脚架包,陈晓提着装有三个靠垫的大袋子。她最近刚由助理升任编辑,仍经常打杂。她微圆的脸上浮现笑容,说:"是这样的,我和我男朋友下周领证,我们不打算办酒席,但是想拍照留个纪念。"我点头说:"帮你们拍照是吧?可以的,我回头看看时间。"她像是很激动,握拳一挥:"您真好!我可是您的粉丝!琦琦的那套太好看了。"走到小区大门口的时候,她又说:"您平时为什么不接人物摄影?拍人的工作应该要多少有多少。"我说:"我不爱拍人。"她像是有些尴尬,把没说的话咽了回去。

还是个摄影初学者的时候,我拍过小山。他一定是那时已有必死的决心,想要留下照片作为遗像,所以才喊我去。我永远不会忘记那天的光线,他抽烟的样子。因为朱凡前老板的关系,我开始有机会拍一些室内,先是给设计公司拍实景作宣传材料,后来给家装和其他杂志。编辑们有他们的社交圈,我被介绍给更多的人,也有甲方约拍人物,我总是推掉。渐渐地,我就成了所谓的"室内和静物摄影师"。偶尔的,遇上像陈晓这样的年轻人,没有预算,又想留下一套值得纪念的照片,我不忍心拒绝。

来了一辆出租车，陈晓执意让我先上车。我说可以先送她回杂志社，她笑眯眯地说不用了。可能刚才那句"不爱拍人"还是太直接了，让小姑娘有些尴尬。

"去瑞虹新城。"我靠在后座闭目养神，接着想起，哦，孟玲玲喊我去金婷家。我打了孟玲玲的手机，她说直接在夏味馆见。我让司机改道。像这样跑来跑去的工作，其实自己考个驾照会方便得多。我妈说开车危险，我不想让她担心，就一直没考。

暮春天，乱穿衣。车窗外，下班往家赶的人们仿佛来自不同的季节，从单衣到厚棉服。我为了活动方便，身上是短袖叠加格子长袖，下车后不由得有些瑟缩。

餐厅里开着空调，一进门，暖意扑来。孟玲玲和金婷坐的位置正对着门口，她们一个朝我微笑，一个挥了挥手。我过去落座。孟玲玲最近节食看来颇有成效，身着贴身的粉色阿迪达斯拉链衫，小腹也极为平坦，显得年轻了许多。她是易胖的丰满体形，曾向我抱怨买一副有支撑力的胸罩有多难。她化了妆，旁边的金婷没化妆，却远不像比孟玲玲年长的人。我听过好几个人调侃金婷是"天山童姥"。她在国外的那些年从来不给我们发照片，以至于在我的心里，她始终还是刚离开时的模样。

那是一九九九年,她三十二岁,看着最多二十八九。

金婷穿了件光滑的白色丝衬衫,不是雪白,而是亚白。脖子上系着丝巾,银灰底,浅紫色手绘铃兰。长发在脑后挽成发髻,衬出小巧的头型,再加上坐姿笔直,给人以舞蹈演员的错觉。谁能想到这个人前几年就过了四十岁?时间仿佛略过了她的容貌,只改变了她的说话方式。以前她讲一口夹着上海话的普通话,语速飞快,现在她的口音听不出来路,有时仿佛是刻意拉得缓慢。

"哎呀,我们正在聊你呢。"她用那种慢吞吞的腔调说,带了点笑。

"聊我什么?"

"聊你为什么一直单身。"孟玲玲接话。

"你不是也没结婚?"我有些莫名其妙。

"我男朋友没断过,好吗?当然,这也不是什么值得骄傲的事。"

我看一眼金婷。她不看菜单,开始点菜。自从她在两个月前回归,这家店我们来过四五次,和食堂差不多。我要了啤酒,孟玲玲点了女儿红。金婷不喝酒,另一项发生在她身上的变化。

不见面的这些年,拜网络所赐,电子邮件、MSN、

QQ，让我们与在异国的金婷至少在某些大事上保持同步。小山的死讯传来，我憋了几天，给她打了电话。那时她还在西班牙，我按照习惯的七个小时计算，上了这边早上七点的闹钟。深夜十二点，她一般还醒着。我把电话卡刮开，将露出来的密码逐个输入，一边搓沾在手指上的银屑，一边想，这时候还能想到用IP电话省点钱，人活着真无聊啊。她用一听就是没睡醒的嗓音接起来，原来那边已经一点，西班牙刚换到夏令时。我以为我会哭，结果嗓音和眼睛一样干燥。她在那头说，小山要是身边有个人就好了。当然，现在说这些都晚了。大概是她近乎超然的态度刺激了我，我忽然拔高声音说，都是因为你！说完就后悔了。电话静了一刻。她说，没有人会因为另一个人去死。小山他……到底为什么，只有他自己才知道。

小山永远停留在二十三岁。他走后不久，美国发生了"九一一事件"。金婷的丈夫肖佐原本要去美国办展，事情因此搁置，不知又有怎样的因由，个展最终在日本举办。他们两口子从西班牙的昆卡小城搬到日本山梨县，就是在展览后不久的事，记得是在二〇〇三年。博客"竹心在昆卡"的读者看到她的搬家预告，都以为她会开始写日本当地的风土人情。

博客没有继续更新。我有时点开看看，发现又增加了不少留言，有的催更，有的问你还好吗，也有的说，竹心，哪怕你不再写，至少让我们知道你还平安……

不写是因为金婷陷入了感情的危机。当初，梁松因为发现她和肖佐交往，把她锁在家里，她没穿鞋就跳窗逃走，虽说仅仅是二楼，却也并非全无危险。借用她在网上对我说的话，年轻的时候好冲动啊，简直像是上辈子的事。肖佐在各方面都和梁松不同。他年轻，家境优裕，给出承诺并且践行。他去西班牙念油画专业研究生的时候，让她报了语言学校随行。研究生刚读了一年多，他便和代理签约，画作有了去处，干脆不念了，搬到旅游时格外中意的昆卡，租了个带院子的房子的一楼，在那里生活和创作。金婷回顾那几年，说，昆卡就是一个梦。她的西班牙语停留在初学者的程度，靠往外蹦的单词和比画与当地人交流。悬崖上的小城的建筑涂成偏色系的红黄蓝，常年开着红艳艳的三角梅。除了收拾房子和打理植物，她有大把的时间可以虚掷，便上网写东西和东张西望。夏季的白天漫长，等肖佐忙完一天的工作，天光仍未淡去，他们出门散步，在小酒馆吃塔帕斯，喝便宜的杯卖酒。日子平静，有时跳出若干不协调音，是因为他们毕竟是住在海外的中国人，难免遭遇文化上的龃龉。她的博客就是这段时光的映照，像一幅画在沙上的画。

潮水来的时候，沙痕消失得那样干净。

肖佐的第二任妻子是日本人，与大多数日本女性不同，她有一口完美的牙，美国牙医的作品。因为父亲的工作关系，她高中就去了美国，大学在美国念艺术史，毕业后回到日本，先是在美术馆当研究员助理，后来成了某个私人藏家的顾问。她和肖佐在其他画家的展览现场相识，再后来的发展可以说是俗套的。一天，肖佐对金婷说，你这么多年一直在原地踏步，我已经走远了，我想有个能陪自己走下去的人。

金婷没念过大学。这事知道的人不多，我也是偶然听小山说的。小山像是有些后悔透露此事，补了句，你听过就忘掉吧。当初村里都说金婷是"新来的大学生"，消息的源头应该来自金婷本人。她本人对学历其实一直耿耿于怀，刚到马德里的时候，想过要不要在当地从头开始念大学。结果刚和语言班的同学混熟，就跟着丈夫搬到乡下，然后忙着过日子。肖佐将金婷拉入他自己不断更迭的计划，最后来一句，你跟不上。

我对肖佐的了解仅限于网上看到的几幅画，没看过实物，不好判断他是不是真的有才气。再说我也不懂抽象画。

不过，就凭他离开金婷，转投在艺术市场八面玲珑的新妻子，可知比起艺术，他更会做生意。

肖佐和新婚妻子继续住在能近距离看到富士山的山梨县，说是便于创作。金婷前往东京，又待了七年。今年年初，她母亲病危，她这才回国，曾经聚在虹桥客厅的我们都有些震惊，十一年了，那只鸟儿飞回来了。和其他出国的人不同，她中间一次都没有回来过。有时她在网上说想吃这个想吃那个，抱怨国外食物种类贫乏，我说，你回来就能吃到了，她就会换个话题。

"你这次回来还走吗？"吃着饭后甜品桂花糕，我问金婷。

孟玲玲抢先说："当然不走！赵一衡还跟她约了稿，接下来要写小说，对吧？"

金婷皱眉说："唉，我都多少年没写了，感觉不会写了。"

赵一衡。我努力从陈年记忆中刨出一个形象。据说他是自来卷所以总是剃着很短的头发,笑起来嘴有点歪。文学杂志的编辑。那会儿他也在虹桥的客厅露过面。

"他是哪家杂志的?《小说界》吗?"

"《上海文学》。那是以前。他现在在出版社,已经是中层领导啦。"孟玲玲热心地介绍道。

刚认识的时候,孟玲玲在复旦新闻系念大二,口口声声说要去电视台。毕业后,她给包括报纸和杂志在内的一堆媒体投了简历,最后去了一家德资公司。没能入行,使得她对媒体以及文艺圈长年抱着某种混合了向往和鄙夷的心情。她有时说起某某同学现在混得不行,工资才多少多少,有时又向我热烈推荐她新近看过的某本书。她喜欢村上春树,自诩是在村上红遍中国之前就热爱他的那一小撮读者之一。她说金婷是被低估的作家。她早年读了竹心的小说,写信到杂志社,由此认识的金婷。在客厅里,她算是粉丝浓度相当高的存在。当然了,那会儿还没有粉丝的说法。我还记得她对其他人做自我介绍,说,我是竹心的读者。说这话时,她的眼睛亮晶晶的,闪着灼热的光。小山曾评价说,孟玲玲的眼神像一只小狗。见她装出生气的模样,他补充道,是特别可爱的小狗。

近来我不时想起小山。一定是金婷回来的缘故。她去而复返,如同打开了通向过去的一道门。

吃过饭,我们又去金婷家喝茶。她租的房子离夏味馆步行只要十来分钟。建于二十世纪九十年代初的老高层,外观有点旧了,电梯也欠缺保养,室内格局倒是疏朗,客厅有一面弧形窗,站在那里,能俯瞰周遭矮一截的小区。窗边摆着画架。金婷不画画。出于谨慎,我一直没问她摆那玩意儿做什么。我们在网上无话不聊,面对真人却多了诸般顾忌。

我喝不惯浓酽的岩茶,也不习惯小杯子,干脆拿个马克杯喝热水。"等松江那边卖掉,你要买在市区吗?"

金婷在长宁区的家经过拆迁,搬到了松江。她母亲去世后,她把松江的房子挂了牌。我陪她去过一次,那地方从地铁下来还要走十几分钟,农田当中突兀的一大片六层楼,周边设施匮乏,以我的观感,没人会买,不过对于在松江上班的人来说,或许是不错的选择。

"市区好贵啊……我还没想好。"

她回到家就换了灰色柔软的棉衫,下摆过膝,衬衣和连衣裙的混合体,看着像是无印良品。她抱着膝盖缩在沙发里的样子让我有些迷惑,仿佛岁月仅在我这边吭哧吭哧迈过，她只是刚下了趟楼回来。不，这里不再是虹桥。我们都已不再是从前的自己。

孟玲玲手势熟练地往公道杯倒茶，她的新男友是福建人，金婷的岩茶都是她送的。她说："肯定要买市区嘛，以后万一要转手也容易。"她上周和我抱怨，托朋友给金婷找了个内刊编辑的工作，报酬不高，好处是清闲，可金婷没答应。我想金婷多半是不想暴露学历，当然不好对孟玲玲讲。我猜孟玲玲会把话题扯到工作，果然，她又说："给赵一衡写稿也不是一下子就能写好的，你还有什么打算吗？"只差没问"你打算靠什么生活"，不愧是孟玲玲。

金婷说："其实我有个想法。我想开家书店，不用很大。位置我都看好了，在静安寺附近，不是正式的门面，小区的一楼，有个小院子。"

我正想给她浇凉水，只听她又说："书店还可以办展。首先我想办一个小山的回顾展，他父母那边，如果找萨维雍去谈，也许他们会同意把他留下的画拿出来……"

之前从饭店走到金婷家还不觉得，等到下了出租车

竹本无心 | 229

走进自家小区,我感到摄影包实在有点沉。左手多了一袋小区门口水果店买的橙子,又是负担。早知道该让车开进去,放了包再出来买水果。

楼栋门口站着一个人,我在想事,从旁边走过去,被叫住了。"方友珊!哎,你不看短信的?"

我想起白天的短信。"哦,你见到谁了?不好意思,后来忙忘了。"朱凡家就在后面一栋,我们经常相互走动,不过这么堵在楼下着实少见。

"不是那个!我前面给你发了短信,问你在不在家。"她把装着橙子的马甲袋接过去,我一边腾出手开门,一边问:"你和郁剑吵架了?"

她像是有些气结,过了片刻才吐出一句:"说你迟钝吧,有时候直觉好得吓人。"

"这需要直觉吗?平时这个点,你都在家哄敏敏睡。"

进门后,我顾自去洗手间,等我出来,朱凡歪在沙发上,面前是两个杯子。我以为她倒了橙汁,随口说:"那不是有橙子吗?"坐下来喝了一口才发现,橙汁里兑了伏特加,很浓。我家可没有伏特加。这人一向随身带酒?

喝酒就是要长谈的意思吧,我只好打消对洗澡休息的向往:"说吧,怎么了?"

"我现在又不想说了。不就是那点事。"

"你们的问题主要是他现在不上班,老在你跟前晃。真的,我给你个建议,你还是找个保姆带孩子,白天哪怕出去找咖啡馆写稿呢?你最近的烦躁就是因为同时要兼顾写稿、敏敏、敏敏他爸。"

她喝酒,伸懒腰,长叹一声:"是啊,人为什么要结婚呢?"

"别问我,我又没结过婚。对了,你白天短信让我猜什么来着?我猜不到。你直接说。"

"哦!我见到金婷了。惊不惊喜?"

"你要见她不是随时可以吗?和我说一声就行,一起去玩。再说见她怎么惊喜了?又不是没见过。"

她捶我一下:"你忘了?我去过几次她家,但就那么巧,认识了你们一群人,就没见到她。"

"啊?"我惊讶极了。朱凡的确曾在虹桥客厅出入过,没见到金婷是怎么回事?

"我第一次去的时候,就是她跳窗那次,你来的时候我们一群人都喝醉了,你还记得吧?"

"当然不会忘!"

竹本无心 | 231

"后来去的几回,差不多都有你、小山、孟玲玲、梁松。有一次萨维雍和叶巍也在,他俩当时很有点金童玉女的味道,没想到后来叶巍那么惨。还有一次有那个玩音乐的耿健。对了,耿健认识阿晃对吧?他们算是一个小圈子。"

我摆手:"你提他做什么?"

"反正很诡异的,那个家一群人来来去去的,你每次提起来都说'金婷家'或者'虹桥',你从来也不说梁松,就当他不存在一样,可是我一次也没碰见金婷,她好像经常不在家。"

"嗯,那时候她忙着和别人谈恋爱……我还真不知道你们没见过,神了。"

"对的,一直没见到本人,然后她就出国了。她出国第二年,我的第一本书和她的,正好是一道出来的,还经常被放在一起比较,所以我听很多人说起过她,后来提她的人慢慢少了,就连你,也不怎么说起她了。她今年回来,我就想,对这个人,我还真是好奇,但是特地让你带我跟她见面也有点怪。我想总有机会的。结果今天中午,赵一衡请吃饭,她也来了。"

"见到真人什么感觉?"

"第一个念头就是,她整过容吧?"

"没有没有,她生得嫩相。我们刚认识的时候她已经二十九岁了,看着却像刚毕业的。"

"再嫩也四十多了好吗?我可以跟你赌,她整过容。"

朱凡有时候和当初那个大大咧咧的吧台女孩没什么不同,她的小说和她说话的风格一模一样,我可以理解人们为什么爱读,有生活嘛。不过我可不想大晚上的跟她讨论金婷是否整过容,便把话题引到另一件事。我讲了金婷想开书店,又说,我也许给她投点钱。

"当心有去无回。她以前借钱从来都不还吧?我听孟玲玲说过。还有,你就不好奇吗?她在日本靠什么生活?赵一衡白天试探性地问过,她呢,滴水不漏。"

"谁知道呢?也许是离婚的赡养费。"

"我要是和郁剑离婚,别说让他出钱,我不倒贴就好了。"

"你是认真的吗?"

朱凡笑了:"认真就不会讲出来了。"

2006，东京

按照出差的日程安排，孟玲玲将在东京停留三个晚上两个白天。最后的下午有几个小时的私人时间，她想去找金婷。萨维雍去年到日本大学访学，在东京待了三个月，一直没能约到金婷，回来后对她说，金婷估计在那边过得不好，所以不想见老朋友。

孟玲玲决心不打招呼，免得被拒绝。有一次金婷说起想读的书，她热心地应道，我给你寄。寄书的地址她一直留着。那次除了书，她还寄了笋干、一家手工小店的银耳环、一套旅游时买的皮影书签。在邮局打包的时候，她想起金婷刚到西班牙那年，她也寄过邮包，里面是一摞信件。金婷写给小山的。她不明白小山为什么自己不寄，要交给她寄，忍不住半真半假地问，你就不怕我拆开看吗？小山用他一贯专注的眼神望着她，说，你不会看的。

要是早知道后来的事，她就不该寄出那些信。小山想错了，她还是忍不住看了信，只看了一封。唯一一封没有邮戳的。的确是她熟悉的金婷的笔迹："我们这样是不好的……我对他有责任。他没有别人,只有我了,而你可以有更加光明的属于你的未来。"落款日期是"97.12.13"。"他"想必指的是梁松。金婷和梁松的关系恶化好像就是在那个时期,分分合合几次之后,终于,金婷在一九九八年底从虹桥的家搬了出去,她给梁松预付了半年的房租,自己只带了很少的东西。她落脚的租屋在龙华,以朋友们当时的感觉,是搬到了一个相当偏的地方。那套两居室只有一张床,没有其他家具,房东连洗衣机也没配,更加剧了他们荒凉的印象。其实金婷和梁松在上海各自有可以回去的家,但那两个人出于不同的理由,都不愿回家。目睹金婷在大冷天用手洗厚衣服,孟玲玲有些心疼,说,我现在是有收入的人,或者我买个小洗衣机送你吧。金婷说,不用啦,在这里不会住很久,我后面可能去北京。现在回想,金婷成功地骗过了她周围所有的人,梁松大概是出于自尊,并没有提过肖佐,他们以为金婷终于决心和梁松拗断,为她的搬离感到欣慰。转年春天,金婷没和任何人道别就出了国。收到金婷从西班牙发来的电子邮件,孟玲玲多少有一种被背叛的感觉,心想,作为朋友,就算不愿暴露新男友,你至少可以先讲一下要出国的事。

小山死后,孟玲玲想,小山对金婷的真实情况知道多少呢?那人在清冷的出租屋待了几个月,和虹桥时期不同,那段时间她很少见朋友,经常是打电话过去,她说在写稿,不见人。或许她中间多次去北京和肖佐见面。金婷走后一年,记得就是在《七个半故事》面世后不久,小山出了事。孟玲玲打他的手机关机,去了美罗城的柜台,发现换了人,一问,才知道"姓岑的老板跳楼自杀了"。她当即想起那个由自己代为寄出的邮包。小山和父母同住,他一定是不愿让他们发现那些信,又不想亲自动手处理。

萨维雍应该知道什么。说起来,萨维雍和小山最初都是梁松的学生。叶巍则是他的校友,英文系的。萨维雍给叶巍所在的话剧社画海报,两人因此结识。自打被他带去虹桥,叶巍比他去得频繁,直到发生了梁松的骚扰事件。那以后,叶巍只有萨维雍陪着才去。萨维雍当然知道那事,他对梁松的态度却没有改变,总是客客气气地喊"梁老师"。孟玲玲一直有种感觉,萨维雍和他们不是一路人。踌躇过后,孟玲玲还是联系了他,从他那里听说了更多的细节。小山给父母的遗书都是事务性的交代,没有提及缘故。萨维雍在电话里问孟玲玲,还是因为金婷吧？孟玲玲强忍着说"是"的诱惑，咬牙道，别乱猜，人都走了。

二月的东京很冷，而且从早上就开始淅淅沥沥下小雨。孟玲玲买了街上几乎人手一把的透明伞，一手打伞，一手拿着地址，在神保町转悠。实际寻觅才发现，日本房屋的外立面看不到门牌号，所以一丁目后面的数字到底代表哪一栋楼呢？孟玲玲在后巷走了两个来回，经过像是有几十年历史的咖啡馆、白天关着门的餐厅、带门禁的公寓和看不出是什么公司的一栋楼。她进到路口的便利店，想要用英文问路，店员是个中国东北女孩，立即换成中文回答她，这地址应该是前面大街上。

大街？刚才她来的时候走过了十几间二手书店，一间修鞋店，以及至少两家咖喱餐馆。不像有人居住的样子。孟玲玲从巷子穿出去，雨不知何时停了，一家书店的门口，头发斑白的男人正在把挂着大大的"文库100"手写标签的纸箱放在门口。箱子里是几排巴掌大小的口袋本。她用英语说了声"请问"，并展示地址。他迈着大步往前走，示意她跟上。没走几步就到了，男人指了指一间店面，她确认："Here（是这里）？"男人点头。

那是一间专售中文图书的书店。孟玲玲在书架间徜祥，心情复杂。她恍然想起，自己和金婷去看过十几场话剧，都是"朋友给的票"。那么自己寄的书会作为"朋友给的书"出现在这里吗？精心准备的其他小礼物到底有没有抵达金婷的手边？她试图打消无端的猜测，转而设想别的可能，譬如，金婷认识这间店的人，只是把这里作为收件地址。

为了避免自我折磨，她最终鼓起勇气问柜台里的中年女人，你认识金婷吗？女人茫然地看着她，像是不懂英文，或者 Jin Ting 这一名字对其毫无意义。她拿出地址给女人看，女人皱眉，继而恍然大悟，指了指楼上。

所以楼上是住家？孟玲玲感到，自己刚才的狼狈太多余，她甚至已经在想象，见到金婷该讲一下这事，那人会和她一起大笑。她顺着楼梯上去，讶异地发现，二楼仍是店，不知该算是画廊还是书店。两面墙上挂着装在镜框里的浮世绘，中央的桌面上平铺着未装框的。柜台背后则是摆满了大开本书籍的书架，年轻的店员女孩小声说了句什么，大概是"欢迎光临"。两天待下来，孟玲玲对日本人的英文能力早已不抱信心，她用慢速英语又说了一遍，我在找我的朋友，她叫金婷，她给过我这里的地址。女孩反问，金——亲？孟玲玲拿出随身的本子，写下汉字。女孩点头，说了一串日语。孟玲玲实在有些绝望。女孩努力蹦出一个单词，work。孟玲玲叫道，工作！她在这里工作？两人鸡同鸭讲地沟通了半天，孟玲玲搞懂了，或者说她自认为搞懂了。金婷在这里工作，以前。但不知道她现在在哪里。她重新环顾四周，书架上有一长溜《版画艺术》的书脊，薄薄的，A4大小，每一册底下有编号，看着是杂志。

版画让她想起梁松。据萨维雍说，梁松的养母姚老师与世纪同龄，活了九十九岁，算是寿终正寝。养母的家是政府借给他们的房子，她去世后，梁松可以继续住，但没有资格买卖。萨维雍还提到一件小事。金婷的高中校长是姚老师曾经的学生，他让学生们组成了敬老小组，每周轮流去看望姚老师。那时姚老师已经八十多了，当过知青的儿子回到身边，但几乎不怎么着家，她像是毫不介意孤独，每次有高中生来，她招待他们吃蛋糕，给他们讲自己的经历。金婷的同学们觉得老太太过于唠叨，金婷则认为，比自家外婆还年长的姚老师会用鲜花装饰桌子，会说英语，活得相当帅气。按轮换规则，她两个月轮到一次，其他人当成任务，她便替过来，主动多去了几回，有一次正好梁松在家，他提出给她画个小速写……萨维雍说,当然啦,我也是听梁老师讲的,金婷念高中的时候,我刚上小学,还不认识梁老师。

经过萨维雍转述的金婷的过往让孟玲玲有强烈的好奇心,金婷在成为竹心之前,也只是一个平常的女孩吗?甚至会被梁松那样色眯眯的老男人蒙骗。一开始对她来说,金婷是"竹心",是刊登在杂志上的《苏州河畔》的作者。那则小说常被当作一则家庭故事,自私的母亲,懦弱的父亲,被衰老和开销压得沉默的外婆,作为叙事核心的少女。孟玲玲在其中读到了自己青涩时代的愤怒和哀愁,尽管她生长在武汉市一个普通的双职工家庭,与上海弄堂的生活八竿子打不着。她觉得那是一篇孤独的小说,其孤独如烟雾弥漫在字里行间,又像是更加有形和坚硬的什么,感觉只要一伸手,就能拍到十五岁的乔乔瘦削的肩背。

孟玲玲给杂志社写了长长的信,注明"竹心 收",并未期待能收到回信。后来的发展像做梦一样。她认识了金婷,不光是金婷,还有那间客厅的其他人。她不慎走入了一种从未预期过的生活场景,几乎像是话剧舞台上的一幕。梁松扮演的自然是反派。夏天的时候,她像往常一样去虹桥玩,进屋后先去洗脸,顶着水汽带来的凉意，刚走出浴室，就看到原本坐在饭厅吃西瓜的梁松和金婷打了起来。事情发生得很快。金婷边吐出瓜子边说，她怎么不砍死你啊！男人骂了一句什么。金婷忽然站起身，居高临下地扇了他一耳光。孟玲玲呆看着，直到男人占了上风，金婷被压在他身下，大声呼救。孟玲玲冲过去，一口咬在梁松的肩膀上。梁松怒吼，你真以为自己是狗啊？！他悻悻地出了门。从那天的状态看，他们肯定打过不止一回。孟玲玲把经过讲给方友珊听的时候，方友珊摆出拒绝相信的表情。孟玲玲说，我搞不懂，金婷为什么不和他分开。方友珊说，那还用问吗？梁松再烂，金婷也喜欢。

从神保町那处像画廊又像书店的二楼离开，孟玲玲站在门口，有些茫然。有人追出来，是一楼书店的女人，原来她把透明伞忘在了一楼。她接过已用不着的伞，道了谢。方友珊对梁松和金婷的评语也适用于她这样的粉丝，明知金婷有这样那样的问题，却无法割舍。那人时常撒谎，借钱不还，有时热情得让你误以为自己和她无比亲近，有时又冷冷地把你晾在一边，让你忍不住反复回忆是不是自己做错了什么。孟玲玲的电脑硬盘里有"竹心在昆卡"的每一篇文章，来出差之前，她把存档打印成册，此刻绿色封面的私家小书就在她的背包里，原本想送给金婷来着。她设想过金婷可能的反应，现在只觉得自己十足傻气。她对金婷到日本之后的生活一无所知，凭什么认为对方仍然把自己当朋友呢？不，她从来算不上朋友，不过是从读者演变为熟人，与那人的关系浓度全凭对方的情绪起落。她想，我和金婷，从此就保持网上说几句话的关系吧。

朱凡，2016

滇川藏之旅是久违的长旅行。得知萨维雍还喊了其他人，郁剑说，金婷也去啊，我和她又不熟，要么你们去吧，我看家。我说，都已经和爸妈说好把敏敏放回江西，多难得，两个礼拜的自由，再说你不是一直想去西藏吗？

之前提出可以由我们送过去，我妈还是特地过来接敏敏。我知道，有一半的原因是她想和她的小学中学同学们聚会。从我在舅舅家借住和念小学开始，我就听爸妈讲，他们退休后回上海，到时候一家团聚。听了十几年，我妈先退下来，她俨然视察大员般来到我和郁剑的家住了几个月,得出一个结论:上海虽好,还是自己住惯了的地方更好。

那时我们刚结婚一年多,租在瑞虹,我每天都在挣扎到底是写小说还是写剧本,恨不得把自己一个人剖成两半,所以对我妈关心得不够。也不能怪我。从小到大只有寒暑假见面,毕竟隔了一层。他们为了上海户口把我送回来的时候,就没想过会造成隔阂吗?

因为自己的经历,我在敏敏身上花了巨大的心力。她比一般小孩好带,长到四五岁,就知道在妈妈工作的时候拿本图画书在旁边看。这几年孩子对平板电脑和手机的需求变得有点大,都是我忙得抽不开身的时候让郁剑带她导致的副作用。我有一次数落郁剑,你要是实在没什么可拍,索性带敏敏出去走走,拍她。郁剑看了我半分钟。有时候我宁可吵一架,但和他吵不起来。

临出门,成员从六个人变成七个,多了个赵一衡。我有些纳闷,问郁剑,他不用上班吗?郁剑说,他辞职了,据说要创业,正好有空。

出版社的收入的确不高,不过很难想象一路顺风顺水的赵一衡会辞职,也可能是遇到了什么职业上的瓶颈。说起来,要不是当初身为文学杂志编辑的他在网上看到我的小说，介绍给出版社的熟人（他后来的领导），多半就不会有那本书的出版，更不会有后来的影视剧改编。我对他心存感激，但仍然觉得，他的文学口味有点怪。我读过他早年给金婷写的书评，把《苏州河畔》的杂志版本吹上了天，明明出书的版本改得更有情节性。我后来彻底不写小说，他多次表示惋惜。我直白地对他说，写小说不挣钱。他听了苦笑。人是个好人，不过创业想必不适合他。

一群人按照各自方便的时间到大理会合，我和郁剑提前两天到，把古城的角角落落走了个遍。前几年我写过一个和云南有关的本子，为此去了蒙自、建水一带，大理名声更响，我一直没来过。该早点来的。现在人实在太多了，当然也可能因为正值暑假。

这天我们早早吃完午饭就去咖啡馆的露天座占座。遮阳伞的位置不够好，我戴上墨镜。郁剑说要去昨天路口那里买冰粉，走开了。高原的风裹着阳光带来的热意，让我有些困倦。

有人拍了我一下。我把墨镜摘下来，被那人的笑容晃了眼。是金婷。她旁边一个高挑的轮廓则是方友珊。金婷收起带涂层的防晒伞，坐到郁剑刚才的位置上。方友珊和我打了声招呼，走进店里去点单。

"听说你要来，我还以为孟玲玲也会跟着来呢。"

"我邀请过她，她说没有假。我猜，她是因为书店的事有些不开心。"

"你突然把店收掉，都没打招呼，她作为股东，当然不开心。"我实事求是地说。

"那地方不能开店的嘛。我们的营业执照是工作室，本来就是打擦边球。前几年还好，从去年开始，三天两头来查。"

"一开始就租个店面蛮好的。"

"店面太贵了！卖书真的不赚钱，就靠卖周边和做活动卖卖饮料。这个店开着，平时都是小廖在管，但活动我总得主持吧。一个月两三场活动，要设计主题，要找嘉宾，要控场。五年多了，我也疲了。"她微微仰头闭眼，像是那份疲倦仍在身上。我看着她想，她老了一些，美还是美的。当初让她显得近乎不真实的年轻，不管是基因还是科技的力量，都开始褪色。她比我大整整十岁，现在看着依旧只比我年长三五岁。有时我觉得她的思维也不符合年龄，该说是对世界充满不切实际的热情呢，还是幼稚呢？

竹本无心 | 245

"苏河书店没有了,我看到网上哀声一片啊。"接话的是郁剑。他从袋子里拿出一杯杯冰粉放在桌上,一共四杯。看来他们在路口先碰见了。方友珊买完咖啡回来,我们和邻桌借椅子,把桌子进一步挪进阴影。

比金婷她们晚一天,其他人也来了。赵一衡想和金婷她们一辆车,于是我和郁剑上了萨维雍那辆。七座商务车,怎么坐都是宽敞的。车上除了司机,另一名在副驾驶座的乘客是个叫李咏心的年轻女孩,自称是"萨老师的学生"。聊天中,我发现李咏心就读的并不是我一开始以为的油画系,她学一个听起来无用的专业,政治经济学,仅仅是在大一选修过萨维雍的美学课。她是云南人,我们的进藏路线要经过她家所在的县城。有一个由她牵头的助学项目,萨维雍拉了些赞助,这次顺便实地考察。郁剑由衷地感慨道,现在的学生都好厉害啊,你是九〇后吧?李咏心说,我是九五年的。我和郁剑交换了一个彼此明了的神色。萨维雍的女友刚刷新了最新年龄值。

第一晚住诺邓,因为某部美食纪录片而声名鹊起的村子。居民区不通车,得爬山路上去。行李留在车里,每人带一个随身包。也没有正式的旅馆，住在当地人家里，所谓民宿。房间不够，分在两家。和我想的不同，萨维雍并没有和小女友明目张胆地住一间。他说他有鼻炎，打鼾，怕吵到别人，要了个单间。我一看，我们这栋楼有三间，就把郁剑赶走了。我说这边我们女生宿舍，那边你们男生宿舍，正好。又说，我也要单间，先声明哦，我可不打呼噜，我晚上要写稿，而且有点神经衰弱，不习惯和人同屋。这么着，变成三位男士住那边，我们这边金婷和方友珊合一间，我和李咏心各一间。

其实我和郁剑分居一年多了。我在同一个小区租了间一居室作为工作室兼卧室，白天送完敏敏上学，我就在那边工作，等她放学再把她接回"家"。郁剑在哪里做什么，我不管，我只要求他晚上必须回家吃饭。钟点工下午会去打扫和准备一家三口的晚饭。饭后的活儿我们分担，他洗碗收拾，我给孩子洗澡、讲故事，等敏敏睡了，我在客厅打开笔记本电脑，郁剑坐在沙发的另一头，戴着耳机看片。我们偶尔聊几句，更多的时候各自沉浸于眼前事。等我透支了全部脑细胞，合上电脑回工作室，他用口型说"晚安"。他的作息这些年来越来越晚，而我越来越容易在夜里惊醒，分开住是我们都同意的最好做法，彼此都自在些。

我有时想，或许这是所有夫妻的归宿，从陌生人到亲密的陌生人，再到熟悉的陌生人。我经手改编的那一堆电视剧里没有像我们一样看似温情实则倦怠的夫妻，要么拼命撒糖，要么大火爆炒，观众们谁也不想看人间真实。

我们在半山腰的住处安顿好行李，原本说由村主任带着转一圈，看看井盐和某户老宅。他正好被叫去乡里开会，我们便自己走了走。村子依山而建，树多房少，昨天刚下过雨，石头路踩上去直打滑。村人对我们这些游客熟视无睹。接近山顶时，遇到一个人不断宣讲基督福音，看着脑子有点不正常，又遭遇两只恶狗，一群人的游兴当即淡了，往回走。"女生宿舍"的房东守在三角梅盛开的门口，问："你们晚上怎么吃，在我们家吃吗？"李咏心说："总要让你们两家都有生意做，我们各开一桌好了。"正如我预想的，她去萨维雍那边吃晚饭。我发微信让郁剑过来吃饭，免得别人有什么奇怪的误会。他隔了半个小时晃过来，我们三个在门廊的草墩上坐成一排，正在嗑瓜子。我告诉他，鸡汤还在炖。他溜到厨房看了看，回来说："他们用的不会是真的诺邓火腿吧？诺邓现在都那么有名了。"

"是他们自己家的。"方友珊说,"厨房隔壁那间挂着呢,我去看过了。"

他坚持道:"也许是从外地收过来的。"

金婷吸了吸鼻子:"这么香!我才不管是哪里的,好吃就行。"

加了火腿的鸡汤确实鲜,虽然鸡肉有点老。金婷边啧啧称赞鸡汤,边邀请袁大爹和他老伴吴大妈来坐——她不知什么时候问清了民宿的主人姓什么,并且循着当地习惯喊人。他俩摆手说,这些我们经常吃,不要吃了。

方友珊压低声音说:"你怎么喊人大爹大妈啊。他们说不定和你差不多大。"

金婷像小动物一样仔细地啃着肉,过了一会儿才说:"我也想喊大哥大姐啊,可是他们以为我才毕业没多久。"

方友珊古怪地看了她一眼。我打圆场说:"称呼无所谓的。"我知道书店有一部分的投资是方友珊出的,不过她应该不至于为了钱的事和金婷闹僵。比起孟玲玲,她才是更加忠心耿耿的那个。她有不计较金钱的资本。瑞虹的房子是她父母早年买的,现在已翻了好几番。我很后悔没有在最早租房的时候狠狠心付个首付,那时也不是付不起。我们直到三年前才买到近郊,迟疑带来的后果就是房贷月供高到吓人，我只能不挑活儿，哪怕是明知拍出来会被骂的本子都写。不过现在写什么都会挨骂。演员的粉丝嫌给演员的戏不好或不对。原著的粉丝嫌改动过火。与这些都无关的普通观众嫌剧难看。不知为什么，最经常挨骂的是编剧，明明电视剧是一种集体创作而且是商业活动，更多时候是资金决定成果。我恨不得冲他们所有人大喊一声：有本事你们自己弄一个！

汤喝多了有点咸。我在赶稿的过程中喝完了房间里的矿泉水，走出来找水喝。门廊留着一盏灯，此外的一切都被包裹在雨水和黑暗中。雨不知何时下起来的。山里的雨和城市的像是两种事物。我站在门廊看了会儿附近被灯光照亮的雨丝。说起来，刚才好像听到了脚步声。是谁在这样的雨夜出门？答案明摆着。

第二天的行程包括怒江少数民族的展览馆和江上的溜索。一个来回三十元。郁剑和萨维雍都想尝试，方友珊也去排队。剩下的人站在旁边看。李咏心仿佛是随意地说："城里人还特意花钱玩这个，我上高中之前都要靠溜索过江。"我问："高中的时候修路了？"她笑笑说："去年才修的。我上高中就到县城住校了。"

其实她如果自己不提，从衣着到言谈，丝毫看不出她是云南大山里长大的。我想可能是因为她毕竟在上海念了三年大学。金婷像是不懂得什么叫含蓄,直接说出了我的想法:"咏心,你一点看不出是云南人。你家里倒是蛮好的,愿意供你读大学,我还以为这边有些人家不支持孩子念书。"

赵一衡说:"小李不容易的,她初中和高中都是靠助学项目才念下来的。在大学也拿奖学金。"

看来他们昨晚饭桌上聊了不少,话题随之转到李咏心正在参与的项目。金婷兴致勃勃地问了一堆问题,又说:"听起来很值得拍个纪录片啊,要不要问问郁剑?"

我替郁剑答道:"他拍纪录片,那都是多少年前的事了。他现在一心只想拍电影。"说着,我远远望见郁剑卡在了溜索离对岸四五米远的地方,带他滑溜索的当地人是个比他瘦小的男人,两人挂在那里像两块火腿,片刻后,他们一起左右手轮换,拽着绳子往前挪。我屏住呼吸观望,等他抵达对岸,终于忍不住笑出了声。李咏心说:"哎,他太紧张了,本来一下子过去就好了。"我瞥见金婷的表情,她显得比我还紧绷,这时也跟着笑了。

夜宿老姆登。姓刘的司机告诉我们,地名是怒族话,意为"人喜欢来的地方"。他和李咏心一样是傈僳族。我意外地发现,他也是个在校大学生,在云南大学念旅游专业,趁暑假帮亲戚跑车赚点零花钱。他说这条路线他是第一次走,接着赶紧安慰我们道,我表哥经验很丰富,我跟着他的车就行。

白天停停歇歇的雨又下了起来。我们打着伞看了怒江流域最大的基督教教堂,回到客栈门口的平台,远山被云雾遮蔽,唯有白茫茫的混沌。两车人连同司机表兄弟围坐着吃了当地的手抓饭,喝了泡的梅子酒,气氛热络起来。小刘司机像是对金婷的海外经历很感兴趣,不停地问她日本的情况。原来他是《灌篮高手》的粉丝,一直想去背景地镰仓看看。

"竹心老师,你在国外那么久,怎么还是回来了?"小刘司机跟着李咏心喊金婷"竹心老师",问得坦诚又直接。方友珊和赵一衡的注意力明显都被拉了过去。

"这个说来话长。简单地说,我前夫要去日本,我是跟着他去的。去了没两年,我们离婚了,我本来想回来,就在那时遇到我后来的男朋友,再然后,我男朋友去世了,我就回来了。"

小刘司机问:"你没有小孩?"接着赶紧说:"不好意思,我就是随口问问。"

"没有呢。"金婷环顾四周,目光停留在我的脸上。我心想,不会吧,只听她接着说:"这里只有一个姐姐有小孩,你要不要猜猜看是谁。"

有的人明明没喝酒,一举一动都像在借酒放纵。金婷不光戳了我,接下来又半开玩笑般用言语刺激方友珊和萨维雍。他们像是都习惯了她的做派,以一种符合年龄的随和应付过去。我渐渐有些不耐烦。我和金婷从见面至今不过六年,但因为早就从别人口中听过她太多的故事,以至于对我来说她像是认识了很久的人。也因为这种毫无来由的熟稔感,我对她的耐心早在前两年就消耗得差不多了。她是那种习惯了全世界围绕着自己打转的人,没错,曾经有过那样的一个世界,至少在多年以前是那样,我也曾目睹过虹桥客厅以她为恒星的群星最后的光辉。可是现在?竹心这个名字,对李咏心他们这代人来说不过是个ID。从言谈间的表现看,李咏心似乎只知道她是已关门的苏河书店的老板。我在网上看到过,她写的歌还在某些人的怀旧歌单里,每隔几年总有人提起"消失的作家竹心",但也就止步于此了。我自己早已习惯朱凡作为小说作者的昙花一现。没有什么作家朱凡,只有业内的编剧朱凡。人活着,就要看清现实,走自己能走的路，不管那路是宽是窄。

金婷，或者竹心，她就像走在一条画出来的路上，很假，而她信以为真，明明下一步可能就是虚空。

"啊，你也一样。"凑过来和我低声说话的是赵一衡，带着梅子酒的酒气。

"什么？"

"你看她的眼神，那种恨铁不成钢的眼神。'我觉得你不好。你明明可以有更好的活法。'她身边的人经常都是这样的，像老母鸡一样想要保护她，纠正她。我以前也尝试过。真傻！你以后就知道了，没用的，她不会做对的选择，肯定是错的。以前是梁松，现在是……"他忽然停顿，飞快地捞起一块肉塞进嘴里。

"什么？你刚才想说谁？"我听见血管在耳朵里迅速跳动的声响。赵一衡不敢和我对视，走开了。

我在席间没有碰酒，做好了回屋洗漱和工作的打算，结果还是被金婷拉到她们屋，连李咏心她也没放过。四个人两两坐在两张单人床上。金婷之前从楼下餐厅买了些喝的，我和她一人一瓶豆奶，方友珊和李咏心喝啤酒。金婷似乎对李咏心在云南的生活颇感兴趣，问了一连串问题，小姑娘明显有些招架不住。

有人敲门。李咏心立即跳下床过去开门。是萨维雍。习惯讲课的人,声音有种穿透力,隔得老远就听见他说:"需要什么再和我说。"李咏心拎着一个马甲袋快步回来,原来萨维雍下午在客栈门口买了核桃仁和酸角,现在拿给我们当零食。金婷立即拿起手机,对着屏幕说:"萨老师,欢迎你也来参加我们的茶话会。"过了片刻,她点击收到的语音,萨维雍在那头说:"你怎么也跟着喊我萨老师,我鸡皮疙瘩都起来了。明天还要早起,你们别太晚。"

萨维雍永远是得体和沉稳的,随便让哪个陌生人来猜他的职业,都会往老师或医生去猜。看到像雨后新笋一样的李咏心,我很难不想起叶巍,那个我只在多年前见过一次的女人,萨维雍的妻子,也是他大多数作品的模特。他在前年的展览可以说是她从年轻到步入中年的侧写,有些画上,她的表情僵硬,眼神空无。我不知道她本人对这些写实风格的画有何感想。据说她需要吃药控制病情,中间还曾若干次住院。他一直没离婚,仿佛是为了营造不离不弃的表象。方友珊曾经说过一句古怪的话。她说,小山和叶巍都不属于我们这个世界,所以一个走得早,一个虽然没走,也把半个自己放在那边。我当时问她,金婷呢?她怔了一下才回答,金婷当然和我们一样。

聊天加上吃零食，时间过得飞快，再看手机已接近十二点。我说我要回去睡了，金婷显得恋恋不舍，说："你要么就在这里睡，我可以和方友珊一张床。"方友珊无奈地说："有必要吗？又不是明天就分开了。"李咏心起身后捭床单，方友珊挥挥手："不用管。你们回去休息吧。"

在走廊上，我正要和李咏心道别回房间，她问："方姐和竹心老师认识很多年了是吗？"

"对啊，还有你们萨老师。"

"但是方姐不肯帮竹心老师拍照。"

李咏心说的是刚才金婷提出想拍一组照片，方友珊当即拒绝。说真的，我也有点意外。我知道她基本不拍人，可那是金婷，我从来就没见过她对金婷说"不"。

我说："可能有原因吧。你要是真想知道，可以问方友珊。"

雨声吵得人睡不着。不，除了雨声，还有人的说话声。这地方的门和墙完全不隔音。是谁这么晚还不睡，而且也不知道压低音量？不对，声音并非来自哪个房间，而是走廊。我用被子蒙着脑袋，忍了大概半分钟，终于按捺不住,下床踩上纸一样的拖鞋,往门口走。开了门,走廊的灯光照着两个人。一个在说,我们进去说话。另一个说,你在这里说清楚!

是方友珊和金婷。这两人大半夜地在演哪一出?我叹了口气。"你们不睡,我还要睡呢。"

她们一起朝我看过来,方友珊放弃堵在门口,往我这边走。金婷在背后喊她:"喂!"我感到后脑勺有根筋在跳,没睡好,加上烦躁。可以预想明天的精神会很差,明晚也没法顺利赶稿。在死线之前出来玩,是我过于托大。我眼前的灯光暗了暗,方友珊比我高,我只能稍微抬头看她。她的眼睛红红的,不知是憋着眼泪,还是单纯睡眠不足。她从牙缝里挤出一句话:"金婷前面出去了一个小时,去了别的屋,她昨晚也这样。"

我迅速想起昨晚的脚步声。原来是这样。当时我还以为是李咏心去找萨维雍。意外,但又不那么意外。我只是没想到他们这么不知遮掩,连我在旁边都忍不了。我淡漠地说:"郁剑对吧?我知道的。我其实早就知道了。"

方友珊像是整个人怔住了。我心想,你希望我有什么反应?又不是演电视剧。我还知道金婷一直在补贴郁剑,他新近拍的一条短片烧的就是她的钱,尽管她自己的书店都开不下去了。我不恨金婷,我只是对郁剑感到失望。他经常装得仿佛看金婷不顺眼,说她装嫩,说她是过气的作家,到头来,他也没能逃离她并非刻意散发的吸引力。我有时觉得金婷像一片流沙,人们经过就会陷下去。男人们爱她,女人们把她当作偶像、朋友或姐妹。或许女人们也爱她。像方友珊,除了和阿晃谈过几个月恋爱,此后单了那么多年。我仅仅是因为遇到她的时机不那么巧才得以置身事外。

金婷应该没听见我的回话。她在喊完一声"喂"之后就匆匆进门,继而传来关门声。她一定是不想面对接下来的狼狈。我听说过方友珊和她相识之初的故事。好像有个倒霉的妻子在浴室追打金婷,因为她的丈夫被诱惑?金婷就是问那个人拿了钥匙,把画院的画拿去倒卖。我很想对金婷说,你放心,我不会做得那么难看,我也不会和郁剑离婚,暂时还不会,在我找到面对女儿的正确方法之前。只是,你不觉得累和空虚吗?你本该有更好的道路。

接着我想起赵一衡的话,觉得自己想和金婷推心置腹的念头十足傻气。我对方友珊说:"太晚了,有什么话明天再说吧。"

柜中人

要到很久以后我才意识到,
这既非风度,
也无关信任,
纯粹只因为怯懦。

上下班换乘地铁，我每天两次经过一条巨幅广告灯箱围成的通道。广告内容逐月变换，最多的是几大手机厂家的投放。流量明星捧着新款机型，他们的面孔经过电脑精修，连毛孔也看不见。那一张张完美的脸，将匆匆走过的上班族衬得面如土色。明星的换代也和机型更迭一样频繁。偶尔，广告内容会换成手机以外的主题。招聘网站。购物网站。在线儿童教育。人们售出劳动，换取报酬，又将其投入广大的消费洪流。我们购物，我们养儿育女，我们步履不停。

大部分地铁乘客不会有我这样的无聊感慨。人们漠然穿行于广告通道，有些人边走边打字聊天，堪称一心二用的典范。

最近新换上的是公益广告，以ABAB的顺序展示两幅画面。一个手捧课本坐在书桌前的男孩。一群孩子簇拥着他们的年轻女老师。留守儿童。教育。爱心。高饱和色的艺术字揭示出广告的主题。在我看来，男孩的眼神不够真挚，不像多年前流行的希望工程海报上的那个女孩，她纯净的眼神让人有奇妙的负疚感，仿佛自己不愁温饱的寻常日子沾了罪恶。

对了，那样的视线，我不仅仅在海报上见过。

到底是什么时候，在哪里呢？

刚过四十，记忆力时常不足。直到挤进闷罐头般的地铁车厢，我才想起，老版本希望工程海报女孩的眼神像我认识的一个人的。我叫她欣欣。

欣欣与我的交集仅三年多，主要在我的中专时代。她像一只从窗外飞来的鸟，闯入我的生活。

那是中专第一学期。放学后，我和同学在操场打了半个小时篮球，骑自行车回家。到家时一身汗臭。穿过厨房进了客厅，没见我妈，却看到一个黑瘦姑娘坐在我家的沙发上，比起愕然，首先有一种不适，类似小狗发现自己的地盘被入侵的条件反射。我不认识她。这个陌生女孩捧着的漫画书是我的《幽游白书》。没错，茶几上还有两摞。左边最上面一本的封面是飞影和藏马，右边是他俩和浦饭以及桑原的四人组。我对整套书烂熟于心，即便看不清封面数字，也知道那是第七卷和第九卷。她手中想必是第八卷。

我犹疑地挤出一声"你好"。她的肩膀抖了一下，看向这边。

"你好。"陌生姑娘说，"我是小雪的同学，她带我来的，说你有很多漫画书。"停顿片刻又补充道："小雪看牙去了。你母亲让我从书架上自己拿书看。"

就像漫画里的浦饭幽助和萤子，我和小雪从幼儿园一直到初中都是同学。我们两家住在前后门挨着的两个小区，可以算作邻居。中考让我们的道路出现了分歧。我没考上第一志愿的重点高中，进了会计中专，她被某所职校录取。我问她，你那个学校到底是学什么的。她茫然道，好像是什么中层管理。进校后她发现，所谓的中层管理其实是毕业后当商场营业员。我猜小雪有些上当的感觉，志愿是她父母填的。

小雪长得美，且爱美。职校的课业轻松，她将大把时间花在对美的探索上。近来她忙于整顿微微外翘的犬齿。我喜欢那颗虎牙。可我说了没用。

今天这家伙把同学带来，自己走了，符合她一贯的风格。对她来说，我家就等于她家。我在心里叹了口气，没话找话地问小雪的同学："你看到第几本了？"

她合起书看封面："刚到八。"

"你从第一本看的？"

"嗯。"

"……你来了多久了？"

"大概一个小时吧。"

"你看书好快！"我忍不住说。

我进屋坐到沙发上，离她一个人的距离。我们先聊了会儿漫画。她不像其他女生那样喜欢少女漫画，总的来说爱看热血成长系。没钱买书，总去租书店。她感慨道："你家的漫画书好多啊，简直可以开租书店了。"我当然不会告诉这个刚认识没几分钟的人，每次考试前，我妈都威胁说，只要分数不够满意，就要把漫画全烧了。这时我终于想起来问："对了，我妈怎么不在？"她茫然道："不在吗，刚才还在啊？"

正聊着，我妈从外面回来了。原来她见这个同学看漫画的劲头一发不可收，说不定会留下来吃晚饭，特意去买了半只烤鸭。当我妈热情地说"留下吃饭吧"时，姑娘像是收到某种暗示，立即起身说："不了，谢谢，我该回去了。"我暗自嫌我妈多事,转头对客人说:"你下次再来看书好了。我给你我家的号码,来之前给我打电话。"

她抿嘴一笑,说:"我听小雪讲了,你的书不能出家门。连她也不给借。"

我尚不知道名字的这位,身上有一种介于焦灼和心不在焉之间的氛围。换了我看漫画看到一半被人打断,可能也不太平静。她这一笑,忽然像个比我年长的女人,眼眸中透着少许洞察和嘲讽,也可能仅仅是我的错觉。就外形而言,她还是个没长开的孩子,身材和小雪没法比。连帽T恤的材质单薄,透出里面是件背心而非胸罩,锁骨以下如男生般平坦。

隔了几天小雪过来玩,我说:"你那个看书很快的同学叫什么?就你前几天带来我家的,当时忘了问。"

戴牙套的小雪牵动嘴角,形成一个不露齿的笑。

"她的名字你念不了。"

"什么意思?"

她从我的书桌拿了纸笔,写了三个字。刘宁玲。这名字我确实念不了。我小时候在南京的爷爷奶奶家长大,导致"l""n"不分。

后来我们三个就经常一起玩了。说是玩，多半是在我家待着。我和小雪一起看VCD和聊天，刘宁玲坐旁边翻阅漫画书。家附近有间漫画书吧，我带她俩去过一次。那家店只要点个吃的喝的就可以坐里面一直看书。小雪要了草莓鲜奶蛋糕和红茶，我选了咖啡，刘宁玲把菜单从头到尾看了一遍，我怀疑她都能把内容背下来了。我要请她，她摇了摇头，然后点了最便宜的蛋糕，八元。等蛋糕上来，我发现那是食品商店称斤卖的品种，黄瓤褐皮，表面撒了几片寒碜的杏仁碎片作为装饰。小雪的蛋糕上堆着雪白的鲜奶油和红艳艳的草莓。两相对比，不知怎的让人想到灰姑娘和白雪公主。

我仍然无法正确地念出她的名字，所以喊她"喂"。几次之后，是小雪而不是她本人抗议道："怎么总喊人'喂'啊，人家有名字。"她笑笑说："没事，我知道是在叫我就行。"小雪问："你有小名吗？或者让他喊你小名。"她迟疑片刻才说："小时候，家里人喊我欣欣。欣欣向荣的欣欣。"

即便知道了她的小名，我也没怎么当面叫过。用到这个名字，通常是我和小雪一起谈论她的时候。

小雪说："欣欣是知青子女，初中来到上海，住在舅舅家。"我随口说:"那不成了《孽债》?"

《孽债》是当时流行的电视剧,讲的是上海知青为了回城与他们在云南的丈夫或妻子分手,将亲生儿女抛在身后。十五六年后,那些多半有少数民族血统的孩子长成了少男少女,到上海寻亲。我妈一集不落地追看,我没看却记住了片尾曲:"爸爸一个家,妈妈一个家,剩下我自己,好像是多余的。"

小雪说:"不不,没有《孽债》那么夸张,她爸妈都在江西上班,户口回不来,所以让她一个人回上海。"

我问:"她家不给她零用钱吗?感觉她好像特别节约。"

小雪嗤笑了一声,说:"她有钱的,她捐助了两个山区贫困生呢。"

我眼前顿时浮现出希望工程著名的海报上,失学女孩充满渴望的眸子。我心想,她自己倒像个失学儿童。又黑又瘦,营养不良的样子。我没把想法说出口。小雪从小到大没什么同性朋友,欣欣算是第一个。当着她的面贬损她的朋友,总不大好。我换了个话题问小雪:"你们学校都在学些什么?"

会有这个疑问,是因为我们学校的课程设计很实际,

柜中人 | 267

学生毕业后即可成为会计或出纳人员。而小雪和欣欣那所职校顶着个"中层管理"的名头，培养的是未来的营业员。站柜台需要学什么呢？

小雪没好气地答："看不起我们学校是吧？我们课程可多了。"

我赶紧表示，自己没半点不敬的意思。细问之下，才知道她们课程确实多。除了语数英政，还有珠算、打字、计算机应用、商品包装。从珠算到计算机，也在我的课程表里。我忍不住又问："商品包装是什么？"

她乏味地答："可傻了。用塑料绳捆酒瓶。把两瓶酒捆起来，留一截拎绳。得快。老师掐秒表看时间。现在哪怕去老国营店也没人这样做了，到处不都是马甲袋？你说傻不傻？"

小雪有诸多优点，但她从来不是个手巧的人。我就她可能的狼狈做了短暂的想象："你说欣欣成绩很好，那她这些动手的成绩也好吗，珠算或者包装？"小雪说："除了体育，她哪样不是第一名？体育她是真不行。你别看她个子小小的，仰卧起坐只能做三个，太好笑了。"

仰卧起坐的成绩什么的，其实根本不重要。甚至其他成绩也不重要。再过两年多，我们将会像蒲公英的种子一般,随风飘散到名为社会的广大世界中。不过在当时,我们对此只有模糊的概念,学校课程的名次和其他一些小事,仍然足以左右我们的情绪。

尽管未来肯定不会用到,但是小雪她们还有一门课程叫"橱窗设计"。为此,我陪着她俩在周末去了美美百货,三个人站在商场外的人行道上,欣欣捧着本子画草图,抄现成的橱窗。小雪和我在旁边吃了刚买来装在油纸袋里的二两生煎。我舔着油亮的手指问小雪:"你怎么不画?"小雪说:"欣欣负责我们两个的作业。能者多劳嘛。"后来有个戴眼镜的男的过来问我们在做什么。我还没来得及判断对方是什么人,欣欣就跑了,我和小雪只好跟在她后面狂奔。欣欣跑起来还挺快,一点也不像体育差的人。小雪跑了一段就不肯继续,叉着腰说肚子疼。我莫名觉得整件事太滑稽了,在旁边笑得不行。欣欣折回来找我们的时候,我和小雪各自弯着腰站在人行道上,在她眼里估计像两个傻瓜。我问:"你跑什么?"她严肃地说:"抄袭是欺骗,欺骗是不对的。但我设计不了,只能抄。"我说:"你也太认真了。"

升上中专,家里给我买了电脑,286的配置,在当时算是顶尖的。对中国用户而言，那是个人电脑的史前时代。Windows 95即将称霸世界，其实Windows系统已存在多年，但它尚未在中国的个人计算机领域普及，例如我家那台，也就是倒腾一下DOS系统。对了，金山WPS在那时也已登场，界面是刺眼的低像素彩色。学校的计算机应用课把DOS和WPS翻来覆去讲了一学期。上课时颇为郑重其事，先换上布鞋套才能进机房。

上机课乏善可陈。在黑白DOS界面进入目录，退出目录，拷贝目录和文件。这些煞有介事的操作，很快将因为Win 95的出现变成无用功。在当时，我们对未来的趋势一无所知，认真地背诵带空格和斜杠的计算机指令，跟学外语一样。微微凸起的屏幕像一张机器人的脸，只有使用它的语言，才能与之交谈。

自从我有了电脑，欣欣过来就很少看漫画了，而是把我家当机房。某个周末，欣欣独自在我的房间，把课本摊在一边，练习DOS命令行。我和小雪在客厅看一部老电影，忘了是《终结者》还是《银翼杀手》。小雪每当看到她觉得可怕的镜头时，就用力掐我的胳膊。她的苹果味护发素的气息沁入我的鼻腔，是一种人工的甜香。我慢慢凑近她的脸，她更加使劲地掐我，意思是，那边房间有人呢。我知道是借口。她不让我亲她,是因为她的牙套。为了缓解沮丧,我起身穿过饭厅,到房间门口问欣欣:"你要练到什么时候啊?来跟我们看电影吧。"

"快好了。"她看着屏幕说。

"学校不是有上机课吗?"

她的手指停下来,气氛莫名有些紧绷。这时小雪也过来了,隔着几步远对我说:"你怎么那么小气啦,让她练。"

莫名背了个"小气"的罪名,我悻悻地回客厅继续看电影。小雪等欣欣走后告诉我,欣欣得罪了班里一个男生,那人在机房的座位挨着她,每次都趁机捣乱。要么在她的键盘上一阵乱敲,要么把她的计算机电源拔掉。总之烦不胜烦。她后来干脆就不去上机了。

当时还没有"霸凌"这个词。我本能地想,既然那人那么讨厌,她可以和老师解释,要求换座位。而且那个男生的举动也很奇怪,如果是在小学或初中,我会怀疑他就是暗恋欣欣才故意挑衅,可到了这个年纪,没人会这么做。我把我的想法对小雪讲了,她莫测高深地说:"我们女生的事,你不懂。"

不懂就不懂吧。我没再寻求解释,她也没多说。欣

柜中人

欣继续隔个一两周来我家借用电脑。一年级的下半学期迅速滑过,暑假来了。

上一个暑假,也就是中考之后既焦灼又散漫的假期,我等来了录取通知,然后去了南京的爷爷奶奶家。爸妈建议我今年夏天继续去南京,这样他们就可以不用操心我每天午餐吃什么。我拒绝了。我妈说,你一个人待着不无聊吗?我说,不无聊,小雪会过来玩。她问,你和小雪不是在谈恋爱吧?我在心里翻了个白眼,不知我妈究竟该算敏感还是迟钝。为了摆脱嫌疑,我把欣欣搬出来说,你想多了,小雪的好朋友也一起玩的呀。

实际上,自从放暑假,我就没见过欣欣。听说她在麦当劳打工。我提议去她店里找她玩。小雪不肯,嫌那家店远。我这才得知,虽然都是长宁区,欣欣的舅舅家在万航渡路,到我们所在的虹桥地区,乘公交车需要将近一个小时。

一天,我在家接到欣欣的电话。这是她第一次主动打来。她在那头说:"我有好多麦当劳的餐券,你要不要?我可以寄给你。"

我说:"不用寄,我去拿吧。我到你店里去找你?"

按理，我该喊上小雪一起去万航渡路的麦当劳。她之前嫌远，我就没问她。那时不是所有的公交车都有空调，空调车票价两元，普通车一元。过了两趟车才来了一辆空调车。正午的炎热让人们放弃节约，车上的人不少。我站在车尾靠窗的位置。窗外掠过中山公园的时候，我想起初中曾经和小雪一起来此野餐。我带了红宝石的鲜奶小方，她的嘴边沾上了纯白的淡奶油泡沫。那是我第一次亲吻小雪，一个带着奶油香气的吻。如今我将满十八岁，回想起初吻的经历，不知怎的感到有些沧桑。

麦当劳的店看起来都一个样。白炽灯和空调让室内失去了昼夜和季节，薯条和炸鸡的气味则模糊了国界。我把站在收银机后的服务员挨个看了一遍，没有一个像欣欣。话说她到底长什么样来着？这时，一个用力拖地的清洁工阿姨经过面前。不对，那不是阿姨，是欣欣。她弯腰低头，看起来和拖把差不多高。我叫了声"欣欣"，她直起腰。首先映入眼帘的是她额头上大面积爆发的青春痘。

"上星期我负责炸薯条，长了好多痘。"她注意到我的视线，解释般说着，从围裙口袋掏出一叠餐券给我。好家伙，是免费的套餐券。等于一小笔现金。我道了谢，觉得立即拿券走人不太好,便问她什么时候下班。

她看一眼左腕的电子表:"还有一个小时。"

"那我吃个套餐,在这里等你。"

把券递给服务员的时候,我总觉得对方在盯着我看,估计以为我是欣欣的男朋友什么的。我端着餐盘找了个角落的位子坐了。还好带了两本漫画书,尽可以打发时间。欣欣拖地经过,探头张望。我把书的封面亮给她。她抿嘴一笑说:"我在租书店看过了。"

读完一本半,欣欣过来说:"可以走啦。"她换回了日常的衣服,老气的碎花泡泡纱连衣裙,像是裁缝店的出品而非成衣。她从肩膀到腰的线条恰如一个倒梯形,没有半点少女的曲线,只有那些泛红的青春痘揭示出年龄。

我不是第一次感到纳闷,小雪和欣欣的友谊,到底是怎么成形的呢?这两个人从成绩到兴趣爱好乃至日常话题都没什么共同点。我问她:"我们去哪里玩一下?"我以为她会带我去她常去的租书店,没想到她说:"要不要去我家?"

虽然有点奇怪,但没有拒绝的理由,我跟着去了。之前只知道她住在舅舅家,实际去了一看,那简直是

"寄人篱下"一词的注脚。

从麦当劳出来,她走在我的右侧,我们没怎么说话。过个人行天桥,继续走不到一百米,右拐进一条弄堂。进了弄堂,她的脚步加快,我落在后面。不像我家和小雪家所在的五层楼构成稀疏方阵的新村,弄堂一米多宽的走道两侧是瓦顶石灰墙的小楼,两层或三层,楼与楼紧挨着,让人想起聚生的菌类。外面马路上的蝉声让弄堂显得安静。有个老太在户外的水池里洗咸菜。弄堂其他居民大约在家里避暑。电视的声音从某处传来。欣欣轻快地穿过老太身后,我紧随着她,感觉到老太的视线比阳光更灼热。

她舅舅家在拐角处,和其他人家一样,水斗装在屋外。一楼的门敞着,进门后,右手边是煤气罐和灶台,左手边有张满是油垢的小方桌,大概是吃饭的地方。通往二楼的不是楼梯,而是木头扶梯,梯级和两侧的竖挡呈现奇异的光泽,多年间有人上上下下的结果。如果让小雪爬这梯子,她肯定会大惊小怪地叫起来。我问欣欣:"小雪来过你家吗?"她点点头。片刻后又说:"我去她家比较多。你知道的,天冷的时候我都去她家洗澡。"

我没听说过洗澡的事。作为常识,我知道弄堂房子

柜中人

没有浴室和抽水马桶。很难想象他们怎么应付每天的卫生环节。

和预想不同,欣欣的房间不在二楼,而是在一楼,扶梯背后的夹层。她率先穿过梯子和碗柜之间的逼仄空隙,掀开布帘进去,同时按了电灯开关。我跟着穿过帘子,嘴里不受控制地发出唐老鸭式的感慨:"哇哦。"

房间没有窗。两面墙抹了白石灰,进门处和尽头的墙是木板,让整个空间更像一只箱子。家具让"箱子"勉强有些生活感。一只双门衣橱,一张方桌,一摞木箱,一叠板条。这些东西留下的少许空地就是我们站的位置。地面是裸露的水泥。奇怪的是封闭的房间并不闷热,身上的汗迅速凉下来,形成黏滑的一层。

我困惑地四处看,心想,床呢?难道她睡地上?

她以为我在研究木板墙的那头,立即说:"一楼后半是邻居家。厨房以前要大一些,有个楼梯。我舅舅把楼梯改成梯子,多出来的地方就做成了房间。"

我总算明白了,弄堂的一栋房子住了不止一户人家。多年后看电影《哈利·波特与魔法石》,那个住在楼梯底下的男孩的境遇,让我立即想起欣欣。那时我和她早已没了联系。

这会儿，为掩饰好奇和窘迫，我半开玩笑地说："怎么没有床？难道你像机器猫一样睡衣柜里？"

她指给我看墙角的板条折叠床，我先前没认出那是家具。她从桌子底下拖出一只高脚圆凳，让我坐，然后出了房间。我听见楼梯上的脚步声，轻而敏捷。回来时，她端着两只玻璃杯，里面是可乐。我喝了一口，倒是冰的，只是气跑光了，和糖水无异。毕竟口渴，我接连喝了两大口甜得发腻的可乐。她站在桌边，似乎没想起给自己找个地方坐。屋里唯一的凳子在我身下。

"我们玩个游戏吧。"她说。

"什么游戏？"问出口的同时，我意识到，在这个古怪的房间里，我没有主动选择的权利。就像童话里被坏女巫诱拐的小孩，或者像舍己救人之后发现自己悬浮在灵界的浦饭幽助。别人说什么，你就做什么，是故事的规则之一。

"我们轮流到柜子里。柜子外面的人可以问里面的人任何问题。被问到的人必须说真话。"

"到柜子里？"我震惊地看一眼那个刚被我开过玩笑的衣柜。目测比我高。以欣欣的体形，里面可以站三个她。问题是，为什么要到柜子里去，有什么话不能在这里说吗?

她走过去拉开柜门。里面分了三层,顶层和底层装了杂物,中间一层最高,折叠整齐的被褥平铺在隔板上,上方的横杆挂着几件衣服。她把被褥卷起来,又把稀稀拉拉的衣架往旁边拨了拨,弄出一片空间。估计我在里面只能半蹲。我盯着柜子看了几秒,问:"如果不想说真话呢?"

"敲两下柜门。互换。"

听起来倒不是个强人所难的游戏。问题是,我并没有什么想问她的。如果此刻提出和我玩这个游戏的人是小雪,我的兴趣会大得多。

"你也可以问我关于小雪的事。"她意味深长地说。

我动心了,仍保持谨慎:"你先进去?"

目睹她甩掉鞋子跳进衣柜的熟练动作,我又开始怀疑她其实每天睡在柜子里。我隔着柜门咳嗽一声:"能听见?"

"能。"她的声音穿过木头和空气,依旧清晰。

"你最喜欢的漫画是什么?"

"《东京巴比伦》。"

我知道那部漫画。作者是四人组合,叫CLAMP,被读者们喊作"夹子大妈"。从《圣传》起，夹子大妈们塑造了一代尖下巴九头身的偶像。我欣赏不了她们的画风，对其故弄玄虚的情节也嫌累赘。至于《东京巴比伦》，我只知道个大概，是关于阴阳师和复仇的故事。

"你最喜欢的动画片呢？"

"《天书奇谭》。"

"哦，我也喜欢！现在都没什么好看的国产动画。"我思索着下一个问题。比念头更快，句子从唇齿间滑脱。

"小雪是不是有其他男朋友了？"

是非题等于作弊。如果她拒绝回答，答案显而易见。

空气静寂。我感觉到自己的心跳，然后听见了柜门的响声。笃笃。那声音显得小心翼翼。我拉开门。她在柜子里抱膝而坐，像是很熟悉如何让自己在逼仄的空间保持舒适。裙子底下探出的小腿线条纤细。昏暗模糊了她脸上的痘，却让她的双眼显得格外幽深。她正盯着我看。我猜自己一脸受伤的表情。

我说："轮到你问了。"

她从柜子里出来，光着脚踩在水泥地上，耸耸肩说："我没有什么要问你的。"

整件事像是她精心布置的陷阱，先是暗示我可以问小雪的事，然后我笔直地冲过去，正中靶心。我暗骂自己蠢。悔恨促使人冲动。我脱掉跑鞋，笨拙地钻进柜子里，学她刚才那样坐着，用一只手往里掰柜门。门很难从里面关上。她刚才是怎么做到的？

她在外面推了一把，门合上了。最后一丝光线消失。我置身于黑暗中。

衣柜里有股樟脑味儿。还有旧木头的气味。隔着袜子碰到一堆柔软的物体，她的被褥。她每晚把折叠板床拉开，放上这些被褥。可是无论怎么看，屋里放不下一张床。可能需要先挪动那张桌子？我思考着无关的事，尽可能消除自己的恐惧。是的，我不受控制地开始害怕。逼仄的空间不见光亮，让我全身的毛孔迸出冷汗。我甚至有个不切实际的念头。她会不会突然锁上柜子，把我永远地留在这片黑暗中？

"如果你在学校被人欺负——"

在柜子里面听来，她的声音和平时不同。话语中断，我等待着后续。

"欺负你的人，是你最好的朋友的恋人，你会怎么做？"

欣欣说的是在上机课遭遇的不愉快。那个总是捣乱的男生。我听过那人的名字,转瞬即忘,只记得叫什么龙。她最好的朋友只有一个。所以那家伙是小雪的男朋友?我忍不住脱口而出:"总该有个理由吧,到底为什么?"

"柜子里的人不能发问。请回答。"

"……如果我的朋友对这些视而不见,那么连朋友都没法做了。"

黑暗之外,在柜门的那边,她沉默着。我猜她不是很开心。我更加不开心,所以无所谓了。是她开启这个游戏,把我们引到无法退回的悬崖边上。除了往下跳,没有别的路。她又开口说道——

"如果你的朋友总是在各种小事上羞辱你,说你穷,说你丑,那么她真的是你的朋友吗?"

的确是小雪的作风。我早就发现,她和欣欣的友谊建立在不协调的基础上。就像白雪公主的后妈需要一面魔镜,她需要欣欣在旁作为映照。小雪有一种无邪的残忍,而她甚至不自知。那也是我对她着迷的原因。

"一个巴掌拍不响。任何一种关系都是这样。"

我并不知道自己说了一句多么有哲理的话。至少当时的我不会想到,这句话将概括我和小雪接下来反复分手又和好的若干年。我和她最终分道扬镳的原因,不是我对她不够忍让,恰恰是我过于纵容。用她的话说,我拿不住她。

柜门忽然被拉开。光照进来。按欣欣订立的规则,我这边没敲门,还没结束。反正我也不想玩了。我动了一下腿,有点麻。一步之外,她站在微黄的灯泡光线下,脑门上的痘痕像一片阴影。

"原来你不傻啊。"她居高临下地对柜子里的我说。

欣欣给的餐券,大部分是我和小雪一起用掉的。小雪问我怎么会有麦当劳的免费券,我说了来由。小雪显得诧异,问:"她一个人来了你家?"我尽量平淡地答:"我去找她拿的。拿人钱财,总得跑一趟吧。"

至于小雪听了这些话会有什么联想,又会不会因此泛起醋意,我懒得想。出于自尊,我也没问她和那个什么龙到底是怎么一回事。小雪看起来丝毫没察觉我知道了她的背叛。整个暑假她都在哀叹,下学期开学就要实习了,什么珠算打字计算机统统用不上,听说实习要一天十二个小时站在柜台里,你说可不可怜。我怀着少许恶意说,你们学校没有教人怎么站久了不累,不科学啊。

那年暑假的另一件记忆,是DOS版《仙剑奇侠传》的面世。为了玩通关,我两天两夜没睡。只有吃晚饭的时候不得不到爸妈跟前扮演自己,脑海中不断回放游戏画面。我猜欣欣一定会喜欢玩"仙剑",可惜见面那回没顾上和她说。她舅舅家没有电话,找她得打居委会的公用电话,让人去喊。小雪有号码,我谨慎地没问她要。

"等你上班,第一个月的工资打算做什么?"

暑假快结束的某个下午,小雪在我家沙发上问。我刚切了西瓜端过来给她。照例是两人一起吃半个西瓜,一人一把勺。她拿起勺子,往正中央狠狠挖了一大勺。

"到上班还有两年呢,不好说。如果是现在,我肯定买一堆漫画书。那时候也许有其他想买的。"

"咦,你这么善变啊。我昨天问欣欣,她说肯定是买漫画书。整套整套地买。"

"你们见面了?"我心想,你不是嫌她家远吗?

"她来我家洗澡。"

"夏天她也过来洗澡吗?我还以为只有冷天才这样。"

那天,我从柜子出来之后,两个人又闲扯了一些其他话题。欣欣告诉我,她羡慕弄堂里的男生,因为他们夏天可以在外面接根水管冲凉。对她来说,洗澡是个大工程。先要烧一壶热水，把热水壶和装冷水的桶拎进房间，兑在澡盆里。洗完了还得把洗澡水倒进另一个脏水桶，拎出去倒掉。她指指楼上说，我舅舅舅妈在楼上洗，拎上拎下就更烦。我问她，舅舅家有没有其他小孩。她说有个表哥。看起来她不是很想谈论那个表哥，我就没再问。

小雪瞥了我一眼："你对欣欣的事知道不少嘛。我还以为你和她只聊漫画。"

我没在意她话里的醋意，思绪转到另一件事。既然欣欣暑假期间也会来小雪家，没理由特意喊我去她那里拿餐券，给小雪不就行了？接着我想起来，她最初的提议是邮寄，是我自己非要大老远跑去。必须承认，对欣欣，我其实怀有某种好奇。并不是那种异性之间的好感萌动，更像是看到一种未知的生物，想要走近去确认，它是不是属于自己的星球。

开学后，实习生小雪并没有像她畏惧的那样要站一整天。她被分到淮海路一家商场的收银柜台，上班时可以坐着。不得不说，有的人就是天生命好。至于欣欣，听说她在男装柜台卖领带。

实习生上班穿西服式样的学校制服，男生打领带，女生系领结并且要化妆。小雪在我面前嘲笑欣欣的悭吝，说："她用的是她舅妈用剩下的口红，都过期好几年了，而且只剩一点点，塑料芯子都露出来了，她每天拿个唇刷使劲蹭，太难看了。"我说："你们不是有工资吗？"小雪说："对啊，一百多，虽然很少，但比没有强。她都拿去助学了。你说她是不是脑子有病？"

我不喜欢小雪贬损的口吻，转换话题问她："那个欺负欣欣的男生还在继续找碴吗？"

小雪眨了眨眼，像是不明白我问的是谁。片刻后她说："哦，你说霍逸龙。他和欣欣不在一个楼层。他在超市。"

商场员工们结束一天的工作，已过了十点半，只能坐夜宵线公交车。在公交车站等车的几乎都是商场的人。霍逸龙的家也在西边，他每天送小雪回家，而我当时对此一无所知。我对我的情敌知道得太少，除了他曾经看似毫无理由地欺负欣欣。

每所学校都有那样的男生，高大、英俊的体育健将。姓霍的不光有外形优势，他父亲在银行任高管。他经常吹嘘说，自己毕业后会付一笔拒绝分配的违约金，然后进银行工作。他对小雪的最大诱惑也就在于此。在她看来，坐在银行的柜台里，比坐在商场收银机后面高级得多。

如果我当时逼问小雪，肯定一早就能搞清楚霍逸龙是个怎样的角色，也就能避免后来的一系列问题。要怪就怪柜子游戏吧。欣欣早就向我做出警告，但其方式充满了非日常性，让人缺乏在现实中采取行动的动力。

深秋的一天，小雪打来电话说："有人请客去温泉浴场，你一起去吗？"我当时对所谓浴场毫无概念，朴实地吃了一惊，反问："我和你？"她笑起来说："你想多了，男女分开的呀，不过可以一起吃东西。里面吃东西不要钱，票里全包的。"

大浴场位于近郊。我周末在人民广场上英语补习班，和小雪说好了分头过去。到门口一看，小雪旁边站着欣欣。原来请客的人是她。小雪嗔怪地对欣欣说："叫你也带个人，你怎么不带呀？正好四张票。"

四张温泉票是欣欣参加某电台节目观众问答的奖品。她是好几档节目的热心听众，遇上有奖问答，必定寄明信片参加。据说迄今为止最厉害的奖品是一只欧姆龙电子血压计。那些年，进口的电子医疗小仪器仍属于稀罕货，卖得很贵。小雪说欣欣"赚到了"，意思是，成本只是明信片和邮票。我想到的却是以下的场景：瘦小的姑娘在她那形如地窖的房间里，独自听着电台节目。她住在上海的中心城区，却更像是漂流在海上。

欣欣对小雪的回答打断了我的遐想。

"我不像你，有那么多朋友。"

总觉得她在嘲讽。我相信小雪没听懂。

大浴场比公共浴室高级得多。相比池子的数量和面积，男浴场这边人数寥寥。我泡了药池，享受了冲浪池，试着蒸了几分钟桑拿。又洗又涮又蒸，我感到每个毛孔都焕然一新。等我换上浴场统一的褐色毛巾面料短袖和五分裤，来到饮食区，两个姑娘已经在那里好一会儿了——从她们面前的几个空碗就能看出。小雪惊笑道："你比女人还慢。"欣欣问："你那边人多吗？"我说："人很少。"小雪说："哎哟，女生这边人好多。我本来想蒸桑拿，一看里面都是人，就没进去。"

她们穿的是和我同款的衣裤，诡异的橘粉色。泡过澡的小雪显得格外明艳动人。我这才注意到，欣欣的青春痘消失了。她比夏天见面时圆润了少许，或许迟到的发育终于悄然启程。

饮食区倒是看不出女客比男客多。有好几组三五个一伙的男的在打扑克或吃喝。欣欣问我要吃什么，说去给我拿。我说："你们刚吃了什么觉得不错的，给我照样来一份就行。不要甜的。"

等她走开，小雪说："人不可貌相哟。"

"什么？"

"我说欣欣，你看她文文静静的，想不到吧，她上周把他们同柜台的实习生锁在仓库里好几个小时。事情闹得蛮大的，说不定学校会给她记个处分。被锁的那个不是我们学校的，所以性质更严重。"

"那个实习生是男的女的？"其实最先掠过的疑念是，难道她和那个实习生也在搞什么真心话游戏？我有一丝不易察觉的失落。

"是男的……怎么，你难道有什么奇怪的联想？"

被小雪这么一说，显得我有些猥琐。我赶紧说："那你有没有问她为什么？"

"我没问。她如果想告诉我，自然会讲。主动问有点傻。"

小雪在这方面和我很像。该说是我们这一代独生子女特有的对他人的不干涉，还是某种明哲保身？总之我或者她都不愿让自己显得傻。仿佛是为了保持洒脱,我从未就她和霍逸龙的关系问出不得体的问题。要到很久以后我才意识到,这既非风度,也无关信任,纯粹只因为怯懦。

吃完一轮,我又回去泡澡。她俩说泡不动了,留在饮食区看电视。在浴场消磨完大半个下午,换回秋天的厚衣服来到外面,身上留着热意,迎面的空气清寒,形成愉快的刺激。我对欣欣说:"谢谢你今天请我们。"她看看我又看看小雪,嘴角带笑说:"客气了,我也很开心。"

欣欣说她在对面坐车,我和小雪先等来了公交车,隔着车窗看到欣欣一个人站在暮色初起的路边。那些年的公交车站只有孤零零的金属站牌,并无遮风避雨的顶棚。她身后不远处是挂着霓虹招牌的大浴场,巨无霸般的一栋楼。整个场景有一种非现实的意味。我忽然想到,这里是西郊,不管是回我们住的虹桥还是回欣欣家,都要往东走。

"她不是和我们一个方向吗?"我问小雪。

"啊?"小雪茫然地说。她扫一眼车窗,欣欣已不在可见范围:"她好糊涂啊。坐反了。"

我有一种感觉，欣欣知道正确的方向，她故意走到对面去等车，是为了不和我们乘一趟车。

那时总嫌时间不够用。时间，指的是课业之外用于看漫画看影碟打游戏的时间。我有时甚至羡慕商场实习生小雪。她上一天班休息一天，也就是说，一个月她有十五天完全属于自己，虽然另外那十五天不太好过。十二个小时的工作加上来回一个半小时的路程，用小雪的话说，吃力死了。

十二月的某个周六下午，我去商场看小雪。在淮海路上买了刚出锅的糖炒栗子，油纸包外面套着塑料袋，就这样我还怕凉了，用外套前襟拢着，像个偷了东西的贼似的把那包东西送到她的收银台。工位上不能吃东西，她和师傅打个招呼，带我去茶水间。说是茶水间，其实就是商场消防门后面的水泥空间摆了几条长凳，看着荒凉。那地方没空调，奇怪的是不怎么冷。聚在那里喝水聊天的都是年轻女人，灰西装一步裙的是正式员工，藏青色外套百褶裙的是小雪他们学校的。好几个人捧着当杯子用的雀巢速溶咖啡的茶色瓶子。我坐在小雪旁边低声说："商场果然是阴盛阳衰啊。"她边咬栗子边说："男的都到里面消防楼梯抽烟去了,他们只要有烟抽,才不怕冷。"

陪小雪吃了半包栗子,送她回收银台之后,顺便又去看了欣欣。她在领带柜台里站得笔直,像个假人。不远处一个站姿懒散的男生,一身黑西装,不知是不是那个曾被她锁起来的外校倒霉鬼。据小雪说,欣欣最终没被记过,只扣了一个月的实习工资。

我走过去说:"嗨。"

"你来看小雪?"

"对,刚参观了你们的茶水间。"

"是不是很惊讶?商场里面还有那样的地方,跟我家好像。"

在茶水间总有一种似曾相识感,被她这么一说,我终于对上那感觉的源头。印象中欣欣总是很严肃,难得她表现出自嘲的能力,我忍不住微笑着调侃道:"不像不像,没有机器猫的柜子。"

我们聊到最近大热的动画片《新世纪福音战士》。国内尚未引进,所谓的流行指的是盗版光碟。一张VCD两集动画片,全集要一百多元。我以为我书架上的一排碟包将是今后十几二十年不断重温的财产,根本想象不到有一天它们会因其格式变成时代的残渣。

正好和碟摊老板约好了最近去拿"福音战士"的碟，我向欣欣提议一起看，约在她轮休的周日。

约定日之前的周五，我新买不久的BP机接到一个陌生号码的信息。回电过去，那头是欣欣，说要改期。我便说，那我先看了哦，你来了我可以陪你再看一遍。我没问她怎么会有我的BP机号，不用想也知道，是小雪给的。

这样又过了一周，她轮休周六。我照例要去人民广场上半天课，让她下午来我家，一点以后随时都行。

我在补习班附近吃了肯德基然后回家，欣欣和我到家几乎是前后脚。她来这里很多次了，却是头一回表示诧异道，周末你爸妈很少在家啊。

"他们比我上进。"我简短地说。我爸向来没有周末，一周七天去设计院画图纸。至于我妈，继去年迷上瓷画，今年则热衷于软陶制作，周末都在老师那边。对于创造性的事物，我缺乏爸妈的热情。我的时间都耗在观看上。有我这么个儿子，他们也许有些恨铁不成钢，只是设法不让我感觉到他们的失望罢了。

我家那时只在两间卧室装了空调，客厅取暖靠油汀。

我刚到家就开了,但那玩意儿升温慢如蜗牛,屋里仍然冷飕飕的。我说要么到我房间用电脑看吧。等我坐在电脑前开机的工夫,她把臃肿的棉外套脱下来,和墙上的羽毛球拍挂在一处。

"新机器啊。你原来那台呢?"

她熟悉我房间的电脑,立即看出变化。原有的设备跑不动新系统,我爸带我去美罗城重新攒了一台机子。攒机需要一些技巧。这家拎块主板,那家买两条内存,每次杀一轮价。不光是我,班上追逐流行设备的同学们都是这么做的。

"折价卖给电脑城了。"

"好浪费。"

"你要买电脑?"我在转椅上转过半个身子问她。她咬住嘴唇,摇一下头。

我用电脑光驱播放第一集,到自己的小床上坐着,示意她坐电脑椅。她说喜欢坐地上,靠着床坐了。我心想仰着脖子不累吗,但那毕竟是别人的脖子,轮不到我做主。就这样,她和我一前一后看起了我已经知道结局的动画剧集,她的后脑勺和我的腿隔着不到二十厘米的距离。她前一阵剪短了头发,正重新留长,皮筋扎起短

柜中人

短的一撮，翘在脑后。当她被屏幕上少年真嗣的命运吸引的时候，我不知怎么被那撮头发搞得难以集中注意力。我像是回到了七岁，忍不住用手去撩。发尾迅速一弹，像只灵活的雀。

头发的主人闷声说："不要皮。"

我索性伸手一撸，皮筋滑落。她的发质不像小雪那样细软，挣脱了束缚的头发欢快地散开，垂落在她的两颊和肩上。我以为她会发出不耐烦的喷声，或是干脆瞪我一眼，可她仍然盯着屏幕，只把一只手斜斜伸向后方，意思是让我把皮筋还给她。

我半开玩笑地握住她的手。手心硬而滑，那感觉不像异性，像个小男孩。她试图往回缩。我加了些力气不让她松手。其实直到那时我都是在没事找事地逗她来着，可能因为在播的动画片我已经看过了，而那个故事充斥着太多的死亡和阴暗，需要用一些插科打诨的动作来消解。总之，我并没有任何不良的预谋。

至少我认为是这样。

意识到时，我从舒服的坐姿改成了一个奇怪的蜷着背的姿势，俯向她。她的嘴唇在我的双唇之间。和小雪不同，她显然不习惯接吻。我亲完嘴唇又亲耳朵，低声对她说，到床上来，好吗。我以为她会拒绝，就像小雪曾数十次抵挡了我的各种软磨硬泡。小雪对做爱有她的固执，说必须等到结婚才行。我最多只能伸进内衣抚摸她，同时忍受勃起带来的刺痛。欣欣没来的上个周末，我用一个通宵把二十六集动画片看完了，其间，在第二十集猝不及防地目击美里中尉和她的情人上床的片段。这不是给中学生看的科幻动画吗？简直无法理解日本人的脑回路。也许因为那一幕在脑海中不断回放，才促使我做出突兀的举动。

不，不用自我辩白。那时我不过是个从毛孔到发梢都充斥着欲望的十八岁男生罢了。我的欲望和动画片无关，和欣欣本人无关，甚至也和小雪无关。

"我在来那个。"

她侧躺在我身边，脸埋在我的脖根，用轻得几不可辨的声音说。热的气息带来瘙痒，她的婉拒则像凉水一样浇下来。我当然很失望。她接下来的举动却超出我任何可能的想象。她开始用手帮我解决，小雪从未做过。

"呃……你好像……很熟练。"我在过程中说。她一声不吭。我意识到，我从来没有真正了解过她。当然了，小雪作为她最好的朋友，也未必了解她。

那天后来的时间,她像什么事也没发生似的继续坐在地上看片。我去厨房找吃的,只找到几个橘子,她吃了一个,其余的进了我的肚子。片尾曲 *Fly Me to the Moon* 不知第几次响起的时候,她说:"我们聊天吧。"

"好啊,可我没有足够大的柜子。"

她笑了。我好像是第一次听见她放声大笑。笑完后她说:"没有柜子,我们就没法说真话吗?"

"哦,我不是那个意思。"我尚未想好怎么表达。她轻快地说:"我有个主意。"

与上海大多数努力扩充面积的家庭一样,我家的阳台和客厅打通,装了封闭式钢窗。阳台的一头是洗衣机,另一头是个从天顶到地板严丝合缝的窄长书柜。那地方西晒,被流放过去的是家里的次要书籍和摆设。《家》和《小灵通漫游未来》并肩而立,《作文描写手册》的旁边是《家庭急救指南》,四卷本的《基督山伯爵》不知怎的缺了一册,凡尔纳的一整套倒是完整的。脑袋一直晃个不停的牛玩偶,举枪的胳膊从根部不知所终的塑料扎古,我爸出差带回来的无锡大阿福,我妈有一年玩得入迷的十字绣……

当欣欣拉开书柜外面的布帘时,以上事物呈现在眼前。我几乎忘了书柜本身的存在,当然更不记得里面有些什么。褪色的蓝底灰格帘子是我妈为了防晒挂的。尚未等我的怀旧情绪升起,她重新拉上布帘,把书架连同她自己完全遮蔽。我发现自己面对着一件布"浮雕"。软布将年轻女孩的轮廓勾勒清晰。她的脸,她的肩,她的胸。和夏天的时候不同,她确实有了胸,当然也可能是内衣的效果。

"好了。""浮雕"说。

我莫名有些局促:"我来提问?可是你在那背后没法敲门啊。"

布帘的一侧伸出一只手,摆了两下,仿佛在说,这样就行。

"哦,那我想一想。我好像还是没有什么要问你的。"我在心里说,真是个怪人,就那么喜欢玩柜子游戏吗?而且比起提问,她好像更热衷于回答。对了!倒是有个问题。

我清了下嗓子:"那个姓霍的——"

"浮雕"凝固,我感觉到她在屏住呼吸。

"到底为什么欺负你啊?"

隔着一层布,某种类似失望的情绪传来。也许她以为我会问我的情敌和小雪的进展。那就太低估我这个和平主义者的决心了。某种意义上我和《新世纪福音战士》的男主角真嗣是一样的,凡事只想逃避。

"有次考试他想抄我的卷子。我没给他抄,迅速写完交卷。从此他就铆上我了。我和他的座位隔着个走道,他老拿纸团扔我。到了上机课坐旁边,就更是没完没了。"

"你怎么不和老师说?"

"说他干扰我上课?职校的老师才不管课堂纪律。他们只想不出什么事赶紧教完一届,把我们送上社会。"

"小雪也不管?"

她叹息一声:"不瞒你讲,小雪在这件事上让我蛮寒心的。"

我换了个话题:"我听说你把人锁在你们柜台的仓库,是真的吗?"

"是。"

"为什么?"

"你很喜欢问为什么。"

"你站到那里不就是让我问吗?请注意规则,你不回答的话要换人了哦。"

"是因为他偷柜台里的货。"

答案出乎意料，我有些吃惊。她在布帘背后飞快地说："每到月底盘点不对，柜台里所有人都要赔钱。我盯着他不是一两天了。那天我把他锁起来，说，谁也不要放他出来，直到他招认。结果柜长心软又怕事，不到一个小时就开了门。"

这算是某种正义感吗？我思索着。她不给人抄袭的机会，遇到内贼不肯放过。我接着想起抄橱窗那次，她带着我们仓皇逃窜。她说，欺骗是不对的。看起来，她痛恨谎言，连她的柜子游戏也遵循着"说真话不然就换人"的思路。

我忽然心生恐慌。不撒谎的她，回头不会把我今天想对她做的事、我们之间已经发生的事，乃至此刻的对话，统统向小雪透个底朝天吧？我在心里哀叹一声。完了完了。

"你和小雪像这样玩过吗？我是指，找个地方，不一定是柜子，说真话。"

短暂的沉默，然后一句话传来："我不是和谁都愿意这样的。"

柜中人

并非获得了保证,我却隐隐感到心安。我们又聊了很多。都是些那个年龄的人关注的话题,关于友情、爱情、人生。过了一定的年纪,即便和最好的朋友或恋人,不会再有人谈论这些。记得我问了她有没有喜欢的人,问的时候难免有些紧张——我以为她喜欢我,还以为这并非自恋导致的错觉。

结果让人失望。她说:"有过,现在没有。你不觉得人总是正负相吸吗?"

"你是指,同性相斥异性相吸?"

"不是。就是说,人很容易被和自己不是一类的人吸引。"

不知什么时候起,我们忘了提问方必须是柜子外面的,问答在两人间轮转。那是个多云天,有那么几分钟,太阳挣脱了云层,在阳台投下它每个冬天从不懈怠的斜照。可能是隔着布料仍觉刺眼,她偏转脑袋,"浮雕"换了个角度。我又问了个问题。催生那个问题的,或许是光照,或许是长谈逐渐堆积的亲密感,又或者,那个问题一直锁在我内心的柜子里,被我自己加了一重又一重的锁。打开锁的是我还是她,不重要了。总之,她本可以不回答。她只需要伸出手摇一摇,打破我们之间的魔法。

她只过了一秒就回答了。以她一贯的笔直、清晰的态度。

我忘了我是怎么回的房间。我一个人坐在那里发了很久的呆,直到电话铃声将我从急坠直下的情绪拖曳出来。客厅的电话和我房间的子机叠加成尖锐的啸叫。我接起来,那头是我妈,惊惶地说,你爸回家了吗?我打他BP机没人回。我说,还没。那边说,我和你姨妈在医院……你姨父生毛病了。我莫名其妙地想,你不是去上课了吗,怎么跑姨妈家去了?

我答应等爸爸回来第一时间告诉他是哪家医院,挂上电话出了房间。客厅亮着灯,暖而空旷,照明和油汀一直没关。阳台上的书架垂着布帘。欣欣不在那背后,她走的时候我甚至没注意到。我总有一种错觉,仿佛她还在那里,我只要提问,她就会出声回答。

每个人都有青春期的终结。促使我们一步跨入成年的,可能是某个明确的事件,或是不那么分明的心境变化。我认为,自己就是在那一天长大成人的。那个我和欣欣有过亲密接触然后第二次玩了柜子游戏的周末。也是在那天，姨父突发脑梗，我爸带着我赶到医院的时候，姨父已经恢复知觉，我妈和姨妈围坐在病床边，用相似的高嗓门你一句我一句地说着什么，像两只亢奋的乌鸦。姨父的脸上是一种愉快的恍惚，仿佛他妻子和小姨子的絮叨也好，连接他身体的静脉注射也好，病房里的其他嘈杂声和气味也好，对他来说都是可忽略的身外物。我从姨父的脸上窥见了成人世界被庸常掩盖的神秘：人生是忍受，有时容易忍，有时不那么容易，总之且忍着吧。

注视姨父的瞬间，我醒悟过来，自己正在飞速接近一个不值得期许的将来。周遭景物流过，背景音嘈杂，找不到暂停键。被困住的感觉让我不适。若干年后，我从记忆的角落里翻检出那天的诸多细节，加以确认，没错，就是从那一天起，我不再是个没心没肺的半大孩子。

后来我和欣欣又见过几次，每次都有小雪在。我担心的事——她向小雪说出我们的秘密，床上的和柜子里的——并没有发生。到后来我彻底忘了自己有过的担忧。那不过是个普通的周末，她来我家看动画片，仅此而已。

小雪她们三年的职校生活其实只有一年半在学校。第三年完全不上课，换了一家商场实习，是班级的定点委培方，也就是说，毕业后她们会成为该商场的正式员工，如果不服从分配，必须付违约金。欣欣又被分在男装部，这次卖的不是领带而是西装。小雪去了童装柜。久站让她颇不适应，我听了一堆抱怨。从一些微妙的态度变化，我猜她和姓霍的没再继续。

我在毕业前几个月参加了三校联考，报考的是会计大专。等结果期间，我也开始实习，在一家企业当出纳。上班地点在浦东，那时还没有地铁二号线，过江得坐隧道线或大桥线公交车。如果考不上大学，后面都得折腾那么远上班。想想都让人灰心。

最终，我的分数勉强越过了招生线。我有一种获救感。直到入学后我才得知，父母讨论过，如果分数不够，就出钱给我读自费。我从没想到，我爸忙着接私活是为了这个。

二十世纪九十年代末的大学生活是非常愉快的。简单地说，那时没什么就业压力，也没太多的奋斗动力。大学毕业生拿个一千出头的工资是常态。小雪她们的月薪是九百多。在一眼看得到将来的日子里，我加入了学校的动漫社，在那里认识了一个因为迷恋《头文字D》而去考了驾照的计算机系女生。工薪阶层家里有车不多见，而且她的行动力让人钦佩。我们很快成了朋友，在食堂、教学楼和图书馆说了很多话。按结果看，该算是在交往。她是我后来的妻。

如果我本人的记忆可靠的话，我和小雪之间从未有过真正明确的分手。毕竟道不同，渐渐地就淡了。不过据她在初中同学会上半调侃半认真的版本，是我甩了她。她愿意这样想，我也不好拦着。她在商场没待多久。我念大一上半学期的时候，她家里通过熟人给她找了份文员的工作。专科念三年，我尚未毕业她就结婚了，对方是她的同事，比我们年长得多。

我毕业后工作两年结的婚，妻不想马上要孩子，我们又等了几年。这一等就出现了分水岭。我儿子柏灿是在北京奥运那年降生的，当时小雪和高伟文的女儿高兴在念小学二年级。今年柏灿刚上二年级，高兴十六岁。就是说，她已经到了她妈妈和我谈恋爱的年纪。会有这种不合时宜的感慨，是因为高兴简直像小雪失散多年被放在时间胶囊里的孪生妹妹。此外我还有一种离谱的错觉，那就是高兴的妈妈和我，变成了两代人。我知道这个想法不公平。小雪并不显老，依然是个好看的女人。她只是说话方式越来越像我妈。例如在柏灿幼升小之前，她为了表示关怀，在微信问了我一堆问题，每一个都像我妈那样不着边际。我很想对她说，现在和你家高兴上小学的时候不同了，竞争很激烈。说这些又有什么意义呢？所以我选择经常性的沉默。

柏灿最后没能进入我们预期的私立小学，念了按片区划分的公立小学。为此，妻颇有些懊丧。我对她说，念什么学校对前途的决定只有一半，人还是得靠自己。就像我以前认识的一个人，职校出来，不一样可以上进？

我说的是欣欣。

她在毕业那年当了柜组长，后来升任楼面长。上班之余，她一个学分一个学分地积攒大专自考的课业，看样子，会比我更早拿到毕业文凭。

小雪如愿坐进办公室之后半年，据说欣欣也从商场离职，去了某间公司。再后来，小雪和昔日好友的联系断了。小雪的婚宴上也没见到欣欣。尽管不知道她的后续，我毫无来由地相信，她会一路力争上游。如果她一直像少女时期那么不懂得圆滑，眼里揉不下半点沙子，可能会对她的前途造成阻碍。不过，我总觉得她能有比我认识的其他人更大的成就。想想梯子背后的凄凉房间吧，简直是天将降大任于斯人的现代版本。

妻不认识欣欣，对我的话回以嗤笑道，靠自己？你对我们的儿子有什么误解？他玩心这么重，也不知道像谁。

一天，小雪从微信发来一篇公众号文章，标题是《十年逃犯落网的背后》。公司新上了一个系统，以前的绩效计算全部要改，我每天忙得连喝水的工夫都没有，没空看什么网络八卦。我这边迟迟未做回复，小雪打了个跺脚的卡通表情过来。我回了一个字，忙。她回道，你有空看哦，是我们认识的人。

她这种曲折的说话方式也和我妈一个风格。我妈有时发来网上的文章，某公司又有人在加班时猝死。那意思是对我的提醒。可是忙不忙这种事是我能决定的吗？从前我以为上班就意味着朝九晚五，之外的时间可以沉浸在动漫世界里，殊不知有一天当我环顾四周时，已经没什么二次元产品让我愿意花上十几个小时。当大多数娱乐产品都可下载，点击鼠标就能收入电脑时，最宝贵的东西不再是片源，而是时间。

回到家吃了接近夜宵时段的晚饭，我拿起笔记本电脑继续加班。又有人提醒我看那篇公众号文章，这一次是我妈。她直接打来电话问："小雪朋友圈发的那个，真的是她同学吗，以前常来我们家那个？"

"什么？"

"你没看吗？'十年逃犯'那篇。"

"还没，我这就看。"

挂了电话，我点开链接。一篇字号硕大、排版粗劣的公众号文章。内容夹杂了刑侦与科普，讲的是一名逃犯最近在某商场被摄像头拍到，该商场的监控连通了警方新上的罪犯筛查系统，逃犯的照片经过计算机自动比对，触动警报，警方立即展开抓捕，将其擒获。文章配图的逃犯照片是从电视新闻报道截取的，像素模糊。文中提到逃犯名字是"刘某玲"，罪名是诈骗和杀人。二〇〇六年，刘某玲在某传销组织任高层，该组织采用监禁授课的方式招揽新人，导致数人死去。

我读完文章，点开小雪的朋友圈。她转发的时候写了评论："没想到会以这种形式遇见老同学。"我一头雾水地在微信上问她："谁啊，那个刘？我认识吗？"

回复来得很快，是语音。小雪在那头叫道："我简直要昏过去了。你怎么不认识！欣欣啊！"

奇怪的窒息感向我袭来。我仿佛置身于幽深的柜子里，同时站在一道格纹布的背后。我努力按捺心跳，输入:"你搞错了吧?那张照片那么糊,根本看不出是不是她。"

回复隔了几分钟,可能她同时忙着和几个人在聊。

"我问了好些人,不会有错的。她后来那间公司就是做传销的。"

隔了片刻,又来了一条语音。

"其实做传销太适合她了,她从前就最喜欢骗人的。不过居然搞出人命。好可怕。"

我握着手机,注视着背光变暗,屏幕自动锁上。没有再回小雪,是因为我觉得说什么都不合适。总不能说,欣欣不会做这样的事。说到底,我对她又有多少了解呢?在小雪口中,她喜欢骗人,和我认识的她仿佛不是同一个人。我只知道柜子里的她,而且太过久远。她来我家看《新世纪福音战士》的那个冬日午后,距离犯下公众号列举的罪行,有十一年的间隔。到现在,更是二十一年过去了。

阳台上布帘后宛如浮雕的少女身影,犹在眼前。

那时,我问了她一个问题。

——小雪还有什么事瞒着我?

她给了一个答案。

——小雪最近去堕胎了。我陪她去的。

我有一种冲动,想要向微信那头的小雪确认,欣欣在遥远的过去给我的当头一棒,难道并非事实的真相?如果欣欣当时是在说谎……但我继而强忍住了。高兴都十六岁了,我在想什么?现在确认有意义吗?我想起我的少年梦碎了一地的那天快要过完的时候,在去医院的出租车上,我问我爸,姨父没事吧?我爸说,去了才知道。我望着车窗外掠过的城市灯光,明明是熟悉的地段却感到陌生。翻涌的情绪形成急坠的旋涡。被小雪背叛的愤怒。欣欣手指的感触。不知从何起也不知该如何排遣的孤寂。我想要找一只柜子将自己锁起来,这样我和我的情绪便能够自行和解。但我同时还需要柜子外有个人,向我提问,不然我将死守着没有出口的孤寂。就在我东想西想的当口,车停了,爸付钱给司机,我们下了车。

舌中月

酒滑入口中的快乐无法对人言。
就像吞下一抹月色。
月光融化了时间,
消解了现实,
把不如意阻隔在透明的墙壁那头。

三月进入下旬的一天,临近下班,微信跳出一则加好友请求,附了一句话:我是黄远行。刘念踌躇几秒后通过了。黄远行的四字ID分明显示出他现在的行当,光明客栈。刘念点开朋友圈扫了一眼,发现他除了经营客栈,还在做微商,卖些木耳之类的山货。一时间,她几乎以为这是个冒用黄远行的名字来推销什么的陌生人,直到他连续发了几条语音过来,她才打消了怀疑。

多年前,二十出头的黄远行被配音班的其他同学嘲笑为"大叔音",如今年龄总算追平了嗓音。带着共振的男低音在那头说:"哎,我才知道你的情况,你最近怎么样,有没有好好吃饭?要不要我给你寄点吃的?"

刘念打字回复:不用

心念一转,她删了,重新写道:我和小孩都挺好的。谢谢关心黄远行只可能从一个人那里得知她的近况，萧孟诚，萧思和的爸爸，对她来说则是最近由丈夫变为前夫的男人。她甚至不知道萧黄二人保持着联系。男人们有太多事在她的感知范围外。是她太迟钝，还是生了孩子后大部分精力被牵系在孩子身上导致的？她不愿就此多想。萧思和来到这个世界，她的生活变得狭窄，乃至一败涂地，两者之间不该是因和果的关系。这段婚姻的前几年，她经历了两次习惯性流产，医生不建议她继续尝试，萧孟诚也说"算了"，但她不肯。萧思和的到来既是自己不顾一切的成果，也是上天给予的礼物。到现在，她依旧这么认为。

黄远行继续语音回复："你别和我客气，给个地址吧。"

刘念转换话题：你怎么开客栈了？你不是做IT的吗

那头说："哎，我这边狗和鸡打起来了！你等等啊回头聊！"

狗和鸡打起来了？刘念的脑海中蹦出一个词，鸡飞狗跳。她刚笑了半秒，电脑右上角跳出一封带感叹号的邮件，高优先级。下周的会议安排。接下来的十几分钟，她向两家有过合作的酒店询问了会议室最近的租用价格，又给几名同事发了各项确认。做这些几乎不用过脑子，刘念不止一次感到，自己的工作哪怕是高中毕业生也能做。行政总监的名头听着好听，无非是高级杂役。

　　临下班的一通忙乱导致她进地铁比平时晚，等车的人增加了好几倍。刘念被挤在远离吊环和竖杆的位置，四面是人，只能靠自身重心努力维持平衡。周围的乘客们横着手机屏幕，打游戏或看剧。她的左边是个年轻男人，蓝牙耳机的尾梢停在鬓角，像退潮后留在沙滩的贝壳；右边的女孩一头灰发，衬得红唇的色泽近乎妖异。这发色叫什么来着？好像是奶奶灰。女孩的屏幕上是仙侠古装剧，男主角同样有着灰色长发和嫣红的唇。刘念摸出手机，给儿子发微信，问他想吃什么。萧思和的头像是黑脸白下巴且有一只白眼圈的小猫。那是小区里的流浪猫，没见过它有猫妈或兄弟姐妹，萧思和一直想捡回家养，她始终没同意，母子俩每天散步去喂，几个月下来，小猫长成了大猫，不知其间遭遇了什么，它的眼神透着提防，不复娇憨，刘念一直在等萧思和对猫丧失兴趣，但他不曾厌倦，猫的冷淡也没让他感到挫败。他叫它"Panda"，兴高采烈地说"盼哥来看你了"。小名"盼盼"的萧思和用第三人称描述自己的行为，多半发生

舌中月　｜　315

在他拒绝和母亲刘念沟通的时候。盼哥要睡了。盼哥现在不想和你说话。奇怪的是，同样的第三人称，对猫使用的时候透着友善。Panda，你不要不理盼哥啊。Panda，你看盼哥给你带了什么！刘念也曾想过，九岁的男孩这样说话是否不妥，要不要去找咨询师看看，转念又作罢。她还记得萧思和在某个夜晚流露的无助，那并非太久以前。他抱着姆明抱枕，含混不清地说，盼哥有妈妈，有妈妈就够了。

年幼的Panda头像吐出一截白色语音。从包里掏耳机太麻烦，刘念把手机举到耳边。地铁的杂音里，她只捕捉到几个词，不要外卖，猪排饭。

萧思和第一次吃到的猪排饭是他爸爸做的，以至于他幼小的心灵从此认定，这是一款家常菜。萧孟诚曾对儿子说，以前我和你妈妈还没有开始谈恋爱的时候，常去吃一家猪排饭，价廉物美，现在可没有这样的店喽。中年人的怀旧对儿童无效，萧思和只记住一件事，爸爸和妈妈以前吃过好多猪排饭。

萧孟诚的做法很是讲究。首先，猪排一定要去久光超市买，他认为其他地方买到的肉质都不够好。带少许脂肪的大里脊，先去筋，包上保鲜膜，用擀面杖捶打，然后撒上盐和胡椒。裹浆的顺序是低筋面粉、鸡蛋液和面包屑。鸡蛋又有品牌和打蛋的诸多讲究，他做过讲解，刘念母子俩只管吃，左耳进右耳出。炸好的猪排切成二指宽的条，放在吸油纸上候着，另一边，平底锅里炖洋葱，除了酱油和糖，必不可少的是味淋与日式高汤粉，当然也购自久光，待洋葱变成半透明，加入猪排和另一份蛋液，关火，焖一会儿。最后将猪排、洋葱、蛋满满地铺在米饭的表面，上桌。

把一道通常出现在日本餐馆的菜式做到得心应手，需要的不仅是钻研精神，背后必然伴随着某种强烈的向往。刘念以为那不过是对吃的追求，从未细究萧孟诚的心思，直到丈夫提出离婚。他给的理由是，我要辞职去日本念书，从语言学校读起，未来变得不确定，不能因此拖累你和孩子。刘念先是愕然，继而试图让萧孟诚相信，她不会拦着他出国，人有权利追求梦想，不过没必要离婚吧？他们仍试图扮演良好父母的角色，每天在萧思和睡着后才开始你来我往的对话，到后来萧孟诚绷不住了，说，有人在日本等我，房子都买好了。

几天后，刘念点开母亲王美琴的微信头像。上次见面是在萧思和即将念小学的暑假，一家三口去滇东南旅游，顺便回了刘念的老家，看望王美琴及其老伴曹叔。母女俩平时不怎么聊天，常给彼此的朋友圈点赞。刘念拨了微信语音，没人接，改成打手机。刘念在云南小镇度过的那些年，王美琴仿佛是预见到女儿终将到上海生活，一直坚持和她讲上海话。不知从何时起，王美琴换成了云普，刘念总觉得不再说上海话的妈妈和自己有些隔阂。即便如此，听见那头软绵绵的一声"念念啊"，刘念还是哭了。

萧孟诚为了给社里的书拉动销量，从半年前开始做播客。效果比预想的好。他的嗓音加上仿佛无所不知的神侃，让他拥有了一批颇为忠实的粉丝，在日本等他的某人最初是播客听众，两人从后台留言和回复开始，一来二去加上了微信，对方为了回来见他，足足体验了两周的入境隔离，他说去杭州出差那回，其实是去赴约。

刘念不想谈论让自己难堪的细节。她努力吞下抽泣，说，我和萧孟诚要离婚了，约了这周末去办手续……他有别人了。

王美琴听了不动声色，问，盼盼跟谁啊？

跟我。

那就行。

如果换了别人的妈妈,可能会在这时说,我来帮你带。王美琴有她自己的日子要过。刘念打电话也并非为了求援。她在脑海中回放给自己带来最后一击的对话,咬着牙想,不就是改变吗?谁怕谁啊。

当时萧孟诚是这么说的——

坦白讲,在我心里,那边的分量,比不上你和盼哥。

刘念哭着问,那你还要走?

不走,就困死在这里。我去年就四十了,再不改变,就来不及了。

萧思和毕竟只有九岁,他能理解父母离婚的事实,也为此伤心难过,但这不妨碍他提出想吃猪排饭——走掉的爸爸的拿手菜。

还有两站才到换乘的嘉善路站,刘念在心里叹了口气,点开某个App,搜索菜谱。猪排饭是她从二十出头就熟悉的菜,看过那么多回,永远是别人做,自己吃,没想到终究得亲自上手。大学时代,每当周末下午的配音课结束时,她和萧孟诚还有黄远行常到译制片厂斜对面的日料店"浦岛"吃饭。浦岛的店堂是长长的一条,

舌中月

七个座位挨着吧台，老板一个人在吧台内侧的厨房烤串，做套餐，给客人倒生啤，忙而不乱。去得多了，他们得知老板姓聂，在日本待过几年，回来开了这间店。二十五元的猪排盖饭，配的是番茄蛋汤，有几分中日混搭的意思，遇上聂哥心情好，还送一小杯生啤。聂哥说，你们是配音班的学员吧？刘念回答是。两个男生埋头大嚼，等吃完了，黄远行问聂哥，你在这边接触过不少学员吧？有没有留下来当配音演员的？聂哥笑笑说，这要问你们老师，我怎么会知道？刘念轻微诧异，她就是来学着玩，没想到黄远行怀着将其作为职业的心思。隔着刘念，萧孟诚扭头对黄远行说，当什么配音演员啊，你念了个好专业，可别浪费了。

二十一世纪刚走到第二年，年轻人纵然对未来心存惶恐，还不像后来的年代，焦虑引发竞争，竞争导致更多的焦虑。刘念他们几个都把大量的时间消耗在课业以外的事上。黄远行送给刘念一个硬盘，里面是他收集的配音电影，大部分是上译厂出品的。配音行业的繁华年代早已远去，当年的知名配音演员如今也在给他们这些业余学员当老师。神奇的是，老师们的声音并不随着年纪增长而衰老。有时刘念恍惚以为，给自己上课的正是

"简小姐"。也许配音班仅仅是花钱买一种活在老电影里的幻觉,做了几个月枯燥又漫长的课后练习,搞了一场毕业演出,他们每人得到一张结业证,重返既定的生活轨道。黄远行大学毕业后没有上班,考了研究生,萧孟诚和刘念在工作两年后结了婚。筹备婚礼的时候,刘念问要不要叫黄远行,也是在那时她才知道,正在写硕士论文的黄远行不在上海,他已和一家位于深圳的通信企业签约,目前算是实习。萧孟诚说,他们这个专业,十个有九个都是做通信,收入可高了,当初还是我建议他考的呢。

——你辞职开客栈,是想要生活有所改变吗?

刘念从菜谱转到微信,想打字问黄远行,转念作罢。多年不打交道,没法像从前一样直接。何况,和黄远行交谈,不可避免地会让她想起更年轻更无忧无虑的岁月,连带着追忆尚未变得陌生的萧孟诚,继而怨憎时光带来的转折。那人直奔他想要的改变去了,毫不拖泥带水。他自知理亏,在钱财交割上做了退让。房子给她和孩子,他另外转了十六万,说是用来还部分贷款,并说,再多我也拿不出了。刘念在心里苦笑,这是对过去那些年一年一万的补偿吗?出于某种自己也无法理解的心理,她没有将他删除拉黑,甚至并未屏蔽他的朋友圈。他的最后一条动态是在隔离酒店,之后没见新的。她便知道,他设了分组可见,她被划到了线的另一边。

她又跳回菜谱界面,这时广播报站声飘入耳中,徐家汇。一不当心过了两站?她赶紧往门边挤。染灰发的女孩和戴耳机的青年不知何时已不在车厢,周围立着一个个盯牢手机的陌生人,无人注意到她的急切与懊丧。

过站就过站吧。刘念大概知道怎么换乘,在手机地图上核实,没错,一转十二,或者坐公交车。既然都来了这边,干脆逛个超市,把菜买了。记得港汇楼下有家进口超市,说不定里面有现成的猪排饭呢,微波炉热一下就行。打发萧思和应该够了。

沿着地铁通道的指示一路走去,迎面而来的男女着装明显比她上班的街区光鲜。其中的差异是微妙的,刘念原本不会注意到。萧孟诚热衷于评价各个街区的气质。譬如,你看梧桐街区就是不一样,从店铺到人。我们旁边五百米之内连咖啡馆都没有,他们走个十几米就有一家。他对地区和人的打量与评判,某种程度上也影响了刘念,甚至孩子。萧思和有一次问刘念,妈妈,我们以后一直住在龙华吗?刘念说,对啊,怎么?萧思和认真道,爸爸说龙华特别土。刘念气笑道,他上班走路就行了,不好吗?我可是要倒两班地铁去浦东。

在超市的货架间徘徊的时候,刘念再一次意识到,此地不属于她习惯的消费区间。各种进口零食,有的小小一包,三四十元。氮气包装的肉类表面是精致的粉色纹路,冰块上的海鲜笼着一层若有若无的白烟。她没找到猪排饭,幸运的是有炸好并切成条的猪排,金色酥松的猪排明显是日式的,上海炸猪排的颜色更深,形状更分明,一侧带着弧形的大骨头。刘念从来没对萧孟诚说过,其实她更喜欢蘸辣酱油吃的上海炸猪排,洋葱蛋和猪排那么一炖,对她来说太甜了,也不够脆。

她买了一份炸猪排,一条红肠,分别是给儿子和自己的。又拿了一袋洋葱。家里有没有鸡蛋?不确定。来都来了,索性挑个高级的,盖子上写着"可生食"。在零食架走了两圈,选了一包英国产的洋葱风味薯片。萧思和喜欢绿筒品客。刘念以前不怎么让他吃。这两个月以来,她放松了家长施加给孩子的诸多限制。他都没有爸爸了,吃点爱吃的不好吗?

刘念把酒水饮料架也逛了一遍,她知道价格的几种烈酒都比网店贵。还有若干陌生的牌子。她打量瓶子们,它们的玻璃表面回以不动声色的反射。她徘徊了几分钟，走向收银台。

"猪排不是现炸的啊……"

萧思和在妈妈旁边打转，嘟囔道。他的个子长得快，比同班同学高，身上的肉赶不上骨骼的发育，整个人显得细细长长。他不像萧孟诚，轮廓和刘念差不多是一个模子印出来的，除了眼睛。萧思和隔代继承了外公刘强的眼眸，眼窝深，眼皮层叠，睫毛长。他还是个婴儿的时候，常被误会成混血儿。如今这种误会少了，也有一两次，有人以为他是少数民族。刘念想过，爸爸要是还在，看到外孙和他相像，该有多高兴。这念头带来轻微的刺痛，她总是迅速将其掐灭。

刘念哄道："妈妈不会炸猪排，以后学。今天吃个简易版。"

从上周起，新增病例的数据升上去一点，学生们改为在家上网课。楼群里，家有小孩的人们连声哀号，有人不得不请假在家陪孩子。刘念想找个阿姨，白天来几个小时，做饭和打扫房间。不知是不是全市居家的孩子们让保姆变得紧俏，到现在中介也没推荐人选。好在有外卖软件,中午她用手机往家里叫个吃的就行。

刘念在茶色的洋葱汤里蘸了蘸筷子,往萧思和的嘴边一举:"你尝尝看甜度够吗?"她不爱甜,浦岛的猪排盖饭还算合宜,萧孟诚做的,对她来说有些腻。男孩浑身上下没有一处像他爸爸,只有口味如出一辙。

果然,萧思和抿了一下就说:"不够。再来点。"

刘念又加了一勺糖。

萧思和看着盒子里的猪排说:"只有一份,妈妈你不吃吗?"

"我吃红肠,配啤酒。"

"哦!我去给你开啤酒?"

刘念想说"吃饭再开",一缕渴念滑过,她点点头。萧思和往客厅去了。当初她和萧孟诚买的是二手房,没钱重新装修,只刷了客厅和卧室的墙。狭长的厨房是近二十年前的审美,而且是别人的审美。墙面的白瓷砖中间嵌了几块印着瓜果的,搭配酒红色橱柜,怎么看怎么奇怪。灰白色石料的操作台在搬进来的时候还算新,这么多年下来,局部泛黄,添了几处裂纹。刘念前两年提过,至少把厨房浴室重做,萧孟诚嫌麻烦。到了现在,她没钱也没精力,三五年内不可能有改变。

很快,萧思和端着满满一杯啤酒回来,白色的啤酒沫稳稳地占了杯子的三分之一。他看视频学的手法。刚学会时,他特别得意,恨不得连倒好几杯给妈妈。

刘念一口气灌下小半杯。冰凉微苦的液体裹挟着泡沫滚落胃袋,她满足地吁出一口气。

"哦,鸡蛋还在冰箱呢!你帮我拿一下。那盒新买的,在门边上。拿一个就行。"

他噔噔噔走了。

刘念拆开炸猪排的盒子,用筷子把一条条猪排夹进锅里。横切面外层圈金,内侧泛白,中央透着粉。恰到好处的熟度。如果让她自己起油锅炸,估计会是一场灾难。萧孟诚擅长也热爱下厨,同事们听说她不做饭,都说她好福气。离婚的事,她没和任何一个同事讲,怕他们过于直接地把原因归结在她身上,更怕他们猜到背后真正的缘由。

做好的猪排饭看起来还挺像样,刘念几乎要感谢自己坐错车。她坐在餐桌边,欣赏着男孩吃得香甜的模样,开了第二罐啤酒。她面前的盘子里是买红肠和猪排附带的卷心菜丝,红肠切得厚薄不均,让萧孟诚看到,估计要皱眉。

打住。怎么又想到他。

她问:"白天没什么事吧?"

萧思和咽下一块肉,眼珠转了转。小孩的心思瞒不过大人。刘念警觉道:"怎么了?你有话直接说。你和妈妈保证过的,不撒谎。"

"楼下的奶奶上来敲过门。"

刘念放下筷子。萧思和说:"我们上体育课嘛,她说吵到她家了。我说对不起可是体育课不能不上。再说我们楼上也在蹦蹦跳跳,也很吵的。"

楼上是个女孩,比萧思和低一级。学校大概是怕学生们在家运动不足,网课每天都有体育课,让人对着屏幕做操。刘念在心里叹了口气,想着要么待会儿在群里重新解释一遍。楼下的老两口也真是的,明明是多年的邻居。萧思和小的时候,每次在电梯遇见,自己都会让他向二老问好。她压着烦躁,叮嘱道:"以后只有你自己在家,别人来敲门,你不要随便开啊。"

"知道的,楼下奶奶我认识的嘛,我听到她说是六〇四,又从猫眼看了,才开的门。"

吃完饭,刘念洗着碗,想起一件事,对客厅喊道:"衣服还在外面,你帮我收一下!"

夹杂着动画片的背景音,她听见萧思和大声说:"早就收啦!"

擦完厨房回到房间,孩子的劳动成果呈现在眼前。衣服的确收进来了,在床上摊成色彩纷呈的起伏状。男孩的紫色卫衣和她的藏青色丝衬衫亲密无间地搭着膀子。不过衣架呢?就那么留在晾衣竿上吗?再一看,通往阳台的落地窗关着,窗帘也掩上了。

刘念的心头闪过不妙的预感,或许该算是母亲的直觉。她一把拉开窗帘,立即和两只黄眼睛对上了。

是那只叫Panda的猫。隔着玻璃,它和她同时吃了一惊。接着,它伶俐地腾跃,蹿进瓷砖地上一只敞着口的纸箱,消失在她的视线范围。

刘念拔脚就往客厅走。气愤的话语顶着喉咙口。你不是答应过妈妈不把猫带回家的吗?盼哥,你是大孩子了,说话要算话!

以前萧孟诚嘲笑她,你每次一骂孩子,配音腔就出来了。刘念是音域不够宽广的女低音,总给人格外温柔的印象。当她不得不拔高嗓音时,就必须动用丹田的力量,用她在配音班学到的发声技巧让胸腔产生共振。

丹田之气没来得及鼓起就泄了。只见萧思和不像平时一样歪在沙发上看平板投屏的电视,他整个人蜷成一团,从她的位置看去,他的耳朵像一个小小的问号。孩子怎么了?肚子痛?发烧了?刘念踩着拖鞋奔过去,摸到他肩膀的瞬间,她感觉不对,烫手。她把他翻过来,随即惊叫出声。

男孩的脸上布满斑点,像下了一场红雨。

打车去医院。挂急诊。排队。问诊。做这些的时候,刘念像个梦游症患者,一手搂着昏沉的男孩。

医生是个比她年轻的女人,见她一脸焦灼,安慰道:"就是过敏。以前没发过?"刘念茫然摇头。那边说:"有点烧,不过问题不大。先挂水,下次有空做个检查,确定一下过敏源。你们晚饭吃了什么?"

"猪排盖饭。"刘念说,"以前也常吃的,猪排,鸡蛋,洋葱,米饭。真的经常吃。"

"鸡蛋是不是没熟透?"

"……也有可能……我没吃。"刘念想要向萧思和确认,看了他一眼,心疼得问不出来。心里有个声音大喊,我就不该做什么猪排饭!萧孟诚做了那么多次都没事,为什么我一做就这样了……难道是那个特别贵的鸡蛋有问题?

"没熟透的鸡蛋的蛋白质,有的人会过敏。"女医生边开单边简短地总结道。刘念去付费,拉着萧思和进了输液室。夜间的输液室坐了八成满。她给男孩找位置坐下,护士来了,等到输液瓶挂好,萧思和半闭着的眼睛睁开了,小声说:"妈妈。"

"哎。"

"我可以把Panda留下吗?"

刘念想要硬起心肠,此情此景实在做不到。她恍惚觉得眼前的一幕有些熟悉,哦,对了,是萧孟诚向她表白的那次。

萧孟诚不喝酒,刘念和黄远行都没太放在心上。这世上多的是说"我不喝酒"的人。浦岛的聂哥也知道这一点,他送别人啤酒,送萧孟诚可乐。

那些年,大学生在外租房的是极少数,黄远行的父母不仅给他租了房,还是煤卫独用的一室户,在其他学生看来近乎奢侈。有自己的空间,适合呼朋唤友。刘念和萧孟诚常去他那里玩,看影碟,吃零食,喝东西聊天。萧孟诚照例喝可乐,另外两人都是好酒量,一聊可以聊很久。黄远行的老家据说盛产年糕,他的冰箱里永远有冷冻的年糕条,喝酒喝饿了,拿几条出来蒸熟,两个男生蘸白糖吃,刘念那份配老干妈。黄远行长得也有点像年糕,白白的方脸,说话慢而稳。萧孟诚的声调偏高,带几分金属质地,加上语速快,在班里每次被老师分配的都是轻佻或风流或奸诈的角色段落。刘念有一次开玩笑说,你知道吗,你的声音特别像给周星驰配音的那位,以后你可以去做替补。

萧孟诚学着国语版周星驰的腔调说,人怎么可以没有梦想呢,我才不要做谁的替补。

三人大笑。校区散落在全市三个方位的他们,仍然维持着一个月一两次的见面频率。比他们更精明的学生在暑假之初就开始找实习单位,也有极少数的幸运儿早早拿到了内定。刘念读的是旅游专业,按理说比中文系的萧孟诚好找工作,不过她不想当导游,更想坐办公室。她没问过那两人对未来的计划,可能因为他们相识的契机是爱好,并共同度过了像游戏又像梦的学配音的日子。

圣诞节前几天,三个人照例在黄远行家聚会。影碟机里放的是《指环王:护戒使者》。据说黄远行看过六七遍,刘念和萧孟诚都是第一次看。没有形体的骑士们出现的时候,刘念在心里哀号,没人告诉我这么恐怖!她不自觉地往黄远行身边靠了靠。

黄远行的男低音轻轻一笑,说,别怕,我保证,这不是恐怖片。

多年后回想,刘念知道,那一刻,屋里有一种奇妙的气氛。与魔戒在中洲世界唤起的最深的欲望无关,而是更轻盈也更黏稠的,年轻男女的渴望。她想和黄远行单独待着,黄远行怎么想,她不确定。同时她隐隐感到,萧孟诚像是有些不开心。

萧孟诚吃薯片吃得口干,很快喝完冰箱里最后一瓶可乐。黄远行想起有预制热红酒,倒了三杯,兑上热水。他把水多酒少的那杯递给萧孟诚,说,这个和饮料差不多,你应该也能喝。

事实证明,某人说"不能喝",并不是随口一说。十几分钟后,笼罩他们的氛围倏然一变,萧孟诚呼吸困难,呕吐,出冷汗,另外两人手忙脚乱地将他送去医院。

夜里十点多,医院的输液室坐了一排人,都是喝多的。病人们挂水挂得无聊,彼此询问喝了多少。半斤白酒。四打啤酒。白葡萄酒清酒威士忌的大乱炖。

轮到萧孟诚,他说,三分之一杯热红酒。

另外几个病友嘘他，说，你还不如人家小姑娘。

被叫作"小姑娘"的其实不那么小，是个三十出头的短发女人，穿着一看就很贵的棕色羊绒大衣，缩在椅子里跷着二郎腿。衣摆下露出被皮靴包裹的小腿。她闭着眼，脸色苍白，像是对周围的谈话毫不关心，又像是睡着了。

刘念轻声问旁边的大叔，她喝了多少啊？大叔说，人家喝的不是酒，是钞票。说是三个人一晚上喝了好几万。和她一起来的更惨，跌了一跤跌到头，送去急救了。

萧孟诚虚弱地说，酒肉穿肠过，急诊在后头。

刘念笑他，你还有精神开玩笑？看来不算多。

不瞒你说，我很难受的。他顿了顿，又说，身上难受，心里更难受。

刘念装作没听懂。那边又问，你呢，你从来没喝多过吗？

只有一次。小时候。

他讶异道，你小时候就喝酒？

怎么可能！当零食吃的甜白酒。吃多了，就睡了。

"甜白酒"三个字卷起汹涌的情感。刘念不曾忘记，那是在她小学三年级的时候，妈妈从街上买回甜白酒，叮嘱她吃一半,剩下的明天吃,小姑娘嘴馋,一口气全吃了。莫名的困意涌起来,她回房间去睡,心想,哎,下午还有课,我就睡一会儿。她一定是迷糊了太久,醒来时已经三点多,隔着门,她听见父母在吵架。爸爸是本地人,妈妈来自上海,他们分别对女儿讲各自的方言,只要三个人在一起,就说普通话。吵架的爸妈不自觉地往普通话里掺进了乡音,云普的铿锵和上海普通话的尖锐混合成奇异的噪音,向刘念袭来,像有人用榔头敲她的头顶心,同时用凿子凿她的太阳穴。充满暴力和诅咒的语言之间,不时闪过男人和女人的相互谴责。男的说,你偷人!女的说,还不是因为你没用!这么多年你们学校也不给我分配工作,让我只能待在家里!一家人就靠你这点死工资!这怎么过?!

刘念试图用被子裹住自己,捂住耳朵。但没用。榔头与凿子如同浪潮般接连袭来。

几个月后,爸爸因为在水库救一个溺水的学生去世。大概是为了补偿,他工作的第一小学将小卖部的经营权给了妈妈。

王美琴属于上海人的精明的一面终于有了展示的机会。除了当地常见的包装和内容都可疑的零食,小卖部还出售来自越南的无花果干,据说是上海产的、其实是从昆明某厂进货的巧克力。巧克力的纯度不高,除了甜还是甜。王美琴把大包装的夹心饼干和糖果拆开零卖,一块饼干五分,一颗糖两分。第一小学的孩子们在升上初中后纷纷有了蛀牙。

小学生刘念始终绷着一颗心,等着妈妈什么时候向她宣告再婚的消息。奇怪的是一直没等到。也没有任何叔叔伯伯上门。母女俩安静地过了几年,安静到刘念开始以为那天下午听到的争吵是酒带来的幻觉。

后来她知道了,那并非幻觉。当她还有两个月就要中考时,妈妈和上海的舅舅,不知道是早就谈妥的还是其中一方临时提出的,决定将她送回上海念高中。寄居在舅舅家的日子刚开了个头,云南传来王美琴再婚的消息。再婚对象是在教育局工作的曹衡。刘念想起来,那人常出现在小学。

对着萧孟诚,而且四面八方都是耳朵,她当然不可能讲述小时候的醉酒伴随的故事。听到她说"就睡了",萧孟诚叹了口气道,喝多了睡一觉多开心啊,我这样的体质,一点点酒精就难受得很。我也无法理解别人喝酒的快乐。

她忍不住责备道，知道你还喝……黄远行说不要紧，你就信了？

他轻声说了句什么，轻到无法辨认。

你说什么？

他做了个"过来"的姿势，她附耳过去。事后想来，一切都在他的预期中。他们在配音班有过那么多训练。他知道自己的音色最适合低语，能消解掉声音的棱角，让听者放下防备。他用低微又充满感情的声音说——

我故意的。我想要是我来医院，就有机会单独和你在一起。难受也值了。

黄远行去给刘念买喝的，他回来的时候，看见刘念的外套盖在萧孟诚身上，后者像是太过疲倦而睡着了。刘念解释般说，他说挂水越挂越冷。

当萧思和问可否留下那只猫时，刘念条件反射地想起多年前的输液室，萧孟诚望向她的眼神。男孩的眼睛和他爸爸一点也不像，但神情这东西居然也能遗传。

她说好。她能说什么呢？当初和现在，年轻的他，年幼的他，都准确地抓住了她。

区别在于，儿子当然不是故意搞成过敏的。

萧思和旁边的年轻男人一头长发挽在头顶，扎了个小髻，黑外套，窄腿裤，黑色板鞋。光看模样，无从判断是学生还是社会人。他正在和人微信语音，用北方口音说："唉，别提了，上周刚喝断片，今天又来了，医生看到我都认识了，二话不说，先去做检查，然后挂水，跟肯德基套餐似的！"

隔开几张椅子的位置，有人大概听见黑衣男子的话，嗤笑出声。刘念想，这好笑吗？她听过更好笑的。那年萧孟诚挂水的时候，旁边是个去未来丈母娘家把自己喝高了的男的，絮絮叨叨地对女友说，晚上吃了那么多好吃的，都吐了……真可惜。

刘念在萧思和的斜对面找了个空座，把手机里的未读消息看了一遍。有个同事说小区被封了，从明天开始只能居家办公。群里纷纷问，封几天。那边说，据说七天。另一个刚进公司一年的女孩写道，不用通勤，我竟然有点羡慕！刘念想，还好不是自己小区，否则今晚来医院都难。这才注意到，黄远行在一个多小时前发来过短视频。反正没事做，她静音看了。视频不像是做着玩的，还配了字幕。他在野外露营烧烤，一系列装备看起来颇为专业。他介绍了不远处的一条溪，又说，今年桃

舌中月 | 337

花开得晚,往年这个时候,溪水里都是花瓣,让人想起《桃花源记》。虽然听不到他的声音,她不难用想象补上。他戴着帽子和墨镜,干活的手不再是她记忆中白皙的厚墩墩的模样,晒黑了,手背浮现血管。从肩膀的形状不难看出,他有健身的习惯。

这算是老友叙旧,还是单纯炫耀露营生活?刘念不是个自恋的人,不至于以为黄远行过了这么多年突然来向她示好。

她写道:我在医院陪儿子挂水

那边迅速回复文字:啊,没事吧

没事,好像是鸡蛋没做熟,过敏

过敏体质会遗传的,萧孟诚对生鸡蛋过敏吗

不知道……不过没必要问他

回头测一下过敏源,过敏体质还是要小心。要是他能吃蜂蜜,回头我给你们寄,我这里有特别好的蜜

这是他第二次说要寄东西,她回了一个"谢谢"的兔子表情。他提起萧孟诚时显得自然,让她有一种冲动,想把自己的遭遇向他和盘托出。你知道吗,他说他想要有改变,他说他一直想过另一种人生。既然如此,他当初为什么要找上我?我难道不是他主动选择的吗?

离异妇女的怨气啊。她在心里无力地嘲讽自己。手机屏幕上出现一行字：方便通话吗

刘念看了看萧思和，回了个"好"。她来到走廊上，接通微信语音。

那边上来就说："听说你还在原来的公司。"

"是啊。"

社交模式的对话持续了几个来回。黄远行仿佛感慨地说："你真是个有长性的人，不像我们这么蹦跶。"他的"我们"不知包含了谁，或许是萧孟诚？刘念不知道自己为什么要和他聊天，可能仅仅出于儿子在医院给她带来的不安。家里还有只猫等着照顾，她想想就头疼。对了，得买猫砂盆和猫砂，今晚就在手机下单。黄远行在那头讲述他的这些年。原来，他在深圳待了没两年就去了非洲，是他所在的行业惯常的路线。非洲的生活既枯燥，又不乏神奇。"没去过非洲的人，对那边的想象都是错的。"从非洲回国的原因是在那边得了胰腺炎，回来后深感在海外动个手术都难，于是设法在总部谋了职位，但他在国外自在惯了，打卡坐班颇不适应，没几年又辞了。

"我也算小有积蓄，想着，那就玩几年吧。刚开始做

计划，这不正好二〇二〇年了，国外去不了，只能在国内转悠。有时候你出门的时候好好的，途经的地方让你'带星'，到了下一个地方，直接就地隔离。我觉得我特别像棋盘上的小卒子，动不动就被困住。这么被困了几回，我也疲了，正好这边有一家我之前住过的客栈，和老板也算熟，他说生意不好，要转手，我就接下来了。生意确实不好，反正我拿的价格低，就当自己住，顺便经营。"

黄远行比从前能聊多了。刘念没怎么说话，中间偶尔"嗯"一声。医院的白色日光灯照着她放在膝上的手。婚戒摘了几个月，痕迹依旧分明。

她的手还没有开始抖。酗酒的人会手抖，电视和小说都是这么说的。

也许今天的事是上天给我的启示。刘念无比平静地想。让我看到喝多了不得不进医院的人，是一种提醒。我可别陷入和他们一样可笑又可怜的境地，让儿子陪着来挂水。

脑海中闪过在阳台摆出戒备姿态的Panda。它的双眼如金色宝石，折射出她读不懂的冷漠与温柔。阳台没开灯，短短一瞥间，仅靠着客厅泄出的光线，她辨认出，猫用来躲避人的纸箱有些眼熟。应该是萧思和放在那里给它当窝的。纸箱原本藏在厨房水槽下，里面是透明玻璃瓶的汾酒，所谓的"高玻"，买来时十二瓶，还剩三瓶。把箱子腾空的时候，他有没有意识到，妈妈每晚在偷偷喝酒呢？或许他早就知道。不要低估儿童的敏感与智慧。

黄远行在那头说："你们下次来玩吧。不收钱。真的。"

"起码也要等暑假。"刘念说。不是社交辞令。她确实想带萧思和出门走走，或许可以先回云南，再去黄远行所在的川滇交界处。上次旅行仿佛已是许久以前。

在那之前，她要戒酒。光是念头都让她感到焦灼。酒滑入口中的快乐无法对人言。就像吞下一抹月色。月光融化了时间，消解了现实，把不如意阻隔在透明的墙壁那头。她用力握拳，对黄远行说："我去看看盼哥挂水的情况，回头聊。"说完她不觉一怔。盼盼是她取的，被萧孟诚有一回随口叫成了"盼哥"，这个称呼从此稳固下来。离婚后，她一直用正式的名字称呼儿子。萧思和。萧思和。萧字从唇齿间滑过，提醒她此刻拥有的，业已失去的。自我告诫并无意义。她一次次试图排解，最后仍然滑向酒精带来的短暂救赎。

她抽了下鼻子,清晰而稳定地说:"我其实……最近吃什么都不香。"

那边说:"嗯。"

"你除了蜂蜜还有什么?"

"哦!"黄远行像是一怔,赶紧说,"还有腊排骨!我给你寄。"

"是萧孟诚让你来问我吗?"

终于说出来了,她心头一松。

"怎么会!"胸腔深处传出的笑声震响她的耳膜,"你别误会啊,我看到他的朋友圈,才知道你们的事。我没别的意思,就是单纯觉得你现在可能比较难。对了,我得声明一下,我有女朋友的,比我小一轮……"

他又说了什么,她拿手机的手移开一些,话语在远处匆匆滑过。她起身走到输液室门口,只见男孩凑过半个身子,在看旁边的长发男子打游戏。仿佛是感应到她的视线,萧思和,盼哥,抬起脸冲她一笑。他脸上的红斑退了大半,眼睛憔悴又明亮。

刘念对着手机说:"回头再聊哦。"她挂断通话,走到跟前观察输液瓶,还剩半瓶。她轻声说:"你不能只是一时兴起啊,既然把Panda捡回家,要照顾它一辈子。"

男孩用力点头。刘念感到无法抑制的疲倦。一辈子听起来是那么长,无论是猫还是人。不算太久远的从前,有人在输液室对她许下承诺,又轻易反悔。她想起来,平日这个时候,萧思和已睡了,是她独酌的时刻。

她想,不行,回家我要喝一杯。明天再戒吧。

代后记：重塑记忆之必要

距离上一本中短篇集《尾随者》的出版刚过一年，又出新书，难免给人"写得很快"的印象。实际上，这本集子的六篇小说涵盖我从2019年底到2023年秋天的创作，跨度将近四年，这么一来，又仿佛写得很慢。

还是谈谈两本书有什么不同吧。《尾随者》有一定的自我投射，当然，并非私小说。到了这本《她的生活》，正如书名揭示的，文本聚焦的对象是"她"。每一篇的女性形象有她自身的脉络与性格，对我来说，写作的过程，是一场又一场的重塑记忆之旅。我从文本、经验乃至其他地方拾取一个个"她"，将印象以小说的形式加以编织，试图借此呈现时代的角落与片段。

人在前行的过程中，总是不断抛却一些人和事，而且往往与自己的意愿无关。换一份工作，换一个城市，换一种活法，有的朋友就疏远了，不再联系，或是即便维持联系也不复从前。对这些关系的改变，有些我们在当时毫不在意，过后回想，才发现那是极为珍贵的。

20世纪90年代初，我在弥渡一中念初中。弥渡县位于大理市的南边，从地图上看，是个南北长、东西窄的长条。如今高铁通到其东侧毗邻的祥云县，从昆明到弥渡，要先乘八十多分钟高铁到祥云站，然后再打车，加起来不到两个小时。我念初中那会儿，去昆明需要乘一整夜或一整个白天的大巴，山路曲折，如果没能在车上睡着，很容易晕车。我的大多数同学直到初中毕业考上省会的学校才第一次去昆明，他们的感觉无一例外都是：昆明好远啊。

一中的教学楼修在操场边的看台顶上，适合居高远眺。从教室窗口可以望见西面的群山，让人不由得产生实感：弥渡是个坝子（盆地）。由于视野被群山阻隔，那时我们都以为，走出群山到大理或昆明，就是了不起的跨越。

我父亲在客运站工作。客运站是敦实的两层楼，一楼有售票处、候车厅，二楼是职工宿舍，各家的门对着一道公用长走廊。下楼出车站，顺着国道走十分钟，就到了一中。虽说离学校很近，不过，云南的学校要上晚自习，夜里回家的路有些瘆人。我记得那条路隔很远才有一盏微弱的路灯，尤其是其中一段要过桥洞，更是一团漆黑。好在，我很快发现女同学琼和我顺路，于是每天和她一起回家。

琼的成绩一般，寡言，圆脸，微带雀斑，眼睛不大，笑起来习惯抿嘴眯眼，双眼和嘴拉成三条线。她在班里属于极不起眼的类型，我们同路走了快一学期，我对她的了解也没增加多少。只知道她家住在城北的村子，家里有父母和妹妹。她小学和我同校不同班。

我那时在家坐不住，一到周末和假期就往外跑，常常在同学家一待就是一下午，有时还顺便蹭个晚饭。现在回想，大概因为家里仅一个单间，我在书桌跟前做什么，坐在沙发上的母亲全看在眼里，感觉不自由，所以才爱出去晃荡。小学时最常来往的几个女同学分在隔壁班，我毫不介意，继续去找她们玩儿。后来一想，我和琼每天一道走，也去她家看看吧。

要好的小学同学有几个在农村，她们的家都是窗明几净的青砖瓦房，刷了白墙，院子铺成水泥地，便于晾晒玉米辣椒等。按云南人家的格局，正门开在院落一角，厨房位于院子侧面单独的平房，堂屋正中央是一家人的客厅，两侧住人，楼上是晒台。同学不像我和父母挤在一间，有自己的房间。

同样是农村，琼的家和其他同学的大为不同。她家是未经粉刷的黄色土垒墙，院子一角有猪圈，气味强烈。通往正屋的门不是我看熟了的四联雕花木门，而是一扇单门，室内光线暗淡。进屋后，眼睛需要适应一会儿光线，才能看清屋内摆着饭桌板凳，一侧的房间是她父母的，屋角架着一架木头梯子，小心地爬上去，二楼是她和妹妹的房间，两姐妹共用一张大床。除了床和小桌小凳，我不记得那个房间有其他家具，只余下极为宽阔荒凉的印象。窗户就是土垒墙挖了个方洞，装上窗框和玻璃，可以看作是飘窗的原始版本。我第一次去，坐在窗台上看了一下午琼从图书馆借回来的金庸小说，从此常常去那儿看书。

她家从来不锁大门（的确也没什么可偷），有时，我到了那里，没人在家，就自己爬上楼找书看。渴了就下楼到水缸旁边，用葫芦瓢舀水喝，有几次喝水遇见她父亲，我说"叔叔好"，那边漫应一声。她父亲偶尔出门做工，在家的时候比她母亲多。她母亲要么在田间劳作，要么去镇上卖菜。我曾经跟着琼和她母亲还有妹妹去敲核桃。坐在粮食局的空地上，把堆成小山的核桃敲开，取出核桃仁，手指很快被染成黄色。实际做了就会知道，三个人敲一麻袋耗费的时间不止一天。和动作麻利的她们相比，我没敲多少，大概还没偷吃的多。这项工作只有很少的报酬，我记得当时听到吃了一惊。尽管收入那么微薄，她们仍然每年都去。还有几回，我和琼一道去镇上卖菜，当时并无菜场，仅仅是一条乡人聚集摆摊的街，我们坐在小凳上，一人一本小说，面前地上的塑料布搁着蔬菜。她大约是窘迫的，怕遇见同学，我只觉得好玩。

琼和我在她家读了许多书，各自埋头猛看；在学校，我们一起参加周五放学后的绘画课外小组。我们的共同话题不多，因为这个缘故，升上初二，我和一个爱看书且活泼的女生走得更近，兴趣也因此转到翻译小说，或许在不觉间疏远了琼。

初三下半学期，非常突然地，父母告诉我，舅舅去询问过，根据知青子女回沪政策，我可以去上海参加中考。他们之间稍有分歧，父亲觉得我该去，母亲想到路程和实际可能的种种麻烦（她得陪我去上海，也就意味着夫妻分居两地），有些迟疑。我当然是兴奋的，毕竟上海比大理或昆明大多了。

我来到上海，和母亲一起住进外婆家。在家自习一个多月，然后中考。考得很糟。原因很简单，教材不同。我们学校的教材甚至和云南省其他学校的也不一样，当时有一项所谓试点，云南省六所学校用了据说是联合国编写的新教材，我们学校是其中之一。直到去年，我想起来向老同学验证这件事，他们说，是呢，教材不一样，提倡快乐教育嘛，我们那个时候，考试题目却是全省统一的，所以很不划算，自己也觉得考得不理想。

我念了一所职校的中专班，其间和几个同学有信件往来。他们当中有人去了大理一中和下关一中，有几个直接念了中专。琼考得一般，就读弥渡一中高中部，她的来信让我吃惊。信里的她不再是那个只会微笑点头的人，她谈到学业的苦闷，她的暗恋，再后来，她复读一年仍未考上大学，去大理古城的店里打工……

我不记得我们的信是在什么时候中断的。我从职校出来，当营业员，换工作，念自考，靠着自学的日语进了日企，然后去深圳的日文杂志社工作，又回上海考研。这中间断续在网上写小说，直到二十八九岁，开始翻译日文小说，也渐渐找到小说写作的方向和质感。我没有忘记琼，并且滞后地意识到自己年少时的轻慢与残忍，她那间土垒墙房间曾是我最好的逃逸之地，但我在与她最亲近的初中时代并不了解她，也从未试图了解。如果不是后来几年间的通信，我不会明白她在木讷外表下有着易感且脆弱的内心。

再次回到老家已是2010年早春，我和朋友们走一趟从丽江到大理的行程，之后包车去了巍山和弥渡。时隔十六年的同学聚会来了乌泱泱一群人，琼没有出现。我问起她，同学们说法不一。有的说，她出去打工了。有的说，她回了村子，结婚了，有个娃娃。尽管弥渡就那么大，但他们都没有她的联系方式。他们有的在政府工作，有的是老师，有的跑长途，有的做小生意。我猜琼过得并不如意，没再试图找她。但她仍在我心底某个角落，而我能做的只有写小说，于是写了长篇《月光花》。那本书出版于2012年，现在看来很不成熟，我的创作履历也将其略过。

为什么要在后记中提及琼的故事呢？我只是想说，每个人的写作都有起点，对我来说，众多起点中，必然有一个与琼有关。我对她的了解终究是浅显的，仅就我看到的浮光掠影，她的身上有众多女性的影子，她是她们，她们亦是她。

小说这种不完美的讲述形式，归根结底是在试图打捞和重塑一些记忆，我的，他人的，人所共有的。

某种意义上，收在这本书里的六篇小说，也是若干个"她"的记忆聚合体。

《上海之夜》乍看是关于写作的故事，三名创作者在上海书展的夜晚聊天，其中两位是外国作家，一个是中国编辑、不成功的网文作者，他们聊到"命运与自由意志"，并围绕这一主题讲故事，从中浮现的不仅有各自的创作脉络，也有他或她的来路。女主人公龚清扬深藏心底的一场背叛终于得到讲述，她最后那句"敬自由意志"，是写作者重新启航的汽笛声。

《柜中人》的一些细节基于我当营业员期间的经历，写这篇并不是为了怀旧，而是想重述刚刚逝去的时代，彼时，仿佛一切皆有可能。很奇怪，小说中的欣欣与我认识的琼当然是截然不同的人，我却在其中恍惚照见某种相似，或许源自"她"无意间流露的韧性。

《舌中月》的时间节点离此刻最近，讲述婚姻成为废墟之后，一个带着孩子的女人如何艰难重建日常生活的秩序。

这本书的创作过程与我翻译以下四本书的时间重合：《青梅竹马》《日日杂记》《眩晕的散步》《富士日记》，书中另外三篇可以算是翻译的延伸产物。《彼岸之夏》设想了樋口一叶及其妹妹生活在现代日本的情景；《梦城》的起点是武田百合子的《富士日记》在未来世界的阅读演变；《竹本无心》乍看与译作并无关联，那是因为其人物原型是衔接樋口一叶与武田百合子的众多女作者——写到这里，不免提及我的非虚构集《笔的重量》，关于从明治到昭和时代的女性创作者群像。从翻译到非虚构写作，再到小说，文本再生的过程，对我来说是一种全新的写作体验。

《梦城》是科幻题材，《彼岸之夏》的背景地在东京，《竹本无心》中每个角色都能在几十年前的日本文坛找到镜像，尽管如此，小说人物尤其是女性人物的身上，仍带着我们身边某个人的影子。如果你在读的过程中感到熟悉，说明我的努力没有白费。正如我曾有过与琼同行的夜晚，你也一定拥有类似的经历。我们匆匆赶路，有些人只同行一小段，属于他们的碎片成为我们自身的一部分，在某些瞬间被悄然唤起。我想，这也是在如今继续阅读小说的意义。

《梦城》和《上海之夜》的创作过程有些特别，初稿是用日文写的。我朝向双语作者的努力历经四五个年头，后来放弃，是因为翻译武田百合子的书。我感到自己永远无法用日文写出像她那样简洁又生动的句子。换成中文重写，又经过多次改稿，我感到终于在某种程度上还原了心中所想。或许因为初稿阶段用另一种语言思考，这两篇小说的气质与其他四篇稍有不同。

最后谈一下书名的由来。《她的生活》是日本女作家田村俊子1915年发表于《中央公论》的小说，距离我这本小说集的出版正好一百一十年。以田村俊子为主线的日本文坛女作家小史，是非虚构集《笔的重量》中最长的一篇，也是我自己格外珍爱的一篇，题名就叫《她的生活》。从彼岸的小说名到非虚构题名，再到小说集名，三重回响，映照出文本之间的嵌套与衍生。

默音

2024 年 9 月 4 日